平/著

独舞

du wu

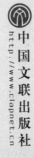

中国文联出版社

http://www.clapnet.cn

图书在版编目（ＣＩＰ）数据

独舞 / 但远军著. -- 北京：中国文联出版社,2019.12

ISBN 978-7-5190-4233-2

Ⅰ.①独… Ⅱ.①但… Ⅲ.①随笔—作品集—中国—当代 Ⅳ.①I267.1

中国版本图书馆CIP数据核字(2019)第275256号

独舞

作　　者：但远军	
终 审 人：闫　翔	复 审 人：卞正兰
责任编辑：褚雅越	责任校对：潘传兵
封面设计：小宝书装	责任印制：陈　晨

出版发行：中国文联出版社

地　　址：北京市朝阳区农展馆南里10号，100125

电　　话：010-85923068（咨询）85923000（编务）85923020（邮购）

传　　真：010-85923000（总编室），010-85923020（发行部）

网　　址：http://www.clapnet.cn　　http://www.claplus.cn

E－mail：clap@clapnet.cn　　chuyy@clapnet.cn

印　　刷：天津旭丰源印刷有限公司

装　　订：天津旭丰源印刷有限公司

法律顾问：北京市德鸿律师事务所王振勇律师

本书如有破损、缺页、装订错误，请与本社联系调换

开　　本：889×1194	1/16
字　　数：207千字	印　张：13.25
版　　次：2019年12月第1版	印　次：2023年4月第3次印刷
书　　号：ISBN 978-7-5190-4233-2	
定　　价：48.00元	

序

教育是个大舞台，无数的人扮演着不同的角色在上面起舞，但我认为，真正的老师，真正业精于勤的老师，他们在舞台上表演的不应是"群舞"，而应是"独舞"。他们按照来自心灵的指引，独自舞蹈出专属于他们个人的精彩。台下的观众喝彩也罢，鼓掌也罢，抑或是诅咒和谩骂也罢，都无所谓，他只需要用优美的舞姿表达出旋律的优美就行了，毕竟台下坐着的，未必都懂得独舞的美！

看电影《芳华》，给我留下最深的记忆便是那个女孩的独舞。她疯了，大家都说她疯了，其实她没疯，她清醒着呢，她知道什么叫"独舞"的美，于是，她悄悄起身，到屋子的外面，沐浴着清冷的月色，来了一场没有观众的"独舞"！不，她有观众，至少还有一个跟随她出去看她独舞的同行者，还有我这样喜欢看独舞的无数观众！

我觉得远恒佳重庆公学的这群"疯子"，便是长寿湖畔的独舞者，他们借着一湖碧波，翩翩起舞，随着心灵的节拍，不停地舞蹈出教育的精彩！

最初程总琳娜建议这部书的书名取《疯子的世界》，斟酌再三，我觉得不妥。他们是"疯子"，疯疯傻傻地快乐，疯疯傻傻地干事业和搞教育，但那并不能涵盖我对他们所有情怀的理解！假如说他们真是"疯子"，那也必定是充满了"情怀"的"疯子"。"情怀"两个字，因赶路太匆忙，已经被好多人丢掉了，不过他们没丢掉，他们一直都小心翼翼地揣在怀里，然后用"独舞"的方式展示给我看。我看到了他们的欢乐、他们的忧愁、他们的热闹、他们的孤独……总之，他们在台上尽情起舞，我在台下观看，不论他们有时人多，有时人少，我都只看到了独舞的身影，于是，我把这部书取名为"独舞"。

人生来是孤独的，因为有了爱，我们才慢慢不孤独了。小时候，爸爸妈妈用爱陪伴我们，所以我们不孤独；长大了，爸爸妈妈老了，我们又用爱去陪伴爸爸妈妈，所以爸爸妈妈也不孤独！但是，若没有这爱的陪伴，年幼的我们，年老的爸爸妈妈，都是摆脱不了孤独的！人们常说："最好的老师是父母，最好的教育是陪伴！"是的，人活在世上，多一点陪伴，比什么说教都重要，特别是教育！

远恒佳的这群人，他们搞教育的最大特色就是陪伴。他们陪伴着孩子学会生活自理，陪伴着孩子学会待人有礼貌、做事认真，陪伴着孩子读书做作业和闲暇之余玩耍！孩子们到了学校，他们就开始陪伴，一步一步，陪伴着孩子们成长，然后又用目光陪伴着孩子们远走高飞、鹏程万里！

写这部书的时候，正是炎热的夏天，今年的夏天比以往热，40摄氏度以上的高温好像持续了好长一段时间。我怕热，夏天多是不写作的。不过，这部书我一写就放不下笔来了，因为走进了远恒佳的天地，有许多人和事不停地打动着我、感动着我，不写出来，心里痒痒的，不舒服。那种不舒服，要比酷热的煎熬难受得多！酷热尚可以不出门，成天待在空调房间里；要是有了创作的冲动而不动笔写，对于写书人来说，那你还能拿什么去安抚自己躁动的心呢？

没想到此书写得居然那么顺利，转眼间脱稿了，转眼间，远恒佳重庆公学也迎来了他们建校后的第一批学生了。我有在一部书的前面写点文字的习惯，或叫"自序"，或叫"写在前面"，叫法不同，但实质是一样的，即书中没有讲完的话放在这前面继续"叨叨"。不过，这部书，到此为止，不再继续叨叨，我相信读者有自己的眼睛，他们是不需要我叨叨不休的！

夏天过去，秋天很快就要来了，不出意外的话，这部书秋天便能出版跟读者见面。秋天是收获的季节，秋天也是令人遐思和善感的季节。今年的秋天，我打算回年轻时工作过的雪山脚下一趟，去看看当年自己做老师时教过的那些学生，然后回来再开始新作品的创作！那个时候，远恒佳的老师和莘莘学子，大都会读到这部书，在此，我真诚地希望大家多一分宽容和理解，若书中哪些地方写得不好，甚至表达错误，完全违背了大家的本意，也不要骂我，因为我原本是想把此事做好的，只是水平有限，没有做好罢了，拜托拜托，包容和理解也是长情的陪伴，你的包容和理解必定会给我带来前行的快乐！

最后，祝福大家，祝福天底下所有的老师和学生拥有美好教育、美好生活、美好前程！

但远军

2018 年夏于青藤小院

目 录

教育的情怀

　　昨天应深圳远恒佳教育集团长寿远恒佳公学程总邀请，专程去这学校看了看。深圳远恒佳教育集团目前在全国各地拥有38所分校，和美国10多所常春藤大学有业务往来。所有的学校硬件设施都是一流的，所有的师资力量配备也都是一流的，换句话说，叫"贵族式学校、精英化教育"。像长寿远恒佳，总投资超过8亿。程总告诉我，就目前来看，8亿不够，集团还得投些钱进来。学校从幼儿园到高中，全程一体化教学。学校将有漂亮的图书馆、教学楼、培训中心、运动场，甚至还有恒温的游泳馆。学校正在紧锣密鼓地施工建设，计划今年秋天开学。

　　到这学校去走走，不是我闲得发慌了，要去搞点啥事情、整点啥"好处"，也不是这学校用得着俺这个小城小文人去搞什么"宣传"和做什么"吆喝"。去，只是程总是我大女婿的亲表姨，因大闺女这层关系，咱们咋说也是亲戚呗；另外呢，我真心喜欢教育，大学读的师范专业，人生混到的第一个饭碗是老师。在山区的讲台上，我付出过年轻时的热情和心血，时至今日，那些激情澎湃的教书情景仍让我难以忘怀。连续几年都回过四川阿坝州的雪山脚下，有时是带着家人，有时是独自一个人开车回去。大老远的，上千公里，若不是有那么一份情怀留在那里，我会疯傻傻去那边远山区看我当年的学生和工作过的地方吗？情怀呀，人可以老，情怀不可以老，不管时光怎样荏苒变迁，你年轻时的情怀，真正入了心的情怀，是不可能跟着时光老去的，它会催熟你的怀旧，让你的情愫结出果子来，挂在你思绪的树枝上，你活着的每一天，都看得见它们的影子，嗅得到它们的味道！

程总带我去看校园最高处的那棵百年老黄葛树，她说那树不仅粗壮、苍老，还结了灵芝呢！我最初不信，黄葛树一般来说是不结灵芝的，但这树真还结灵芝了，很大一朵，只是几个月前吧，被人偷割了，仅剩下灵芝的"疤痕"在树干上。好在程总曾经拍有照片，她把照片发给我，我还算目睹了那"老树灵芝"的风采吧！

学校地处烟波浩渺的长寿湖畔，旁边就是"悦湖荟"等湖畔别墅小区。因远恒佳公学的入驻，原本卖不动的湖区房产，一夜之间如枯草逢春雨，立马活过来了，房价如喷泉般呼啦啦地直往上蹿水花儿，诱人呢！看来居家要择好邻居，做生意干事业也要择"好邻居"，你好我好大家好，"邻居"好，你想不好也难呀！

太阳西下，久违的太阳啊，终于穿破云层，从持续的雨霾中露出笑脸，将红彤彤的光芒投射到了湖水中。我们沿着湖畔尚未完全建好的校园漫步，亲家和亲家母下班后也来长寿湖一起散步聊天了！看过学校的简介和一些基础设施，我对程总说："表姐，俺将来要常到你们学校走走看看哟，放心吧，我不来挣你们的钱，我只是喜欢教书，喜欢校园，有一种不老的情怀生长在情感深处，一进校园，就想到教书的乐趣……说不定哪天我会写你们的，或者是随笔，或者是小说，总之，你们到我老家的家门口办高质量的私学，并且提出'先做人后做事'的教育理念又特别合我的胃口，这事嘛，咱便是'搞'定了！你们搞大事，我搞小事……还是那句话，我只是来搞点事，不是来搞钱的！活到这份上，多做点喜欢做的事，不喜欢做的事，再多的钱也诱惑不了我！"嘿嘿，其实程总比我小好多岁呢，可她是亲家母的亲表姐，我还得讲规矩叫她"表姐"呢！表姐听了我的话，逗趣地说："欢迎你常来呀！咱们集团，有的是你写的！今后你就是咱们远恒佳的好朋友了，你也来做咱们的好邻居吧，咱们一起教书，一起搞文学和玩影视！"我摇头："俺山上种了很多果树，老了回山上去，在山上养老，有果子吃！"表姐和我是校友，也是西南大学毕业的，学的是学前教育专业，她喜欢文学，集团的好多首校园歌曲都是由她写词，再由集团音乐制作室谱曲、灌录音和配的画面呢！她还弹得一手好钢琴哈！企业做得大不大，就看老总们有没有文化。老总们都有文化，放心吧，这样的企业不论眼下如何，将来终归是有前途的，正所谓大道至简、大道直行！企业有文化，才有内涵，才有韧性，才有人情味，才有后继之力！

　　这是我第一次跨进远恒佳校园，将来我还会常去，去感受他们的教育情怀，去触摸他们"先做人、后做事"的教育理念。十年树木，百年树人，教育兴，家才兴、国才兴、民族才兴！教育是国家和民族的未来！

这件事我做"情怀"

　　写一部"先做人、后做事"的教育随笔，讲点如何教育好现代孩子，尽量不出"熊孩子"，是我自从做了"父亲"后的梦想，如今这梦想也实现了！我还想在职业写作之余再做点情怀之内的写作，换一种方式缓解疲乏，如此而已！

　　"表姐"不是我的亲表姐，是大闺女婆家妈的亲表姐，转了一道弯的，亲家母的亲表姐其实比我要小好几岁呢，但根据习惯，我也得依亲家母方面叫其"表姐"。她是我的母校西南大学教育系毕业的，1984年夏天，我走出母校，到山区混饭吃，她呢，那年秋天，跨进母校，"混一纸文凭"。表姐在长寿教过几年的书，后离职到深圳发展，融入深圳远恒佳教育集团，陪着这个集团，从一家私立学校，慢慢地，一步一个脚印，走到了集团在全国拥有38所高规格、高配置私立学校的今天。其中重庆远恒佳公学坐落在波光潋滟的长寿湖畔。

　　表姐出生于书香世家，她的老父亲，也就是亲家母的亲大舅，是天津大学毕业的，退休前是长寿化工总厂的总工程师。说起长寿化工总厂，外地人未必清楚，虽叫"长寿"，其实并不属于长寿管辖，属于大型国企，20世纪30年代创办，走过近百年风雨，生产的产品远销海内外，其中氯丁橡胶是"王牌"货，离了它，据说车子的轮胎就不叫"轮胎"，充其量只能叫"圆滚滚"吧！长寿化工总厂以前效益好，职工工资高，要去那厂里当工人，得有后台，开"后门"。表姐送了本她老父亲的"书"给我，那"书"是集团自己印制的，没有书号，但十分精美。说来你肯定不相信，那是一本什么样的书呢？呵呵，《长征之路》。他是读书人，当然是没参加过长征呀，但他对中国的革命事业怀有深厚的感情，居然平时看报看电视，凡有关红军长征的故事和花絮，都用笔记录下来，不断校正，再谈点个人的感想，然后就归集成厚厚的一本书了。表姐说她爸对党的事业、国家的事业，真是一个热爱呀！有一次，退休老同志一起开座谈会，她老爸发言，讲继承革命传统，讲着讲着，居然激动得泪流满面。那一次，表姐才意识到"过去"对父亲有多么重要，于是，她替老父亲将书整理印刷出来。表姐说："那是老一代人的心结，是他们跟着党走的情怀！"这样的场景如今的年轻人是很难见到的，说实在，为什么中国能从积贫积弱走到现在，那真是无数的前辈无私奉献做铺垫的结果呢！没有他们在艰苦岁月里用勤劳和智慧铺出的"机耕道"，哪来今天中国遍天下的"柏油路"和高速路啊！那代人多有情怀啊！

表姐是集团副总，具体负责长寿湖畔重庆远恒佳公学的日常事务。别的不说，就表姐只身去深圳，在那家企业里一待 20 年，并成为副总，没被中途炒鱿鱼，仅这一点吧，好多企业做不到啊！看一个企业有没有人情味，你只看他的员工在企业待的时间长短就知道了，把员工当人看待的企业，员工一定是相对稳定的，今天换一拨，明天换一拨，说白了，那样的企业，打死了也别去"合作"，连自己的员工都不懂得善待的老板，你还能指望他善待"客户"吗？举两个例子：第一，重庆远恒佳食堂做饭的师傅全部由深圳总部带来，并且全是跟随老板起家的老员工；第二，公学设计方案招标，最终选定一家，没被选中但参与了的，一律给了一笔"辛苦费"，集团说："人家也辛苦了，付出了劳动！"听到前一个"故事"的时候，我"呵呵"，但听到后一个"故事"的时候，我"呵呵"不起来了。人家付的不是"辛苦费"，付的是对知识和劳动的"尊重"！

我对教育是有感情的。我希望自己能写一部书，抒写自己对教书育人的一点感想，也把对重庆远恒佳的一点印象和感受表达出来，权作滋润自己的教育情怀。

命好的女人都一样

　　和麦总打交道，这是第二次，简单地说，叫粗浅的认识吧，谈不上更多的了解。对于我来说，与大众化的人物交往再多，也看不出其有什么与众不同来，但本身与众不同的人物呢，交往一两次便已足够分辨出他或她的与众不同来吧！

　　比如麦总，其实第一次打交道我就看出了她的与众不同。

　　麦总应当是广东潮州或者梅州一带的吧！我没有具体打听过，因此只能猜测。那一带的女孩有一个共同的特点：性情温和，心思细腻，待人礼貌有分寸！其实我有好几个潮州或梅州一带的朋友，像香港的警察画家连宝燕，以及从梅州嫁到咱们长寿的何秀梅，她们都是如此，温婉细腻，待人真诚礼貌，和她们打交道，你会如沐春风般觉得舒服、自在，而不觉得拘谨和别扭！

　　和麦总的第一次打交道，也就是我第一次去远恒佳学校。本来那天是程总约我和亲家、亲家母一起去长寿湖吃个便饭的，我们刚要吃晚饭的时候，麦总带着孩子从深圳过来了，于是麦总说她做东，请我们"嗨"！

　　麦总是深圳远恒佳教育集团的副总，不是老总，真正的老总姓宋，华南师大学美术的，研究生学历，画家，不过他们是"一家人"。一家人，你懂吗？就是可以关起门来说话的那种。男女还有哪种关系可以关起门来说话呀，不就只有夫妻吗！

　　对，他们是夫妻，集团的宋总是麦总的"大当家的"。

　　那天她做东请我和亲家、亲家母在长寿湖快乐岛吃他们集团自己厨师做的"家宴"，我挨着她坐。每一道菜上来，她都用公筷先给我分一小份。这也属于

"客家文化"的一个细节呗，待客人若上宾。但咱们重庆人，习惯了大碗喝酒，大块吃肉，又爱大声说话，总之，不那么讲究吧，因此，未必适应得过来。起初还没啥，可吃着吃着，遇上好吃的来了，不等她"分一小份"，我就拣大块的，自个儿整了呗；聊天呢，聊着聊着也是不顾及她是"客家人"，需要讲普通话才听得懂，竟然叽里呱啦地全用重庆话……嘿嘿，她盯着我们聊得欢，却云里雾里摸不着头脑。这时候，"客家美女"的温婉、细腻、礼貌和有趣就有展示的舞台了哈！她笑容可掬地盯着我，叫一声："但老师……"我看她。她仍笑，笑得秀丽的双眼眯成了一条缝儿，但只笑，却不言语。我问她："怎么了？"她笑着笑着，古怪精灵般俏皮地扮个鬼脸，回答："请讲普通话，可以吗？"我们恍然大悟，都不约而同地笑出了声来！

第二次见面就前天吧，麦总召集学校的专家和老师们，抱着大摞图纸，一幢楼一幢楼、一间房一间房地查看。一是查看施工进度，二是查看具体的布置，看有啥需要改进的，比如哪间教室的墙壁底色该怎样的，好方便孩子们涂鸦等。这么大一所学楼，从幼儿园到小学部、初中部，再到高中部，从教学楼、科技馆、艺术馆、图书馆，再到各学生宿舍、教师宿舍，少说也有几十幢、数百间，她硬是带着大家一幢一幢、一间一间走完了，也看完了。大到房间的布局、窗户采光，小到哪个角落摆放什么，她都一一先谈自己的看法，再征求大家意见，然后达成共识，标注在图纸上。走的路多，时间长，四个小时不会只有一万步吧，有的人走得疲惫，便走走神，分心聊点天，每至此，她跟幼儿园老师一般，总是温婉平和地微笑着招呼大家："听好了，快听好了，走近一点，留个神，这儿我打算这么做，看可不可以？"那模样儿，老实说，挺可爱的！

麦总年龄不大，看样子至少比我小十岁吧，因此精力显得充沛得多。她从这幢楼赶到那幢楼，从这间房赶到那间房，好像一点儿不觉得累。同行的几个比她还年轻的老师就说："热爱是最好的动力，看吧，因为热爱教育，麦总和宋总似乎从来都不感到累！"这话你可以从多个方面去理解，以我的角度来理解，是为了一桩事业，苦着、累着、操劳着、奔波着，却无比的快乐！

集团几十所独立公学呀，就长寿，除了远恒佳公学，并购的高规格幼儿园也是好多所，这么大的摊子，学生数以万计，教职员工数以千计，不劳累和操持行吗？因此，麦总风趣地说过："宋总往前跑，我在后面追！"

他们有三个孩子，两个大的在美国读大学，学的电影专业，小的大概不到十岁吧！据说宋总十分喜欢电影，因此才把两个大的孩子送去美国学影视的，集团在美国有分部，和国内的175所大、中、小学校有业务联系。每学期各独立公学都要选派一些老师和不同年龄段的学生去美国各学校参观、学习、体验。有时是宋总带着大家去，有时是麦总带着大家去。若是宋总带着大家去，临行前，麦总一定是要亲自下一次厨给大家做一顿可口的饭菜！

俗话说，学得好不如长得好，长得好不如嫁得好！不过在如今，好像又不完全是这样的了。女人的幸福与快乐，更多时候是掌握在自己手中的。你要嫁得好，除了长得好外，还得有学识、见识，最好如水般柔润、包容、向善。

不幸的女人各有各的不幸，但幸福的女人都一样，不信去看看身边那些幸福与不幸福的女人吧，不幸福的女人总是有若干不同的原因导致她的不幸福，幸福的女人却总是相同的——她们未必个个貌美如花，但必定是有着温润、包容、仁慈、善良等好品质的。如果没有好品格，即便一个人貌美如花又怎样？还不一样是水中月、镜中花！

最好的风水是内在的修行

长寿湖畔的重庆远恒佳公学，可谓是得天地之灵气，集秀美风光之精华，屹立在烟波浩渺的长寿湖畔的翠青山峦上，依山而建，逐次而上，到最高点，不多不少，恰好七十二米。啥意思呢？就是说公学的大校门，到山峦，亦是学校的最高处，垂直距离刚好七十二米。

我曾开玩笑对程总说："知道在中国传统文化中，七十二代表什么意思吗？"程总盯着我反问："啥意思？"我回答："我是学历史的，在这方面，略知一二吧！教育家孔子，有弟子三千、贤人七十二。其实七十二不是确切数目，主要还在于象征意义。古汉语中，三、六、九、三十六、七十二等，这些数字一般都不是确切的数字，它只是一个大概念的表象罢了，比如说人分三六九等，社会分三教九流，这里面的数字都不是具体的准确数，只是一种概数。那么，孔子所教的学生中，有七十二个贤人，也只是一种象征意义，象征他的弟子中出的贤人不少。在中国传统文化中，七十二，往往与极限和最佳有关，举个例子吧，《西游记》中孙悟空神通广大，但只有七十二变，七十二变，是孙悟空能变的极限；《水浒传》中有一百〇八将，其中三十六天罡、七十二地煞，地煞星七十二个，已经是极限了！"我这样说，多少有些牵强，不过，七十二，对于中国人来说的确是个吉利数字，别的不谈，就"生命救援黄金时间"几个字，也与七十二密不可分。七十二小时，是生命救援的黄金期，过了这个黄金期，生的希望便十分渺茫。乡下有个风俗，婴儿生下来，七十二小时内是最危险的，过了七十二小时，又是七天最危险，然后才是一个月、一百天。拿现代医学的观点来看，这些数字大概与人体细胞的分裂和修复有关吧！只是大概，这方面的知识我欠缺得很，猜测罢了，不较真，反正一个意思，七十二是好数字，大吉大利！

在学校最高点的七十二米处，生长着一棵老黄葛树，看那粗壮的模样，少说也有一两百年历史了。树冠很大，茂密的枝丫铺天盖地，遮挡出大片的绿荫来。树干一人多高的地方，附生着一朵硕大的灵芝，程总说他们来征地时，灵芝还在，生长得好好的，可惜没多久被人采摘了！幸好当初程总拍得有手捧灵芝的照片，否则说出来还不一定有人相信呢！

站在那棵老黄葛树下，美丽的校园尽入眼底，目光眺望出去，浩渺的长寿湖也尽收眼底。那天的天色很好，也许是连续下了几天雨的缘故吧，久雨初晴，天空蓝得不得了，云朵儿也白得令人难以置信。我们站在树下，一会儿俯瞰正在建设中的校园，一会儿凝目远眺碧波荡漾的湖水，一会儿又情不自禁地昂头看蔚蓝的天空。大家都说这儿的视野开阔，依山傍水，风景真是没法形容的美！像我这种土生土长、从小在长寿湖边玩耍着长大的"当地人"，也极少看见这样风和日丽、蓝天白云的美妙景致。

我建议他们把这棵百年老黄葛树保护好，我开玩笑说："有山有水有百年老黄葛树，你们远恒佳公学将来不出人才才怪了！"程总也开玩笑，逗趣地问："是吗？"我点头："是呀，你看你们这校园布局，再想想这棵老黄葛树，简直就是天造地设的生态花园，这花园里除了漂亮的楼房，就数这棵老黄葛树最抢眼了，单凭这树、这山、这校园、这校园前面波光粼粼的一湖碧水，培养不出优秀的学子来，那就是你们老师没尽力喽！有句话咋说的？人生最好的风水是你内在的修行！修行好了，无处不风水；修行不好，再好的风水也不是风水……你们老总真会选地盘儿，也真会搞建筑，横看竖看，这校园都在无尽的美中了。远看，是一幅画；近看，还是一幅画。"经我这么一说，程总也乐了，她说："咱们宋总就是学美术的呀，建校园，咱们远恒佳公学没有一所学校不是美得跟画一般的！"

是的，远恒佳的校园很美，集团别的学校我还没看到过，但长寿湖畔的这所学校就在我眼前，我近距离地见证了、接触了，不论哪幢房屋、哪处景点，都有着独特别致的中西方建筑文化交融的美，这种美，不需要太多的审美眼光和太高深的美学品位，就能一眼看出来！它既是专业的，也是大众化的，几乎能被所有的人接受！能被所有的人接受的"美"，说到底，才是拥有了真正的美。能把学校的校园建设得美到如此的模样，你还会担心学校内在的修行不够吗？诚然，办学如做人，内在的修行到底够不够，还有待时间的验证，作为与这所学校有一定缘分的我来讲，当然希望它是内外兼修的！

学校有美丽的校园，如一个人有漂亮的衣装，更进一步，有了漂亮的外表，事实上仍不够，一个人，除此之外，一定得有内在的修行，没有修行，纵然坐拥了天时地利，也终将一事无成。硬件的设施上去了，内在的"配置"也务必要跟上。前不久很火的一部电影叫《无问西东》，讲西南联大的。当年的那些读书人，条件那么艰苦，烽火岁月，戎马倥偬，可纵然条件艰苦，但那些有志者不丧志，不气馁，不畏艰难险阻，为了民族的事业，为了民族的独立自强，他们奋斗到底！

祝愿远恒佳公学也能披荆斩棘，一路前行，无问西东！

给孩子们留下一点遐想的空间

参观远恒佳公学，大多数地方走马观花地通过了，校园本就很大，不停留转悠下来，一下午就过去了，要是停留，不知还要花上多少时间呢！不过，创客室外的走廊边，我还是驻足了片刻的。

创客室是用来供学生搞"创意"的，比如"遨游太空""周游世界""上知天文下知地理"等，总之，让学生拓展想象力，脑洞大开，放飞自己的"科学梦想"吧！为了达到此目的，创客室的设计和空间构造无不别具一格。

在创客室落地玻璃墙外，也就是我驻足片刻的地方，嶙峋的乱石丛中，生长着一棵"三生树"。巴山蜀水，最不缺少的就是黄葛树，特别是在重庆的一些边远山区，黄葛树几乎成了无处不在的风景树、风水树，有的树龄长达几百年，甚至上千年，凝绿的阔叶往往要遮风蔽日地笼罩出一大片荫凉！川渝两地的百姓对黄葛树是有感情的，像我老家的乡下，啥树都可以砍，就是黄葛树不能砍！黄葛树，是重庆市的市树，不少地方的百年老黄葛树都是纳入了"环境保护"的，想毁想砍，对不起，政府要找你拿话说。能够确定为一个直辖市的市树，可想而知，它能唤起市民多少美好的记忆和带给市民多少审美的感动！

创客室外的这棵树就是黄葛树，一生二，二生三，从石头缝隙里，原本那么一棵老树，浴着长寿湖的浩荡波光，浴着巴蜀大地鱼米之乡的万顷田畴拂来的泥香、稻香、鱼香，它就那么孤独地长呀长呀，长年累月，不问西东，也不知熬过了多少年的风雨，静待了多少年的日出日落，居然三木簇拥在一起，成了一道少有的风景！

是的，少有的风景，非常独特。重庆南山有一处风景，因一棵保存完好的黄葛树得名，到过重庆的人，少有不知道重庆南山一棵树的，地道的重庆人，更是少有没去过重庆南山一棵树的。那儿建有观景台，居高临下，眺望高楼大厦鳞次栉比的大重庆，无数的美景尽收眼底。一棵树，成一市风景，除了重庆，真还不多呢！

在长寿老城区，也有一处独特的风景，地名叫"三棵树"。三棵老黄葛树生长在林庄口的悬崖边，悬崖下，是百年名校老长寿中学，悬崖上，与三棵树一路之隔，是同样的百年名校长寿第一实验小学。除此之外，还有两个地头儿也在"三棵树"旁边，因年代久远，怕是知道的人就不多了。一个是中国武侠小说的开山鼻祖还珠楼主的旧居，当年的"李家大院"，后又改叫"李家祠堂"。1902年农历二月二十八，还珠楼主在这座老宅里出生，长大后从军并从事武侠小说创作，一生共创作武侠小说 36 部，其中《蜀山剑侠传》《青城十九侠》等在当时可谓家喻户晓。他的文学创作直接开创了一个流派——武侠小说派！在他之后，才有梁羽生、金庸、古龙等武侠小说名家。还珠楼主真名李善基，因是"长寿一民"，所以也叫过"李寿民"。如今"李家大院"或"李家祠堂"没有了，旧城改造，那儿建了凤山公园。另一个是紧邻实验一校的北门口，以前是长寿看守所的所在地，有老城门，我见过，也是旧城改造、看守所搬迁，老城门拆了，不过那地方仍叫"北门口"。

长寿"三棵树"的地名还在，但已无过去的繁华和热闹了。不过，那三棵相依相偎的黄葛树的身影却长久地根植在了老长寿人的记忆深处！

远恒佳公学创客室外的这三棵黄葛树要比长寿老城里的"三棵树"黄葛树粗壮得多，看样子生长的年代也久远得多！我凝视这三棵"一生二、二生三"的黄葛树，脑海里涌起了一种莫名的感动。程总问我想到了什么？我说我首先想到了"三口之家"，这树无疑是一个"三口之家"的象征，有爸有妈有娃，相依为命，生生不息；然后想到了"三生三世"，前世、今生和来世……程总笑道："那你给取个名吧，看这三棵树叫什么名好？"我想了想，回答："就叫三生树好吗？给孩子们留下一点遐想的空间！三生三世，前世、今生、来世，既是创客室，就别束缚了孩子们的想象力，让他们用无拘无束的想象力去看清自己的前世，善待自己的今生，展望自己的来世……如今的年轻人也很浪漫，动不动就拿'三生三世、十里桃花'说话，有这'三生树'在此，'创客'之余抬头看一看、想一想，也可平添几许浪漫情怀呢！'远恒佳，你陪我一季青春年华，我许你三生三世十里桃花！'难道不好吗？"说完，我笑了，程总也跟着笑了，她说："文人总是离不开情怀和浪漫，连给树取个名也想那么多！"

我倒是真心希望学校给这棵"三生树"取个好名字，未必一定要叫我所说的"三生树"，也未必要多么高大上和诗情画意，最好接点地气，贴近孩子们的生活，哪怕平平淡、朴实无华，若干年后，也是完全可以成为孩子们心头最美好最温馨的记忆！

有一种温暖叫"人情味"

　　人这一辈子，有时候固执地往前走，或者毅然放弃，不再往前走了，并不一定是因为前面的路平坦不平坦、好走不好走，而是因为前面到底还有没有能让你温暖和感动的人情味，有没有足够让你说服自己往前走的理由！比如到了我这年纪吧，有人说如日中天，再写几部书也不难；但也有人说，到了这年纪，江郎才尽，不再写啥也未必不可！于是，是继续写还是就此打住，很大程度上就取决于自己的心情了！心情好，有感动，有冲动，创作的激情来了，挡也挡不住，反之呢，则是再大的诱惑也无动于衷了！

　　昨天晚上，听说我动了点小手术，远恒佳公学的程总和学校另一位老师特地来家里看我。说实在的，这点小手术，还不如平时切菜不小心刀割了手疼，纯粹没什么大碍，可作为谈得到一块儿又有共同文学爱好的朋友，程总说她非来不可！

　　我家的"小不点"狗狗，挺逗的，程总一来，它就跑她面前去了，百般撒娇，仿佛非常熟悉似的！我沏了一壶茶，我们在小院里挂满青果的葡萄藤下，边喝茶边聊文学和诸多人生的况味！这一聊，居然还聊到了深夜11点多！程总叫那老师拉我进他们的公学微信群，做他们的朋友，有空闲了也好去学校里演讲或者做讲座！程总说："我们远恒佳，都是文化人，谈天说地搞教育事业，有人情味的，彼此不相轻，只相敬！我们教育孩子，从小就要有人情味，不搞投机取巧，不学事事处处都讲功利的'有用'！"那时我养的"小不点"正温顺地依偎在她的脚跟前，她一边说着，一边俯下身去捧起"小不点"的两只前腿来，用手抚摸狗狗的头。狗狗受宠若惊了，立马盯着她撒娇似的摇了摇尾巴，不停地发出和悦的叫声。我和程总说："这狗狗我养多年了呢，年前出版的那部小说《流浪狗》，里面的'小不点'，便是以它为原型，猴精灵的！"

程总乐了，她问小狗狗："是不是？都成'名狗'了哈？"

狗狗的尾巴摇啊，如一朵小花儿般开放在静谧的暮霭中。

事实上，我已经是远恒佳公学的"老朋友"了，好几次去过学校，麦总和程总我们也一起吃过几次饭。他们这群人，为了一个理想，为了一份教育的情怀，从深圳来到长寿湖畔，投下的表面上看是几亿元的产业，但他们开办的可是功在当代、利在千秋的教育事业，这份对教育事业的热爱和执着让人敬佩。到目前为止，我有两个侄女的孩子选择了去这所学校上学，学校的硬件设施和软件设施还都是让人信得过的。

下午，大闺女婆家的爸妈、小闺女婆家的爸和我们一家一起回乡下老家去玩耍。小闺女和她夫君也一起从重庆回长寿来了，他们还带回了我那快要满半岁的小外孙。小闺女婆家的妈妈没来，她身体不大好，在成都，就没有一起来重庆。我们在老家的水库边钓鱼聊天，其中聊得最多的话题就是"人情味"。人情味，是维系一个家庭、一个家族、一个社会稳定和谐的重要因素，远恒佳公学是有人情味的，不仅对朋友，对自己的员工也是有着朴素的情感、浓浓的人情味。这一点，我以后还会用无数的事例来证实！想想，连做饭的师傅、扫地的清洁工，都可以在此处一做一二十年，集团在，员工的饭碗便在，有几家所谓"做大做强"的公司能做到这一点？这不仅需要公司不断发展壮大，而且还需要公司的老总们有人情味和大仁大爱的悲悯情怀！老总有人情味，公司才有人情味；父母有人情味，孩子长大后也才会有人情味。这几乎是不可争辩的事实！好多公司，你看老总们对待员工的态度，就知道它到底走得远不远；好多家庭，你看爸妈对待邻居、同事、亲朋好友有没有人情味，就知道他们的孩子到底有没有美好的未来！一个老总冷血无情的公司，员工多是人人自危的；一个父母自私自利善玩小聪明的家庭，孩子也很可能是处处投机取巧损人利己的！

此话对与不对，留给活在当下的人们去思考吧，我不乱嚼舌头了！

湖光水色"远恒佳"

重庆的天气如过山车，忽冷忽热，往往弄得你摸不着头脑，像紧邻重庆主城区的长寿吧，前天20多摄氏度，还要多穿点才能出门，可昨天就爬上38摄氏度了，今天更是直逼40摄氏度了。白花花的太阳蒸烤着大地，葱茏的玉米叶打了卷儿，碧绿的稻苗往日还朝气蓬勃，一派生机盎然，眨眼间，就全蔫得垂头丧气了！几个高中时候的同学约我去乡下玩。这季节，原本以为是要美美地享受一把田园美景的，可一从开着空调的车里钻出来，便直呼受不了。这哪里是来享受嘛，分明是来遭罪的！

我非常怕热，每年夏天家里的电费总是居高不下，生就怕热的命，总不能为了省电费而不顾身体健康的需求吧。因此，这些年，我脸皮越长越厚，也不管家人高兴不高兴，稍一有点儿热了，空调就开着！

除了吹空调，其实我也有省钱取凉的好办法，比如去长寿湖游泳！

长寿湖很大，适合游泳的地头儿也很多，但我认为真正适合游泳的是快乐岛。

快乐岛是个半岛，在半岛的岛尖上有大片的沙滩。夏天湖水陡涨，沙滩被湖水淹没了，去那儿游泳，人少清静又十分安全，因此，几乎每年夏天最酷热的那些日子，我都要跑那儿去尽情游一游！

重庆远恒佳公学就坐落在快乐岛旁，与快乐岛只隔着一条景观公路和一片不是很宽阔的绿化带。

我参观远恒佳学校整体布局模型的时候，曾对麦总和程总说过："你们学校选在这儿，应当是独具慧眼，一般人看不到，但将来的时光会证实，真是没选错！于静谧的湖湾处，临烟波浩渺一湖碧水，倚翠青山峦，逶迤而上，一幢幢楼房不仅漂亮，而且还别具一格，不论远望还是近观，蓝天白云、湖光水色、亭台楼榭、碧树繁花，都相映成画，浑然一体，如此的画面，你到哪儿去都不可以多得！"记得当时麦总还和我开玩笑，说："但作家，借你吉言，浑然一体，成一幅画，将来我们的老师、学生成画中人！长寿湖装扮了我们远恒佳，我们远恒佳也点缀了长寿湖！"

也许是我的人生经历与美丽风光有缘吧，我对自然风光总是特别喜爱！小时候生活的老家，虽偏僻落后，但山清水秀，风光是一流棒；后来上大学，我的母校西南大学的校园之美，在全国所有大学中也是排名前几位的；再后来，大学毕业去雪山脚下工作，众所周知，如今雪山脚下的理县，不仅有百里红叶长廊米亚罗，不仅有人称"小九寨"的毕蓬沟，而且还有甘堡的藏寨风光和通化的羌寨风光。这些美景和秀丽的自然风光根植进我的记忆深处，潜移默化，渐渐地便形成了一种条件反射，只要看见美景，心情就愉悦得不得了！

长寿湖畔的远恒佳公学就带给了我这种审美的心情愉悦。初次走进校园，站在校园最高处的百年老黄葛树下，夕阳缓缓沉入遥远的黛青色山峦，碧天的云彩被映得一片绚烂，我凝视着校园，然后又把目光移出去，眺望苍茫的湖水，那一刻，我真是万分感动的，感动这校园于湖光水色中居然是那么的静美！

校园美，起码给人的第一感观是能入心的。"看着顺眼"有时只是几个字，但少了这几个字所承载的内涵，不得不说是有些许缺憾的。我念高中那阵，学校的校舍很差劲，不论教室，还是学生宿舍，横看竖看都残破不堪，特别是教室，一排穿斗式瓦房，柱子是木头，墙壁是竹片做筋、外层糊泥巴做成的。夏天倒好，一到了冬天，墙壁上的泥巴脱落了，这儿一个洞，那儿一个孔，寒风呼啦啦刮来，钻进教室，那个冷，没法形容。除了刻骨铭心的冷，教室外面的一排生长茂盛的沙田柚树也让人记忆深刻。那排树有十几棵，并且都是有几十年树龄的老树，树叶四季碧绿，随时随地都散发着清新的柚香味。想想吧，出教室门，或者推开教室的窗户，就能见到成排粗壮的柚树，嗅到清新的柚香味，还有什么样的读书环境能胜过此呢？因此，那学校，虽然是乡村中学，条件和城里的学校比不得，但我们那几届，考上大学的比例都是非常高的，有时甚至还高过城里的省属重点中学。不过，这些树早已经被砍了，重新种植了山茶和蜡梅。我在《秀美山川话长寿》一书中"不客气"地写道："砍树容易，栽树难，砍掉一排老沙田柚树，就砍掉了贫寒子弟对母校仅存的一点审美和怀旧！"这学校办学时间长，中华人民共和国成立前就有了，又依山傍水，坐落在风光绮丽的龙溪河畔，如果这排老沙田柚树能保存完好，我相信好多在那儿寒窗苦读过的学子都是愿意常回去看看的。恕我直言，我也曾经很喜欢"常回去看看"，但自从那排沙田柚树砍了后，就再没有回去过了！

长寿湖畔的远恒佳公学从建校伊始，便把校园环境的美和校园的美看得十分重要，并用心打造，这份办学情怀，无论将来的路有多漫长，时光有多荏苒，一定能给每一个来此求学的学子留下一份美好温馨的回忆。这回忆未必关乎吃得好、住得好、教学质量好，往往只关乎那山、那水、那树和那一朵朵从蔚蓝的天空中静静地飘过的白云。

教育的"短视"与"远视"

　　小闺女婆家的爸从成都过来看孩子，顺道来长寿玩。他喜欢乡村的田园美景，听说我在乡下种了果树，非得要去看看不可。

　　回乡下老家，本是有三条公路可走的，但高速公路却只有一条。走高速路，要在长寿湖出口下道，经邻封场、百里花海，再上山。

　　回程，我特地绕一绕，带他去看了长寿湖边正在建设中的远恒佳公学，我说如果可以的话，将来闺女的娃就送这来读书了，从幼儿园直接读到高中毕业，然后参加高考，考国内的大学，或者去留学。不需小学在这儿读，初中和高中又在那儿读，转来转去的麻烦，也很难接受小学到高中融为一体的系统教育。如今好的小学、好的中学很多，但能从小学到高中，教育理念和教育方法融为一体成完整系统的却少之又少。因此，远恒佳占有得天独厚的条件，他们不仅能让孩子小学到高中在一所学校里完成学业，甚至还把学前教育也融入一个校园之中。这样相对独立的环境有助于孩子人格的培养、知识结构的完善和审美取向的培育！亲家听了我的话，十分赞同。

　　又是一场持续多天的夏雨之后的初晴，太阳要落不落地悬浮在西天的云彩中，投下瑰丽的霞光，那景致衬托着一湖碧水，真是美极了！

　　学校正在铺运动场。听程总和我徒弟讲过，那些材料一律是从意大利进口的，造价有点高，但质量好，非常环保，不会释放任何有害气体。我给保安讲了后，带着亲家亲自去运动场上看了，也凑近鼻孔嗅了嗅那绿色的塑胶毯。亲家自己办工厂，和这方面的材料打交道多，他仔细分辨后说："的确不是一般的材质！"

看完学校，返程，我们的话题自然就集中到了孩子的教育上。亲家说，如今父母跟过去有所不同了，也并不是完全追求升学、考名牌大学，送孩子到学校，一求孩子人身安全，二盼孩子身心健康。孩子有健全的人格和完善的综合素质能力，其实比考啥名牌大学强多了……

我赞同亲家的观点，我们由此展开，拉开了话匣子。

我说："你所讲的，其实就涉及教育的短视和远视的问题了。短视教育追求快马加鞭、立竿见影，比如孩子一上幼儿园，就唐诗宋词背不完，若背得一些，老师和家长都高兴，若背不得几首，老师和家长就都不高兴了，要么责怪自己教育无方，要么认为孩子天生愚笨！事实上不是那样的，那是典型的短视教育的急功近利行为。真正的教育，是要远视，要系统地培养孩子的动手能力、动脑能力和兴趣爱好，要看到今天的教育对孩子十年后、二十年后、三十年后有什么影响，换句话说，不仅要看孩子的现在，务必还要看到孩子的将来，直至整个人生！"

聊得兴起，我还讲了我写《陪着孩子成长》一书的真实背景。我说："我的两个孩子从小也没接受到啥优质的教育，读不起好学校，没遇到几个好老师，特别是上了高中，考试成绩稍有点下滑，老师就要把家长叫去，指手画脚，责这责那，训斥家长，教育家长要如何管好孩子，配合学校教育。有一次我真生气了，我对两个孩子的某课任老师说，你们所要的是家长配合你们把好端端的孩子折磨成一台应试的机器人，因为学生考好了，考了顶尖的名牌大学，你们可以拿奖金，拿炫耀的资本去评职称，可你们知道家长的真实想法吗？别的家长我不保证，我作为家长，只希望孩子通过中学阶段的学习，能掌握一些基本的文化知识，养成良好的思想品德，对社会有用，对父母有用，对自己有用，不需要学得太高深，也不需要每次考试都拿第一名、第二名的好成绩。孩子只会考试，不会做人，不会生活自理，出了社会，空有文凭却没有造福社会的能力；做了儿女，空有学问却没有礼貌，没有教养，不懂得善待父母，孝顺父母；自己当家为人了，空有满腹经纶，却不能打理好自己的生活，照顾好家人；这样的学霸又有何意义？即便考上了名牌大学，对于一个父亲来说，又有啥值得高兴的？你们要的是孩子短期的考试成绩，家长要的是孩子一生的成长和陪伴！我要写部书，教育孩子们有情怀，有情趣，远视，看远点，别短视。应试教育那一套早过时了，十年树木，百年树人，我们要回归教育的本质，而非以成绩为唯一标准来衡量孩子的优劣……"听我"口出狂言"，这老师傻眼了，琢磨着是不是遇到了"疯子"，于是直接摆手："不谈了，不谈了，你赶紧回家写书吧，我等着读哈！"

他那话明显是真把两个孩子的爹当成不懂教育又吹牛不打稿子的"疯子"了，等他终于明白我不是疯子而是一个正规部属师范大学毕业还真写过不少书的"作家"的时候，我已经把《陪着孩子成长》那部书出版出来摆放到了他的办公桌上！

我的两个孩子高考成绩都不错，不过我一直认为自己教育孩子最大的成功不在于她们最终考上了什么大学，而在于教会了她们如何管理好自己的人生，看远一些，不短视和急功近利！

远望方知风浪小，凌空乃觉海波平！站在远视的角度培养孩子，从小便看到他们的将来，规范他们的言行，呵护他们对美好生活热爱的情怀，既能做事，又会做人，这样的教育，才是真正关乎孩子一生的教育，我称这种教育叫"远视教育"，远恒佳公学称其为"美好教育"——美好的青春，美好的未来，美好的人生！人生美好，才是孩子教育的终极目的，这个目的能达到，读不读名牌大学、拿不拿高文凭，究竟算得了多大个事儿呀！中国的大学才多少年历史？外国的大学才多少年历史？至于啥学士、硕士、博士一纸文凭的历史更是短暂了，可放眼望去，古今中外在没有大学、没有"文凭"的年代，教育不是照样搞吗？人才不是照样出吗？虽然今天名牌大学学历很重要，漂亮的文凭很重要，许多时候它们简直就是人生不可或缺的一块敲门砖，但门敲开了，人生难道就能从此阳光灿烂、一路坦途顺风顺水？未必吧！所以，说到底，真正要开拓自己美好人生的，还是要有动手动脑和创造"美好生活"的落地能力，这能力，与上什么大学、拿什么文凭是不能完全画等号的！

教育才是最大的慈善

早上起床，准备把昨天写的那篇文章放进公众号里，然后再发进远恒佳公学工作群。因为那篇文章是写远恒佳公学有关"远视教育"内容的。我不是远恒佳公学的工作人员，我只是他们的朋友，只是一个关注和热爱家乡教育事业的"作家"，进他们的工作群，无非是做一个"特务"，潜伏在里面，以一个文人的眼光，公正、客观、良知地感受他们办学的甜酸苦辣和分享他们前进中的快乐，也好以自己笨拙的文字，问心无愧地告诉我的读者，这所学校到底能不能承载起家乡父老希望给孩子提供优质教育的期待。因为对教育的热爱，我愿意用文字的触角去探寻教育的真谛，记录自己关于教育的所见所闻所感。

在公学群里，有个视频，很短，我点开来，是远恒佳公学的王副总在讲话，估计是例行的早会吧，很随意，很自然，就像几个朋友一起聊天那样。王副总说："教育才是最大的慈善，我们要像做慈善那样，爱我们的职业，爱我们的每一个学生，用心去工作。我们要努力把沉迷于电子游戏的孩子拉回到现实的书本学习中，让他们感受到读书的快乐、学习的快乐和成长的快乐；让他们感受到读书的乐趣远远大于玩电子游戏……"当然，原话未必完全如此，不过大意是这样的！他讲到的"教育才是最大的慈善"的观点，瞬间把我点拨得心潮澎湃，进而思绪万千了！

我自认为热爱教育事业工作，从事过教育，也深知教育的重要，但却从没有想到过教育是最大的慈善事业！我的知识结构和人生阅历上不了那个层次，达不到那个境界！我反复琢磨，慢慢地就豁然开朗了！是的，教育才是最大的慈善，搞好教育，培养好下一代，比你给社会捐了多少的财物重要得多，多得简直没法比较！

看过一篇文章，是讲城里的机关干部下乡去搞"精准扶贫"的。作者大概也是个"山沟里"出来的读书人，对乡下的贫困老农富有深厚的同情心。他第一次去扶贫对象家，见穷得不得了，便花两千块钱给这家买了十多只羊，说这里人烟稀少，房屋四周适合养羊，他还从网上邮购了几本养羊方面的书寄去，嘱他们好好养，养大了，他替他们在城里销售，也能赚一些钱。他满以为这家子凭他撒下的"爱"的种子，很快可以走出贫穷的困境，谁知半年后，他怀着喜悦的心情再去那家，一问，十多只羊一只不剩，全被宰杀吃了！他没有责备，想想，乡下人嘛，或许生活确有困难，吃了就吃了呗，于是又花两千块钱，去集市上重新买了十多只羊崽。有教训在前，这次他一再叮嘱，羊崽要养大后才能赚钱，过早宰杀是不划算的！谁知，人家不领他的情呀，他前脚走，人家后脚又把那十多只羊廉价处理了！这次不是宰杀，是直接赶去集上降价卖了，换回一千多元钱，做了零花钱！

这件事给作者的感触是很深的，以至于他最后说道："真正的扶贫和最好的扶贫，不是送钱送物，是改变贫困者的观念，让他们观念上走出贫困的思维模式，否则，你投入再多，他们也只是脱贫了当下，脱贫不了将来！"

王副总的讲话，无意间让我联想到了此事，也悟出了"教育才是最大的慈善"的道理！要想一个人、一群人、一个地方富裕，不难的，政策稍倾斜就做到了，但要想一个国家、一个民族整体富裕并强盛不衰，还得依靠教育。教育强，则子孙后代强；子孙后代强，则国家、民族强。纵向看，中国历史上最繁荣富强的几个朝代，有几个是不重视教育的？举孝廉、九品中正制、科举，哪一样官吏的选拔制度与教育无关？横向比，如今依然强大的那些国家，又有几个不是把教育放在重要的位置上的？教育弱而国家强，几乎没有。所以说，对待贫困者的态度，拷问着有钱人的良知；对待教育者的态度，拷问着有识之士的良知；对待知识分子的态度，拷问着社会的良知；对待思想者的态度，拷问着一个国家、一个民族的良知！没有面向未来、面向世界的优质教育，哪来国家和民族面向未来、面向世界的优质的下一代？如此说来，难道教育不是最大的慈善吗？

我曾和家人讲过，到了如今这个年纪，多做一点对社会有益的事情，于身心健康有好处，过分追逐名利，是要折寿的，多活几年，比啥都强！再说，过惯了苦日子，如今吃穿不愁，自个儿生活又那么简单，还追名逐利来干啥呢？没有钱，朋友还是朋友，亲戚还是亲戚，若一旦钱了，那么朋友就未必还是朋友，亲戚也未必还是亲戚。

做合格的父母

《陪着孩子成长》一书出版后，我陆续收到一些家长写来的信，和通过各种渠道打来的电话，询问我教育孩子的方法。其实我没有什么方法，孩子最需要父母陪伴、打气、鼓劲和修正言行的那些年，正是我创作的高峰期，至少拿下了两个百万字的三部曲吧！在繁忙的写作期，我哪里顾得了孩子，因此，从这个角度讲，功劳多在孩子们的母亲，是她用自己的爱和言行呵护着孩子们往前走。不过，我也还算不怎么缺位吧，至少我为她们写了这部书。中国作家成千上万，给孩子写下文章点拨、告诫、鼓励的作家也不是很多，包括写书的也有，比如台湾作家龙应台《写给孩子的信》、大陆作家王朔《致女儿书》、傅雷写给儿子傅聪后整理出版成《傅雷家书》的那些通信，但总的来说，还是不多的！我能抽出时间来，给即将面临高考的孩子写部书，谆谆叮嘱她们哪些事可为、哪些事不可为，以及未来的人生该怎样打点、规划，也足见我是用了心的！

前两天偷偷去了远恒佳的学生招录现场，和几个家长闲聊了一阵。能送孩子来远恒佳读书，咋说父母也是有一定远见和一定财力的。

闲聊中，我发现这些家长有一个共同的特点，只关心学校和老师如何，从不谈自己如何！他们一再追问盘查学校的硬件设施、师资力量和孩子将来的升学出路，几乎每一个细节都翻来覆去地明察暗访，生怕哪儿被忽悠了！家长的这种心情我能理解，毕竟关系到孩子的成长和未来的一生，不过，好几次我都想反问，作为孩子的父母，你到底如何？

常言道，父母是孩子最好的老师，你的今天就是孩子的明天。父母如器，孩子如水。你是茶杯，水的形状就是茶杯；你是水壶，水的形状就是水壶。你的言谈举止、审美取向和人生格局，往往直接就给未来的孩子画了像、定了型。乡下人说得更直白一些，叫"龙生龙，凤生凤，老鼠生儿打地洞"！这话听起来很俗，如今也不完全是这样，不过我要说句真心话，若孩子不通过后天的读书深造和自身不断的努力，绝大多数孩子真还不能逃出"龙生龙，凤生凤"的宿命的！

我高中时候的同学，谈到我的孩子，无一例外地都说"基因好"，好像我的孩子能考上大学，全凭的是父辈的"基因"，可他们想过吗？我考上大学，"基因"在哪里？父母都是文盲，若论基因，我也该做文盲了！所以，除了父母的影响，孩子后天的努力也不可或缺！当然，孩子后天的努力是后天的事，在孩子成长的少年青春期，父母的言传身教仍是极其重要！像我吧，有时我就想对那些把我孩子考上大学归于"基因"的高中同学说：我陪孩子读优美文章的时候，你们在做啥子？我带着孩子专程去重庆最大的书店看书、选书、购书的时候，你们在做啥子？我看到孩子到了青春叛逆期有些不良情绪和即将形成的思维模式显现出来而赶紧伏案给她们写书的时候，你们又在做啥子？你们在忙于打工挣钱，在忙于挣钱盖房子，或者干脆在夜以继日地打麻将、嗨酒、侃大山，对吗？对的，不仅我乡下的高中同学，连城里的都这样，不信的话，去麻将桌、酒桌、歌厅和舞厅里瞧瞧，看有几个玩得拿捏不住时间地点的，不正好是孩子小学、初中、高中读书期的父母。孩子还没上学的父母，在忙着带孩子，没时间去"浪"；孩子长大不再上学读书的父母，如我吧，世事见惯，已经不去"浪"了！"浪"，自己"浪"得兴高采烈，可委屈和耽误了孩子的前程，值吗？不值的！所以，我要以过来人的身份，苦口婆心地劝当下年轻的父母们，少出去"浪"，多在孩子身边陪陪孩子。

一等的父母做孩子的榜样，二等的父母做孩子的教练，三等的父母做孩子的全职保姆！你是几等的父母，孩子就有几等的将来，八九不离十的，离十的那一个，前面说过了，必定要经过后天自身的不懈努力！

闺女生娃了，问我该怎样给娃进行早教。我说不急，先做好你自己！闺女进而问如何做好自己？我说："你闲着没事的时候朗读点优美的诗歌、散文或者哼点旋律优美的歌给孩子听……"闺女惊呼："孩子那么小，才几个月，听得懂吗？"我回答："不在于听得懂听不懂，在于你这样去做没做，这叫潜意识熏陶、潜移默化，很重要的！你们几个月的时候我就喜欢读屠格涅夫的散文集《爱之路》给你们听，你们也小，也听不懂，但那优美的文字和意境根植在了你们的潜意识里，所以后来我没怎么教你们写作，你们的文章依然写得不错……很多东西，父母要学会给孩子做榜样，你是榜样了，孩子会自觉不自觉地模仿和学习的！"

远恒佳公学有专门的"家长群"，家长们可以随时随地在"群"里互动，探讨孩子的教育问题。我想，这大概也算是学校教育向家庭教育的延伸吧！我的两个闺女读初高中时，家长是没有这样的"群"的，孩子们在学校学得怎样、做得怎样，全凭每学期一次例行的家长会。现在信息及时，沟通便捷高效，远恒佳致力于搞好教育的同时，主张和家长做朋友，学校教育和家庭教育一齐努力，培养优秀人才。冲着这一点，闺女的娃我也要全力主张送到远恒佳去。

古人说，"万般皆下品，唯有读书高！"不论时代怎样发展变化，读书，依然是孩子成长、成才、成功的必由之路，在孩子们踏上这条路的时候，不缺位，不失职，做合格的父母，是每个家长义不容辞的责任，错过一时，便很有可能错过孩子的一生！

原本打算今年把《陪着孩子成长》一书出版一个新版本的，新版本补写了40个章节，去年夏天和北京一家出版社谈好了，去年秋天宝燕去西藏旅游，航班经停成都，我又专程去成都，和宝燕见了一面，希望她能为这补写的40个章节续配插图，宝燕自是十分爽快地答应了，可接下来因若干的琐事一耽误，看来今年出新版本是万不可能的，只有放到明年了吧！下午宝燕发了几张照片来，是她正接受香港一家杂志专访的。图片中摆放着我的《深情地活着》和《陪着孩子成长》两部书，显然，接受专访时她是谈到了为这两部书配插图一事的。两部书，每个章节配一幅插图，足足160余幅，那是怎样赶、怎样辛苦，若不是要好的朋友，谁愿干这等苦差事？宝燕是著名画家，当年一个电话，她就毫不犹豫地答应了，这样的朋友一生能有几个呢？如此想来，自己倒是觉得挺对不住朋友的。所以，看到宝燕发的微信和图片，我又想到了《陪着孩子成长》和正在创作的这部书。今年姑且不提了，手头这部书写下来，咋说也是秋天之后，到那时脱稿，再联系出版，不论多快都得等到明年的四五月份才能告一段落！人啦，有时真的很无奈，写作是个体的劳动，没人能帮上你忙的，除非你去雇"枪手"，可咱不够那格，也不够那脸皮，只能自个儿做呀！不过也好，忙碌有忙碌的快乐，我的忙碌，正好从另一个侧面给孩子们做了好的表率，如今两个孩子也喜欢起"忙碌"来了，她们说："有活儿干，忙一点，真好！"她们不是说辛苦，是说"真好"，能体会到"忙碌"是一种快乐，老爸的言传身教功不可没！

孩子，你的身后是远恒佳

远恒佳公学正在招生，王副总在公学群里贴出一段话："前几周录了一个初三孩子，他的理想是：读尽天下人的书，让天下人读他的书。面试获得加分。"寥寥数语，没怎么引起群里人的注意，不过我是瞬间感动了，并瞬间浮想联翩！

我没和王副总联系，也没去打听关于这孩子的具体情况，学校有规定，特别优秀的孩子和特别贫困但努力的孩子，可以获得加分，直至半免或全免学费，甚至还有额外的助学金奖励。既是王副总说了获得加分，那么这孩子要么就特别优秀，要么就虽家境贫困却自强不息！

由此我想到了自己的人生经历，我不属于前者所说的"特别优秀"，我只属于后者所说的"贫寒而自强不息"。我们村离学校很远，十多里山路，那山路不仅狭窄陡曲，而且还是黏性特别重的黄泥巴。黄泥巴只要遇上下雨，就泥泞打滑得不得了，稍不注意，摔你没商量！我十岁念初中，每天天不亮出门，爸妈在书包里塞两个烧红薯，当一天的饭吃。中午大多数学生在学校食堂用瓷盅蒸饭，我家贫寒，拿不出米来供我去蒸一盅，爸妈便给我塞两个红薯了！放晚学一般是下午五点半，夏天倒没什么，回到家里不算晚，可到了冬天，刚走到半道上，天就黑了，又冷又饿，天又黑，十来岁的孩子呀，独自行走在没有人烟的山路上，那种滋味至今难忘！还有一个记忆是关于鞋子的。那阵，乡下孩子多半家里穷，买不起塑胶鞋，一年四季穿的都是奶奶或母亲纳的布鞋，我也不例外。布鞋遇上下雨天，没法穿着去走泥泞的山路，要被稀泥糊烂的。咋办？脱掉打赤脚呗，然后到了学校，再在河边把脚洗干净，穿上鞋子进教室。寒冬腊月，打着赤脚蹒跚地行走在泥泞的山路上，那份苦，也是如今的孩子少有受过的！

这几天，高中同学正筹备搞一次毕业四十周年同学会，走过人生五十多年的风雨历程，大家无不感慨万千，几乎每一个同学进群后感叹得最多的一句话都是"那时大家真穷呀"。不是感叹时光过得真快，而是感叹"那时大家真穷"，想想，穷的滋味到底是怎样让大家刻骨铭心呢！

是的，穷，穷得无法用言语表达。不过，虽穷，但我不气馁，不轻言放弃。1978年夏天，我高中毕业，因父辈的原因，我的政审不过关，没能参加当年高考，回队上劳动。那年我15岁，队上的农活我大都干过，插秧、犁田、割稻子、担粮食交公粮、到十里开外的魏家河坎用竹背篓背煤炭回队上的瓦厂换一百斤得五毛的零花钱……这些都是事实，不是故意卖弄"苦情"，博人眼球。干了大概一年吧，实在是苦，实在是累，我想继续读书，考出穷山沟去。于是我给高中时教我语文的陈永言老师写信，我说："陈老师，帮我一把，我想考学校，哪怕考个中专都行，考出去了，找份工作，将来好写小说，当作家……"陈老师很赏识我呀，我的每篇作文，他都亲自用毛笔抄写在大白纸上，张贴出来，供大家阅读。因为他"赏识"，我就把最后的希望寄托在了他的身上。他当时已调进城里，在省属重点中学三好中学教书了，没想到他真给我回了信，叫我到三好中学找他。我步行六十多里路，到了三好中学，他不仅联系让我上学复读了，见我贫寒，还管我吃住呢！如今，陈老师还健在，九十五岁高龄了。一年后我真考上了大学，十年后真成了作家，我问陈老师当初为什么要帮我。他说："你有志气呀，那么小就想到要写小说、当作家，哪一个老师不愿帮这样的孩子呢，何况我还是教语文的呢！"

后来在人生道路上我还无数次碰到过愿意甚至主动帮助我的人，有的是领导，有的是朋友，有的是同事，有的是素不相识的文学爱好者。他们帮我，无不都是看在我"自强不息"的努力劲上。这些帮助，不图回报的，纯属是对于一个贫寒而勤奋者的支持！

"有志者，事竟成，破釜沉舟，百二秦关终属楚；苦心人，天不负，卧薪尝胆，三千越甲可吞吴！"人可以贫穷，可以卑微，可以贫穷和卑微到如尘埃般渺小，但万不可以自暴自弃，安于贫寒和卑微。你得站起来走路，迎着风，迎着雨，朝着灿烂的朝阳升起的地方，不停地跋涉。你要相信，人之初，性本善，世上的好人总是多的，他们愿意伸出温暖的手来拉你一把、扶你一把、帮你一把。

现在我要对那孩子说些话了，你获得加分，不一定是因为你优异的成绩或者英俊潇洒的外表，王副总给你加分，只是因为你的那句话和你那句话里表达出来的志气！将来你未必真能实现自己的梦想，让天下人读你的书，甚至你连读尽天下人的书也做不到。不过，有此志气，王副总是愿意帮你的，学校是愿意帮你的，你努力往前走吧，朝着你的梦想，不懈怠，夜以继日，哪怕达不到你梦想的终点，也一定能欣赏到沿途的风景！你的前面是烟波浩渺的长寿湖，你的身后是厚积薄发的远恒佳！海阔凭鱼跃，天高任鸟飞！努力了，定会硕果累累！年轻时，我也像你那样志向远大、豪情满满过。

大学毕业那年，我二十一岁，不少同学通过拉关系、走后门，千方百计要留在大城市里。我贫寒，父亲又在坐牢，拉不起关系，走不起后门，知不足而奋进，为了谋得一个饭碗，有一份稳定的工作，我向学校递交了申请书，到边远的山区去支边执教。我去了，在雪山脚下教了五年书。日子虽然异常艰苦，但我没忘记自己为什么来，将来要去向何处，因此，刚到雪山脚下的理县中学报到，我就托毛笔字写得好的董万钦老师写了一副对联，挂在书房里。那对联的内容是："书读无厌，念我任重道远；笔耕不倦，管他山高路长！"一个刚参加工作的年轻人，挂出这样一副"狂妄"的对联来，在文化闭塞的山区，受到的嘲讽和白眼可想而知，换在今天，我务必要夹起尾巴来做人，不这么张扬。可那时人年轻呀，不懂得人情世故，所以也就啥也不管了，别人爱咋看咋看去、爱咋说咋说去。不过，如今回头去看，有一个稳定的工作，有一份稳定的收入，那些年，真还是读了不少书。山区没啥文化生活嘛，我"太狂"了，人家又瞧不起我，不愿和我打交道，这正合我意，除了在大学几年里的阅读积累，在山区几年的博览群书也为我后来的文学创作积淀了厚实的知识储备。所以，不论你今后是要写文学方面的书，还是要写科技方面的书，有此志向，永不放弃。但为此志向，你却必须要准备好三样东西：一是丰富的知识储备，二是丰富的情感储备，三是坚忍不拔的毅力储备。不仅要在初高中阶段完成初高中学历，在大学阶段完成大学学历，最最重要的是还要抽出比别人多得多的业余时间来广泛阅读。然后呢，开始写书了，你又得要守住寂寞、耐住失败的打击。来得太容易的成功跟来得太快的幸福一样，是没有牢固的根基的，说不定风一吹、雨一打，就倒塌了！记住，有初心，有恒心，有一条道儿走到天黑的倔劲儿，你不成功，是不可能的。任何事情，只要你舍得花上十年、二十年、三十年，甚至毕生的时间去做，不走捷径，不投机取巧，老老实实，一步一个脚印，把每一天、每一阶段该做的事都做好，做得尽善尽美，若干年后，哪怕你起点再低，也会发现，原来自己一样可以非常了不起，自己一样可以成为别人"仰望"的专家、名家、大家！

瞧这一群"疯子"

女人的美不仅仅只在于外表，还在于内涵、气质、学识、情趣，总之，外表只是一扇门，门推开了，里面到底装了什么，装得多或者少，值得了几斤几两，就不是门能再替代得了的！我一直认为，女人不是因美丽才可爱，而是因可爱才美丽，长得乖巧的女孩多了去了，但若无情趣，若无对生活的热爱，顶多只能算是五观长得端正罢了！

这季节，长寿湖西岸景观道上的李子成熟了，开始有游人去采摘。其实那李子树不是拿来结果子吃的，主要还是开花供游人观赏的。花一谢，结出的果子难吃死了！但游人管不了那么多，他们只管采摘果子，要么扯下枝丫来采摘，要么直接爬到树上去采摘。扯下枝丫来的，容易把枝丫扯断，影响树形的美观；爬到树上去的，稍不注意又容易摔下来，把人摔伤。因此，每年的这个时候，景区都要安排专人去把果子摇落，免得游人采摘。

远恒佳在景区旁，校门外就是景观大道，李子树很多。估计景区人手不够吧，没安排过来，那些李子树的果子还没摇落下来，生长得好好的。程总路过看见了，便叫了几个学校的保安去帮景区代劳。这本没啥看点，就平平常常的几个保安摇落李子的事，可看点和乐趣就在于程总搞了个工作群视频直播，她亲自主持。她拦住几个动手的保安，对着视频镜头说："等一等，来，我给大家做个视频直播，今天是六一儿童节，你们最想对我们远恒佳的老师和学生说点什么？"哈哈，镜头立刻对准几个保安，几个保安也彩排过似的，齐声说："祝远恒佳的老师们节日快乐，祝远恒佳的儿童们节日快乐！"挺逗的哈，看见那视频，看见程总和保安们笑得那个开心，你也由不得自己不乐！

在远恒佳，这样的场面是常见的，他们的口头禅就是快乐生活、快乐工作，所有的一切，都要与"快乐"二字有关。集团把这种生活状态和工作状态上升到教育层面，便是"美好教育"——所有教育的目的都是要让孩子们感受美好、创造美好、享受美好！

集团宋总是搞美术的，华南师大美术学院毕业，他对员工的要求是"在快乐的工作中享受生活，做一个有愿景、重文化、懂浪漫的远恒佳人！"而程总呢，则说："为了工作，不能不忙，因为这是责任；为了生活，不能太忙，因为这是情趣！"宋总和程总的这话，在远恒佳公学人人皆知。不仅人人皆知，而且也是人人都这样去做的！工作起来是狂人，休闲娱乐起来是"疯子"。工作的时候忘记自己是谁，谁也不用提防谁、算计谁和看谁的脸色，你只管把自己分内的事干好不留摊子就行了；休闲娱乐的时候忘记谁是自己，你不用记住你是谁，在集团是啥身份，在远恒佳是啥地位，离开工作岗位，休闲就是休闲，娱乐就是娱乐，该咋笑你咋笑，该咋"疯"你咋"疯"，犯不着拘谨和扭捏！正因为如此，我和他们打过几次交道，见证了他们如何发狂地工作、目睹了他们如何发疯发傻发癫地娱乐、休闲和玩耍，我便以地道长寿人的习惯和方式给他们取了个好听的名字："疯子"！

长寿人说"疯子"不是骂人的意思，是说你特会玩，不拘小节，提得起，放得下，坦荡，豁达，乐观，幽默风趣……总之，心态阳光又特别有趣吧！

远恒佳的这群人，不论男女，把他们称为"疯子"都不为过，他们简直是太会过日子了！宋总和麦总是工作狂人，也是生活达人，搞事业、过日子，自是不必说了！我对程总是很熟悉的，她文静温婉，咋看都是"文青"一个，会写诗，会唱歌，会编舞蹈，弹得一手好钢琴，集团好多首校园歌曲都是由她作的词，这么有才华的人偏偏又是远恒佳集团的副总，真是让人不容小觑……

日子人人在过，但把日子过得快乐满满和过出诗情画意来却又不是人人都能做得到的！各人有各人的活法，同样是活，方式方法不同、心态不同，结果往往大相径庭，杨绛"不与人争"，活了105岁，巴金"讲真话，为良心而活"，活了104岁，他们是文人，心静天地宽，所以长寿；一半算文人、一半算画家的黄永玉，这老顽童，像个小孩子，贪玩、善玩、会玩，人称"黄疯子"，都玩成"疯子"级别了，你说他能不健康吗？

　　长寿湖畔远恒佳公学的这群"疯子"，他们带来的远不止"美好教育"的优质教育理念，他们还带来了健康的生活方式。在工作压力大、生活节奏快的变革时代，如何给精神减压、给情绪减负，让自己工作之余能尽快得到放松和休息，其实是非常重要的，如果这事处理不好，那么所有的努力和奋斗对自己的人生来说，都没有多大的实质意义了！

　　民宿为什么当下十分火爆？因为它把原本没有一点美感的东西经过"穿衣戴帽"的艺术加工，装扮成了艺术品。比如乡下人废弃的石磨，那玩意儿笨重、粗糙，磨粮食费力不讨好，有了电磨，乡下人早不用它了。可是，有城里人去把它清洗出来，摆在一堆造型独特的石头上，旁边是小桥流水，视觉效果一下子就不同了，居然美得很，美得你不能不回想起儿时的"农耕文化"。邻村有幢老屋，木制的，长年无人居住，也无人维修，破败得不得了，都快散架垮塌了。前年，一城里人回去花钱将它扶正，适当修补，喷上防腐漆，改造成"民宿旅馆"，你信吗？生意竟然是出奇好，你要去住一宿，得提前半个月预订。

　　想起第一次去远恒佳，程总带我去学校最高处的那棵黄葛树下，看黄葛树上生长的灵芝。那树的周围是一带缓坡，缓坡上种满了绿草。绿草丛中，时不时有圆柱形的石头立着，不高，直径不到半米。我以为是专门做的"水泥墩子"，供人坐吧，没怎么在意，谁知程总告诉我说，那些石墩全是钻地基时从地下取出来的。本该拉出去扔了，搞美术的宋总却不许扔，非要把它们全放在山坡上不可。还别说，那一放真还放出了不一样的"美"来。另有一件事，是我第二次去远恒佳，麦总带大家参观校园。在小学部教学楼的一个角落处，死角落吧，她征求大家意见，看怎么将"死角落"变成"活角落"，想来想去，她说："我有一个想法，做成一个家门，角落两旁绘壁画，配城市灯光，让孩子看见那门和那城市的道路、灯光，就想起温暖的家！"这是我亲自在场，亲自听麦总描绘那情景的。说实在，遇上这样的"角落"，许多人首选的是做"储藏室"，存放清洁卫生用具，可麦总想到的是视觉美，是孩子眼中和心中"温暖的家"。

　　生活中不缺少美，缺少的是发现美的眼睛。过日子也一样，生活中不缺少快乐，缺少的是发现快乐的心态。长寿湖畔远恒佳公学的这群人，没有一个不是百里挑一、千里挑一选拔来的精英，教书育人，内行得不得了。像我那徒弟，获得的奖状、奖杯，不是用双手抱、提包提，是要用大麻袋装、肩膀扛的。此话一点儿不夸张。在远恒佳，比她更厉害的比比皆是。四个校领导都是博士，并且校长王振权还是双博士学位。那是第二次去远恒佳吧，同行参观的有个外籍教师，美国的，在学校教英语。他识得来汉字，说不来汉语，于是学校叫了个英语老师来做随行翻译。翻译是个小女孩，大概二十岁出头吧，小乖小乖的，面容姣好，十分逗人喜爱。外籍教师说什么，她同声翻译出来，那个流利、快速和准确，简直令我惊讶不已。我问她是哪学校毕业的、英语几级，她说她是西南大学外语学院毕业的，刚读完研究生，英语专业八级。西南大学，我的母校呀，她这么一说，我瞬间为自己的母校骄傲起来了。我和她开玩笑，我说："你来远恒佳，屈才吗？"她莞尔一笑，摇头："机会多着呢，常出国去培训……"然后停顿片刻，补充，"这里不怕你没机会，就怕你没本事！"

客观地讲，这群人，谁也不缺本事，甚至谁也不缺钱！不要以为一说钱就不亲热，就有点俗气变味，不那么高尚纯粹了！生活离不开钱，钱不是万能的，没钱却是万万不能的。在市场经济时代，本事往往与钱挂钩，你有多大的本事，就能挣到多少的钱。这群人，既是"精英"，肯定就不会缺钱，对吗？否则那还叫啥"精英"呢？他们不缺本事，不缺钱，缺什么呢？缺怎样过好有意义的休闲娱乐时光，缺怎样确保在高负荷运转的脑力劳动后能尽快消除疲劳，或者能尽量减轻精神上的压力。程总他们的"疯""傻""癫"，不正好说明他们注意到了，也明白和悟透了没心没肺地生活、"疯疯傻傻"地享受童趣，其实才是对自己身心健康的最好呵护！人人视"疯""傻""癫"为不成熟、不稳重、不端庄，有失大雅，所以人人远而避之，千方百计装紧开口慢开言、装举手投足的仪表堂堂，装不苟言笑的谦谦君子风度，但长寿湖畔远恒佳的这群"疯子"，他们不，他们就像回乡下去洗净石磨、修缮破房屋的个别傻乎乎的城里人一样，他们以自己独特的审美眼光让原本人人避之鄙之的石磨、破房屋焕发出美的光彩来。能把别人看不见的美把玩出美来，那也是一种生存的智慧！

我喜欢这群人，喜欢他们工作时的"狂"、休闲时的"疯"和待人处事时的傻、简单、直白、没心没肺！

我们不缺梦想家，缺的是实干家。

祝福这些孩子

　　连续几天推介宣传，远恒佳公学的招生计划正朝着圆满完成迈进，下午，公学工作群里贴出告示，初一年级即将满员，得提高"门槛"，控制人数了！

　　一所新办的学校，在短短的时间内，能得到广大家长和无数孩子的认可，愿意来读，一方面源于学校老师的努力，他们真是辛苦了，没有节假日，没有白天黑夜，他们只有心中的那个目标，让这所学校迎来"开门红"。我几次去学校，目前连像样的办公环境都谈不上的"白骨精"们，没有一个不是端起饭碗谈教学、放下饭碗谈招生。他们苦着、累着、微笑着，一遍又一遍、不厌其烦地给前来参观考察的家长介绍学校优质教育的各种资源。我是个夜猫子，有时睡得相当晚，但即便深更半夜了，学校工作群里依然会有老师在分享白天招生和家访的心得体会。有这样一群敬业的读书人，远恒佳招不到学生几乎是不可能的。另一方面呢，学校的确太漂亮了，走进校园，你会惊羡于美丽大气的教学楼、运动场！我说的是"美丽大气"，而有的家长却说的是"美丽霸气"，其实学校真还是美得有些"霸气"的。据学校老师讲，当初规划设计这所学校的时候，宋总是亲自带着几家投标公司的设计师专程去欧洲和美国实地参观了不少"最美校园"的，然后回来，才有了如今校园的雏形。搞艺术的人，多半有"完美情结"，假如你有时间去远恒佳公学的话，千万别急，也不要走马观花，你一点一处用心去看，去体会，你会发现，大到教学楼、图书楼、学生宿舍、学术报告厅、创客室，小到校园内的一盏灯、一棵树、一个垃圾桶，都无不从形状、摆放位置和种植的地点，考究有加。我是到校园里去转过几次的，有次我就和程总开玩笑："你们宋总是在用绘画的手绘校园的蓝图！"

有这两方面的原因，学校招生"爆棚"在情理之中，何况除此之外，师资力量的配备还那么夺人眼球呢——那些老师，不用介绍他们的骄人业绩，只看他们睿智的眼神、和蔼的笑容，就知道把孩子交到他们手中，你是用不着操心的！俗话说，你读过的书、经历过的人生，都写在你的脸上，流淌在你的目光里！此话放在远恒佳公学的老师们身上，真还是假不到哪里去，毕竟他们是从若干应聘者中"脱颖而出"的嘛，再差也差不到哪儿去！

祝福已经拿到录取通知书的孩子们，特别祝福即将入读初一年级的新生。首先，能到这所"美丽霸气"的学校里来读书，成为校园里的一名学生，你的运气是相当好的，你们应该不负时光，在未来求学的日子里，加倍努力，多多珍惜。再苦再累也就那么几年，现在不努力，机会错过了，将来你想努力也不行。入学后要好好读书，力争将来学有所成。其次，远恒佳公学与别的学校有所不同，比较注重学生生活能力、生存能力的培养，除了做人要有礼貌，要讲诚信，要守规矩，不能恃强凌弱，不能攀比和无节制铺张浪费外，更重要的是要懂得尊重人、尊重父母、尊重老师、尊重同学、尊重你身边的每一个生命体。高贵也罢，卑微也罢，你都得尊重。

聊点题外话，这些孩子拿到录取通知书了，求学的生涯即将翻开崭新的一页，这个假期，能不能待在家里，安安静静地读点优秀的文学作品呢？文学是艺术之母，所有的艺术都离不开文学的熏陶，哪怕你将来不读文科，只读理工科，甚至将来也不从事与文学有关的工作，但是，我依然希望在你们这年纪，多读点优秀的文学作品。你们要学会从儿童阅读向少年阅读的过渡，要学会从读图逐步过渡到读文字，从读童话故事逐步过渡到读人生故事。从某种意义上讲，文学作品属"闲书""无用的书"，它们不会带给你们有用的专业知识，但你读了，你就会明白年轻时是否读过一些优秀的文学作品，未来生活的情趣和对待生活的态度是大不同的。我的两个孩子拿到初中录取通知书那个假期，我专程带她们去了重庆新华书店，我让她们知道天下的书籍很多，你咋读也读不完，但只要去读，你的人生就会慢慢和那些不读书的人拉开距离。那年，我让两个闺女自己挑选了若干本她们喜欢的文学书籍，并用一个假期的时间把这些书籍读完了！我在你们这年龄段，至少是读完了中国二十四史演义的，读完了中国古典四大文学名著，读完了巴金的《家》《春》《秋》和老舍的《骆驼祥子》《四世同堂》等。这些文学作品对我后来的人生和今天走上文学创作道路的影响是很大的。

最后，我想对这些幸运的孩子们说："假期如果可能，学做点家务，替爸妈刷刷碗筷、洗洗衣服、拖拖地，当面对爸妈说一声辛苦了！"试一试吧，做家务活不难的，挺有乐趣；对爸妈说声辛苦了也不难，你一旦说出来了，就一定有意外的惊喜！

要做就做最好

　　我们几个高中时候的同学，相约要去看当年教我们语文的陈永言老师。我们毕业时，陈老师是所有任课老师中年纪最大的，五十多岁了，四十年过去，好多比他年轻得多的老师都"走"了，而他还健康地活着，九十多岁高龄呀，还思维敏捷、谈吐清晰、行走自如，不容易呢！我们问他养生的秘诀，他笑着说："凡事认真，讲质量，不讲数量，吃不讲吃得多，讲吃得有营养，睡觉不讲睡的时间长，讲睡得踏实，出门散步，不求非得要走多远，但一定要让筋骨活动开……讲质量不讲数量。毛主席说过，世上最怕认真二字。你一认真，啥事都迎刃而解，包括健康！"他还告诉我们，他教书时也是这样，不上课则罢，只要上课，站到了讲台上，必定要全力以赴，把一堂课讲得深入浅出，让学生能真正学到知识。这一点，我深有感触！比如那时我作文写得好，几乎每一篇，他都要用毛笔抄写成大字报，贴在教室墙壁上，供大家阅读。他教两个年级四个班的语文，每一个班他都要抄一份。想想，放到今天，还会有这样不怕劳神费力气的老师吗？

　　回到家里，打开微信看朋友圈，看到远恒佳公学老师们发的视频。视频是集团深圳总部公学总校长毕总讲学校质量管理的，他说长寿湖畔的这所公学要开学了，他代表集团务必给大家提个醒，质量和品牌是生命力，没有质量的保证就出不了品牌，没有品牌就没有立足之地，不论你搞得多热闹，最终还是要落实到质量和品牌上来，否则就是今天轰轰烈烈，明天黯然失色。他还列举了集团几所办学时间长、经验丰富、运营成熟的学校做例子，他说学校计划只招两百多个学生，前来报名的却有两千多人……为什么会出现这种现象？那就是我们的教学质量上去了，我们远恒佳的品牌效应出来了！市场竞争激烈，老百姓没有一个是傻子，你办学的质量好不好，他们的孩子送到你这来放不放心，他们花的钱到底值不值，他们当面不会告诉你，但心中是有谱的，你的办学质量和教学的实际效果离他们的期望值远了，或者离谱了，对不起，他们只用一种方式表示抗议，那就是走人，不在你这读了！

他的讲话内容很多，但概括起来不外乎质量和品牌是办学的重中之重。他说："我们远恒佳，只做最好，不做勉强好和将就好！"

这使我想到了陈老师对我们几个同学所说的关于"认真"的话。做事严谨认真，从来都是成功的阶梯，不论做人做事，如果不踏着这个阶梯一步步走，终究是达不到成功的顶峰的！

我妻子现在工作的地方旁边就是远恒佳的菩提印象幼儿园。我去接妻子下班，有时不凑巧，妻子要耽误一会儿，叫我等一等，我便去那幼儿园门前闲逛。我看幼儿园的老师们怎么照顾和陪护孩子，看孩子们玩什么、怎么玩、玩得快乐不！所谓百闻不如一见，人家说好说坏，都不如你自己去亲临其境看一看。看过几次，给我直观的感觉便是远恒佳的幼儿园真还是名不虚传的！今天去看望陈老师的同学中，恰好有一个同学的小孙孙在这所幼儿园里读，这个同学说："一分钱一分货，远恒佳收费贵一些，但人家有贵的道理，所有把孩子送那儿去读的家长没有一个觉得钱花得不值，所以每学期入学报名时总是人满为患……为了下一代，老百姓不怕花钱，就怕花冤枉钱！"

如今提倡"工匠精神"，鼓励人们做事细致认真。毕总反复强调说到底就是这种精神，不办学校则罢，要办就办一流的，不仅设施一流、教职员工素质一流，教学质量和品牌也要一流！只有一流，才站得住脚，才对得住自己投身教育的情怀，对得住家长们的期待和孩子们的明天！

还孩子快乐的童年

如今，有一种现象越来越普遍，就是很多家长以剥夺和牺牲孩子童年的快乐为代价，过早和过于苛刻地把孩子逼上了"早熟"的道路！

你说早熟吧，也未必尽然，所以我在早熟二字上要加引号。这些孩子，学说成年人的话，学成年人那样"老成持重"，但却没有真正成年人的心性，也不具备真正成年人的认知，他们只是被过早地逼成了"成年人"。这是儿童教育的悲哀！

孩子应当有孩子的生活方式和成长方式。我们家长该做的只是引导，除非实在不能为的"越界"行为，最好都不要制止。如果我们有耐心，有时间，多陪陪他们，多带他们出去走走，认识并逐步适应这个世界。在陪伴的时候，家长最好不要错过一个个让他们"见习"的机会。所谓"见习"，一是"见"，二是"习"。比如过红绿灯和斑马线，我们不仅要告诉他们在什么样的情况下可以横穿马路，什么样的情况下不可以，然后再告诉他们这是为什么？又比如进了电梯，该怎样使用各种按键，该怎样给出去的人和进来的人让道，乘电梯应该规规矩矩地站着，不吵闹，不蹦跳，等等，然后又不忘告诉他们这是为什么？

孩子都是有好知天性的，对眼前世界的了解既是出于兴趣，也是好知天性的必然。我们小时候，有部书叫《十万个为什么》，这部书真是为那个时代的孩子打开了认识世界的窗口。这部书现在还有，还在不断更新和再版，作者叶永烈已经九十多岁高龄了吧，前不久还读到过关于他近况的报道。我倒是希望多一些《十万个为什么》这样浅显易懂的科普读物，让孩子们快乐轻松地认知世界，而少一些粗制滥造的糟粕之书。衡量一个作家有无良知，通俗的说法是作品要"敢于示女"，啥意思呢？就是说你写出来的作品要敢于拿给自己的女儿读！对于儿童文学作家来说，我觉得这一点尤其重要，你写的书，自己的女儿都不愿意读，你凭什么去让别人的孩子读呢？当然，绝大多数的儿童文学作家是优秀的，我的朋友中，好几个是著书几十部的儿童文学大师，说此，我只是希望他们尽可能用自己的文字带给孩子们童年的快乐！

现在的孩子的快乐似乎越来越少了！有些小孩尚未学会说话，就被望子成龙的家长们逼迫着去背唐诗宋词，或者去学绘画、弹琴，搞所谓的"艺术熏陶"。孩子接受一些这方面的早教和熏陶没有错，只是不能过度，不能揠苗助长，要适可而止和顺其自然。孩子有孩子的天性，不是每一个孩子长大了都要去做文学家、美术家、音乐家的，他们长大了只是要做一个独立人生活在这个世界上。他们更多的是要掌握基本生存能力的和生活能力，至于长大后具体从事什么行业，要向着什么方向发展，多由他们的兴趣和天赋来决定。如果我们操之过急，不仅剥夺了他们童年的快乐，甚至还适得其反，容易引起孩子的反感和厌倦。媒体上这方面的报道多了，有的小孩子过早练舞蹈，把腰椎练骨折了，成了终身残疾；还有的小孩过早练钢琴，没完没了，不见日月，结果练成了"神经衰弱"，厌食，厌琴，厌音乐……想想，这又是何苦呢！

很多喜欢折腾的家长总是以"不要让孩子输在起跑线上"为冠冕堂皇的借口，肆无忌惮地剥夺孩子童年的快乐，让这些孩子过早地"成熟"，过早地步入了"竞争"的洪流里，殊不知"不要让孩子输在起跑线上"这句话是不懂孩子教育、违背孩子成长规律的瞎折腾。赢在了起跑线难道就是赢得了终点？人生是一场长达几十年甚至上百年的长跑，你跑赢了童年，难道就一定能跑赢少年、青年、中年和老年？做家长的，如果真为了孩子好，那就别急别躁，让孩子在哪个年龄段做哪个年龄段的事，他们的日子长着呢，千万别透支太多！

我觉得远恒佳真是一群懂教育的人在搞教育。整个集团，那么多办学实体，那么多学生，涵盖了从早教、幼教到小学、中学直至大学的全过程，每一个阶段，他们都是有清晰的目标和科学的教育方法的！他们这群人有"教育情怀"！你去远恒佳实地看看，看看他们课程的设置、师资力量的配备，甚至还看看他们每一间教室和每一间学生寝室的内饰、书桌安放、储物柜摆设，你会发现，没有一样不是"用心良苦"！我好歹也是学师范的，好歹也是当过几年老师的，或者自吹自擂一点说，好歹也是把两个闺女送进了像样的高等学府的，难道就真看不懂一点教育的"道道"吗？他们的所作所为就是要给孩子快乐的童年、健康的身体和健全的身心。有这三样东西，即便孩子一时输在了起跑线上又怎样，急什么，追赶得上的！

我在《陪着孩子成长》那部书中，讲到了台湾作家龙应台第一次送孩子去学校读书时对老师说的话，龙应台说："今天我把孩子交到你们手中，希望将来你们还我一个对社会有用的人！"对社会有用，不是只对自己有用，这是所有教育的目的，如果教出来的学生只对自己有用，成为一个"精致的利己主义者"，对于人类社会来说，这是多么可怕的事情。这些"精致的利己主义者"，他们虽然赢在了起点，但到底又能持续跑多久、跑多远呢？

远恒佳要做的事就是让你赢在起点，还会让你赢在过程，赢在人生最后的终点，因为在教育你如何做事的同时，他们更在教育你如何做人。做人与做事，人生不可或缺的两条腿，缺了任何一条，奔跑起来，你都困难重重、力不从心！

还孩子童年的快乐，不要剥夺了他们享受童年快乐的权利，若干年后，他们长大了，童年的快乐就会成为他们美好的回忆，若没有了这些充满童趣的美好回忆，那么他们的人生，再成功，再辉煌，也必定是要在幸福指数上大打折扣的！

读书依然能改变命运

　　去年的今天，《长寿日报》蒙总约我写了一篇关于当年高考的故事，于是，努力回忆，总算在倥偬的岁月里寻找到了那些散落的时光碎片。我把它们捡起来，拍去尘封的泥土，然后抚在怀中。情不自禁地，我的心震颤了，我的眼迷蒙了，泪水从眼眶深处浸润而出，悄悄滑过我的脸颊，轻轻地，轻轻地，在皱纹似沟壑的脸颊上徜徉！

　　1977年恢复高考，当年最先走进考场的那一代人，大多已经上了年纪。那一届，主要是面向社会招的，参考的考生，有的三四十岁，已为人夫、为人妻。1980年，我参加高考，这一年，由各省、直辖市出题改为全国统一出题，并且也第一次主要面向应届毕业生招生。所以我们那一届，比起1977级、1978级、1979级来，年龄普遍小许多。像我们年级有个小学弟，考进大学还不满14岁，他如今是某地级市的主要领导，相聚了，大家还拿他当"小娃儿"！

　　高考改变了无数读书人的命运。我参加高考那一年，全国考生333万，录取27万，录取率非常低，不像现在，高校扩招。网上有个通俗的说法是，恢复高考最早的十年招的大学生总数不如现在一年多。所以，那时候的高考，是真正的千军万马过独木桥，那阵的大学生，是真正进了象牙塔里的骄子。当时，我们的学费非常低，生活费非常低，像我们师范生，连学费和生活费也是全免的，每月学校还要补贴3元钱的零花。正是冲着这一点优惠，好多贫寒子弟选择了读师范院校！

　　我们那代学子，走出大学校门后大多成了社会的"精英"和单位的"骨干"。

全年级 100 个同学，留校 12 个。这 12 个同学，除个别从政外，其余都做了学问，如今全是博导和硕导了，正教授、副教授，吓死俺娃娃她们爹，弄得我都不敢回母校去见他们。不留校而分配到社会上的，从政的一半，教书的一半。从政的和我一样，大多没混出啥名堂来。没从政而从事教育工作的，女同学差不多该退休了，男同学们还能再"苦熬"几年。这些同学，基本上是大专院校和重点中学的骨干，教书几十年，没经验的熬也熬出经验来了。我呢，假装写书，几十年，装也装成了"作家"！俗话说，谎言重复一千遍便是真理。假话说多了，连自己也信以为真。人家真敢叫我"作家"，我也真敢去答应，其实我离"真作家"远着呢，差距何止是十万八千里！

高考依然是贫寒子弟逆袭和华丽转身的门槛，读书依然能改变一个人的命运。对于贫寒子弟来说，至少高考的大门是敞开着的，只要有真本事，你完全可以通过高考来一次人生美丽的逆袭和华丽的转身！

虽说如今的文凭好像贬值了不少，但真正像样的文凭依然含金量高，依然是块不错的敲门砖。其实在好的大学里读几年书，即使所学不多，但在那样的环境和氛围里"混几年"，还是混得到一些东西的。过去叫"受过高等教育"，现在叫"受过高校文化熏陶"，叫法不同，换汤不换药，总之，一句话，读书和不读书还是有差别的吧！

长寿湖畔的远恒佳公学还没正式开学，从招录的生源来看，过一两年的这个时候是有一批学子要去迎接高考的检验的。他们的家庭条件普遍较好，自己的学习成绩也不错。选择远恒佳完成求学生涯，不论家长，还是学生自己，都应当是经历过深思熟虑的。不容置疑，最终选择到远恒佳来，那是对远恒佳教育质量的极大信赖和肯定。在高考中取得好的成绩，让学生有一个好的前程，也是远恒佳的压力和动力吧！

还这片土地碧水蓝天

长寿湖是很漂亮的，毕竟是西南地区最大的人工淡水湖，湖面辽阔，有很多岛屿星罗棋布在湖水中，这些年搞旅游开发，重点打造，政府又投入了巨大的人力财力，不漂亮也说不过去吧！

小时候常去湖边玩，那时的长寿湖由两个单位共同管理，一个是长寿水力发电厂，一个是长寿湖渔场。这两家企业当时都比较大，经济效益非常好。长寿发电厂发的电，通过 11 万伏的高压线直输重庆，照亮了整个山城的大街小巷；长寿湖渔场养的鱼，每天深夜十数辆大卡车拉上重庆，若哪一天堵路了，不能按时送到了，重庆市区的鲜鱼市场至少要拿三分之二的摊位挂出"今日缺鱼"的告示牌来。随着经济的发展和市场的繁荣，今天的情形有所改变，不过，你到重庆市区转一转，电自不必说，肯定是长寿发电厂输送去的，鱼呢，你多看看吧，看有几家卖鱼的店不打"长寿湖生态鱼"的招牌。

长寿湖建于 20 世纪 50 年代，那一带原本是荒山野岭，龙溪河从上游的梁平流淌而来，在此平坝处形成较为开阔的湖湾，再往下，悬崖绝壁，落差骤然变大，23 公里河道，落差居然达数百米。于是，国家便决定借地形的优势在此修建中国的第一座梯级发电站，在河道由宽阔变窄的瓶颈处修筑了如今可供游人参观的大坝，拦河引水发电，同时也在湖里养鱼。龙溪河上的发电站，真是中国的第一座梯级发电站呢，我念高中时的地理书上就讲到这条河和河道上依次而建的几座发电站。当时年纪小，不懂得"第一座"啥概念，但也是满满的自豪，管它第一到啥程度，总之是没有不自豪的道理的！

有一个说法，说长寿发电厂是葛洲坝水利工程的摇篮，建葛洲坝水电站的那些工程师，大多年轻时在长寿发电厂干过，他们由这儿起步，然后去川西汶川的映秀湾电站，再辗转云贵川，最后到了葛洲坝。此话可信与不可信，不去做过多的考证，新中国发展到今天，哪一处不是经历了一代又一代人的努力呢！

长寿湖建好后，大坝由部队守卫，直到改革开放，部队撤走，长寿湖整体交由地方政府管理，人们才可进去一睹大坝的风采了！

长寿湖的水质一直都很好，龙溪河发源于梁平的百里竹海，流经垫江，注入长寿境内。沿途崇山峻岭，森林茂密，又没有工业污染，河水清澈的无与伦比。像我们做孩子那阵，一到了夏天，就要下湖里去泡澡游泳。湖水明净，湖面波光粼粼，蓝天白云下，尽情地畅游，游过一排排波浪，游过一排排贴着湖面低旋徘徊的雁阵，那份来自内心深处的舒爽和惬意真是不提了！

后来长寿湖有过一段时间的污染，众多媒体报道过，不过，经过整治，又恢复到了以前的模样，水质一流的好！

如今去长寿湖，碧水、青山、蓝天、白云，秀美的湖畔公园，和一幢幢典雅别致的湖畔民居，浑然天成，无不焕发出湖畔山川特有的秀美、俊美和臻美！

远恒佳公学就在湖湾处，周边有高档的别墅区。最初来此，选定了位置，集团宋总就给随行的设计师和施工人员交代："我们得天时地利，拿到了这么一块风水宝地，记住了，不论工程设计和施工，都要还湖畔的山清水秀，不能有任何的一点污染。生活用水要循环利用，不许直排入湖里；施工的渣土，哪儿出哪儿处理，变废为宝，一车一铲都不许拉出工地去！"后来校园的设计和施工果然按宋总最初的想法来"定制"了。校园内的生活用水，经几道工序的循环利用和处理，最终排入湖里时各项指标均达到了净化无污染的要求；工地施工，没有尘土飞扬，也没有一石一土拉到工地外去倒掉！

校园附近也有一些民居，退回去 20 年，这一片完全可以用"荒无人烟"几个字来形容，有民居，也是最近几年的事情。其中有一户人家改建了农家乐。我去问过他们，远恒佳建到家门口来了，好不好？老板一个劲儿点头说："好啊好啊，能照顾生意嘛！"其实照顾生意只是一个方面，最重要的是没有污染，没有吵闹。施工的建筑队都由集团从深圳带来，除了质量保证外，也尽量做到无污染的文明施工。毕竟是集团自己的施工队伍，跟随宋总多年，知道宋总的为人和处事方法，不给地方带来麻烦，不给他人生活带来不便，是一以贯之的原则。像深夜了，虽然有时也加班加点赶工，但绝无敲打的声音影响他人休息。考虑得如此细致周到的"文明施工"，老实说，人口密集的城市里也未必完全做得到。发展太快，顾得了这头顾不了那头，为了赶进度和工期，深更半夜搞得人不得安宁，常有的事！

我敬佩那些有责任有担当的企业家，不论到哪儿去经商办企业，首先想到的是不给当地百姓带去麻烦，不影响当地百姓的生活，与人为善，共谋发展。民族有民族的文化，企业有企业的文化，如果没有文化，民族还是民族、企业还是企业吗？有些老板，钱不多，摆杂多，你瞧他那德行，真是吃不完要不完，走一路吆喝一路，走一路破坏一路，毫无"企业家"的基本素养，这种人，说白了，就一个书读少了的"土老贼"，虽有几个钱也未必来得光明磊落！

经过夜以继日的施工，远恒佳公学即将竣工了，校园坐落在长寿湖畔，静静的，咋看咋美。远看气势恢宏，高楼大厦鳞次栉比；近看精致素雅，亭台楼阁，巧夺天工！金山银山，不如碧水蓝天，还这片土地碧水蓝天，是宋总征地之初许下的诺言，如今远恒佳公学真的做到了！

真正的善良是尊重

有位领导说过:"帮教育怎么都不为过,因为教育是最大的慈善,把教育搞好了,就是为社会做了最好的慈善!"我很荣幸,成为远恒佳的朋友,成为长寿湖畔这所美丽公学的"文学顾问",和他们一起,分享人生情怀的快乐!

这是一群"疯子",干事业,他们是一匹骏马,不知疲倦地奔驰在祖国教育的田野,夜以继日,从不懈怠,从不放弃;热爱生活,他们是一朵朵浪花,每时每刻都绽放在波涛澎湃的生活海洋里,不抱怨,不沮丧,总是把所有的委屈和不愉快都过出诗意的快乐;他们没有小算盘,不要小聪明,他们对待朋友也从不玩花言巧语和坑蒙拐骗,他们就那么坦荡、直率、真诚和热情奔放地朝着一个目标奔跑,累并幸福着!这个目标便是办中国一流的"优质学校"。一流,不是二流和三流。为中国培养出一批又一批既有情怀又有真实本领的天之骄子,是他们坚持了整整20年的梦想!

昨晚集团宋总从深圳过来,我们聚一块儿聊人生、聊艺术、聊生活的那些过往,真还是都有无数感慨的!宋总是学美术的,华南师大毕业,早年也教过书,25岁开始创业,开过很多家广告、传媒、装饰等与文化有关的公司,做过很多样小本生意,最后因为孩子读书才投资在深圳建了集团的第一所幼儿园。他说孩子当时要上幼儿园了,看了好多家,没有满意的,于是自己来建了一家。他还说那家幼儿园的硬件设施到现在也不"掉时代的链子",非常大气美观!他特别提到了幼儿园的那个阳台,足足5米宽,适合孩子玩耍,瞧着舒服极了!大气美观,是集团所有中学、小学、幼儿园的共同特色,只要是远恒佳的,没有一所学校不美观大气，也许这就是搞艺术的老板和别的老板的不同吧，搞艺术的人，特别懂得画面和布局的"构图"美！

宋总的大儿子在美国留学，读电影专业硕士研究生，宋总说他儿子的梦想是完成学业后回国做制片人，拍点好电影。集团和好莱坞有业务联系，长寿湖畔的远恒佳公学设有艺术班，招收艺术生，培养影视艺术人才！

远恒佳重庆公学的王副总说过："教育是最大的慈善！"的确，教育强则民族强。一个家庭，若不重视孩子的教育，家庭是不可能真正"强"起来的，民族和国家也一样，十年树木，百年树人，教育搞好了，何愁明天看不见希望呢！

瞧这一群快乐的"疯子"，都把我也引诱成"疯子"了，都这把年纪了，我居然还能猴儿般爬到那么高的树上去摘李子，真是"胆大妄为"！这群人都是集团的高管，大多跟了宋总一二十年，拿年薪的！他们在老总面前也可以这么无拘无束的"疯"，可以设想，这集团真是"美好人性、美好生活、美好教育"……把所有的"美好"都落实到了每一个生活的细节中。他们相互宽容、包容，也很有人情味！员工不用在"老板"面前"秀"，老板也不用在员工面前"装"，那样的企业在中国毕竟不多，看见了，感受了，我很是感动呢！

宋总给我讲了一件小事。他说他有一个要好的朋友，也是画画的。不过，那朋友有点走火入魔，老是要画所谓纯粹的"艺术精品"，只要与"艺术精品"几个字稍有出入，就一概不画。"不为五斗米折腰"，这我理解，画家中有这样的人，作家当中也有这样的人。钻入了牛角尖，认定了一个死理儿，任你怎么劝怎么拉也无能为力。我就遇见过好几个这种死心塌地愿"为艺术献身"的文学爱好者，他们那个"痴情"、那个"虽寒苦而不问西东"的执着劲，真是令人钦佩。可是，人得生活呀，你总得油盐柴米酱醋茶地把日子过好吧，若这都可以撇九霄云外不闻不问，依我看，这"艺术"还搞来做啥，那不如直接去天上当神仙好了。宋总这朋友就属于这类为"艺术"而痴情的人，他不是去天上当了神仙，而是去山里当了"神仙"，这样不食人间烟火，让他的生活有些窘迫。宋总知道了，特意请他"出山"，给个图案设计的活儿，干得如何宋总没管，完工后给了他30万元"设计费"，这朋友清楚是宋总在刻意"施舍"，于是，"不为五斗米折腰"的性情使上了，不论咋说，这个朋友只收5万元，多的如数退回。宋总拿他没办法，哭笑不得。后来，他去山里看这位朋友，发现那山里有一种蘑菇，很便宜的，20元一斤，宋总回来后便打电话给他，说这蘑菇在外面很受欢迎，价格挺贵的，可不可以收购了寄些来，做点"蘑菇"生意。这朋友听进去了，果然收购了一些寄来，宋总收到后，按每斤1000多元的价格给他汇钱去。宋总说，蘑菇的确好吃，在外面的价格的确也贵许多，但肯定上不了百、上不了千。他之所以要花每斤1000多元的价格买，完全是想用另一种朋友能接受的方式去帮助他。这"生意"持续做了很长一段时间，直到朋友走出了生活的困境，不想再做了，才"洗手"没干了。

我也遇到过如此帮助我的朋友，新书出版了，找个理由说需要买一些，于是叫你寄书去。书寄去了，书款一分不少给你汇过来。事实上人家哪里是"需要"你的书呢，纯属朋友看见你写书不易，写了书又挣不到钱，真辛苦，帮帮你，给你"消化"一点罢了！

我常想，真正的善良是什么？是给人钱财，抑或许人一份工作？不，不，不是的，真正的善良是在给人钱财、许人一份工作的时候还给人留下足够的尊严，若这一点做不到，那么你的善良便停留在了做好事的层面上，达不到"善良"的深度。好事人人可做，但能留给受你帮助的人一份尊严，让他"体面"地渡过难关，那样的好事只有真正心有大爱的人才能够做到，所以我要说，真正的善良是尊重，而不只是施舍！

有一种辛劳叫不知倦怠

夜里，我一般睡得较晚，特别是在写作期间。其实也没做啥正经事，有时收拾一下屋子，拖拖地，洗洗衣服和碗筷，有时是独自一人待在小院里侍弄花草。我有个习惯，喜欢把落叶收集来，用剪刀剪碎，埋进地里，做花肥。这个过程于我是非常快乐的。一边剪树叶，一边听音乐，脑子漫无边际地胡思乱想，不知不觉地，书中要写的情节和内容就浮现在了脑海里。最初是胡思乱想，后来是情不自已，于是，放下剪刀，把手洗干净，取出手机来，文思泉涌，就行文如流水般将要写的文章写出来了！

昨天夜里也一样，文章写完已是深夜一点多。写完了，人尚不疲惫，睡意全无，因此又看了一会儿微信里朋友们的聊天和发的文章。在远恒佳公学工作群里，几位老师发了好几张图片，是宋总他们正加班推敲一些校园施工细节，比如路灯该用什么品牌、教室里的课桌该如何设计等，总之，应当是一些细节之类的吧！挺晚了呀，还那么反复的磋商，且大家都没有一点倦怠，真是让人佩服呢！

早上起床，麦总在群里发了几段感慨的文字，我读了，也有些感慨了，因此，想到了要以"有一种辛劳叫不知倦怠"为题目写这篇短文。麦总是这样说的："珍存创业过程中的每一点一滴，一群痴迷教育的人做着一件平凡而又伟大的事！很单纯，为了更多的孩子能接受更好的教育，为了与理想的教育梦想一同前行！为每一个远恒佳人点赞！大家如此努力，还有办不好的教育吗？对我们的教育充满信心！请家长们放心把孩子交给我们！相信我们的付出不会白费！相信你们的选择一定是正确的！更要相信孩子们的潜力将被激发！在长寿远恒佳这块美丽的校园里，如果能得到家长和新生们的前期参与共建，让我们的家长们和新生们成为远恒佳故事主角。这是我个人的突发想法。如果我们有规划有计划适当地让家长和学生参与公学服务，我想这也是一种教育，更是体验公学作风的一个好的开始。"这段话以及她后面又发的两段话，你若设身处地，换位思考，将自己平移到他们的角度，有此感慨，你能说自己的努力不是有梦想和情怀支撑着吗？他们这群人，经过 20 年的打拼，钱早已不是问题，名也早已不是问题，可是，他们依然前行，依然为了梦想而熬更守夜、不知倦怠地力争把校园建设得如诗如画般美丽，美丽到任何一处细节都争取不留缺陷和瑕疵，这种努力，若不是梦想和情怀支撑着，谁能做到？

程总戏称他们是在"把酒围炉夜话"，她说："创校阶段万事开头难，可持续性发展的顶层设计、科学完善的管理体系、优秀敬业的教职工团队培训、美丽的校园环境、优良的设备设施、高效贴心的后勤保障等等系列工作，都要在这个阶段去夯实。所以，这一路上有多少事情需要实干，有多少东西需要学习，来不及迟疑犹豫，来不及抱怨流泪，来不及推诿懈怠，哪怕累到无力，直到努力到无能为力。所以，加班熬夜绝不是工作的常态，只是为了未来的师生们能更加幸福舒心地工作与学习。只是我们会记住这历程的风雨里、晨曦暮色中相互间给予的关心、帮助与感动。待他日把酒围炉夜话时，我们谈笑间洋溢有意义的那些年、那些事、那些人。"瞧，果真是苦着、累着也快乐着哈！

工作和事业的最大区别在于工作是被动的，你被动地接受任务，被动地接受安排，因此，干着干着就觉得累得不行；而事业是主动的，你被梦想激励着，被情怀感动着，你不需要任何人的安排和驱赶，就自个儿往前奔！奔呀奔呀，虽满头大汗，浑身疲软，却毫不倦怠！是的，毫不倦怠，因为你在辛劳中享受着收获的愉悦，尽管这"收获"也许还很远，也许还十分渺小，但不要紧，它连接着你的梦想、你的情怀。这梦想和情怀如一根长长的藤，生长在你的情感深处，吮吸着你的血液和汗水，然后输送出去，直到那一朵朵叫作"收获"的花儿开放出来，亮丽了你的视野，你才如释重负地说声：是该歇歇了！

想起我写"誓言如风"三部曲第一部《滴血的承诺》时的情景，至今仍异常的欣慰和快乐。十多年前，写完《萍水相逢》和《大罗山纪事》，我对自己说："百尺竿头，更进一步！趁年轻，精力充沛，我要写一个百万字的三部曲，让自己的人生终不至于懈怠而后悔！"我果真写了。写到最后 15 个章节，春节到来了。腊月二十九，妻子说她要带着娃娃回娘家去，陪她爸妈过年。她娘家在梁平，离长寿一百多公里，那时又不通高速公路，我也没买私家车，赶着公车去一趟颠簸几个小时真不容易的，况且我也写小说正写到收尾处，放不下笔了，因此叫妻子自个儿带两个娃回去，我留在家里独自写书。原本计划是到大年十五才写完最后 15 章的，谁知妻子和孩子一走，我就没完没了地写得停不下来了。到年三十晚上深夜十二点，我居然一口气将 15 个章节写完了。我算了一下，整整四十多个小时，我没有吃一点儿东西，仅喝水和上厕所离开过书桌。此话讲出来极少有人会相信，但那确是实事。此事过去多年了，妻子还常问我："那样疯了似的写书，累吗？"我摇头说："不累，很快乐！"是的，很快乐，快乐到你不知道累，不知道饿，你的脑海里只有书中人物命运的纠葛，你陪着他们笑，陪着他们哭，你已经不生活在尘世中，你生活在你笔下的世界里！

　　程总的一段话让我想到了人为什么要有梦想，人活着为什么要有情怀，她说："跟随在宋总和麦总身边这么多年，见证远恒佳发展史，真正懂得这样一句话：'成功路上并不拥挤，因为坚持的人不多。'只有坚持了，我们才知道，随着时间的推移，任何一条通往成功的路上，同行者都会越来越少。把'胜者为王'一词改为'剩者为王'也许更能准确地表达成功与坚持的关系。"

　　励志吧，那些正在通往成功路上努力打拼的年轻人，请记住"剩者为王"，坚持到最后的才是胜者，才能真正享受到"收获"的喜悦。我若停留在《萍水相逢》和《大罗山纪事》带来的"成功"中，我能有后来的那些作品吗？宋总他们若停留在深圳总部的十余所学校带来的"成功"中，他们能有现在的远恒佳湖畔公学和正在新建的其他公学吗？

　　失败和成功往往只隔着两个字的距离，这两个字叫"坚持"。你若坚持，不放弃，不懈怠，不虚度光阴，努力了，哪怕达不到预期的目标，也一定是会硕果累累的！当然，你也要记住，人生要有梦想和情怀，别只把挣钱和挣名当成"事业"，那样你会很累！学会把工作当成事业来干，把事业当成梦想和情怀来干，只有这样，你一路前行，苦着累着，才不至觉得倦怠！

择一方净土读书

人生有许多惬意的美好事，但对于我这种"文化人"来说，也莫过于择一方净土读书、许十里桃花爱恋。读书的条件不一定要多好，啥清风明月、鸟语花香，都可以不要，只需远离尘世的喧嚣，没有人影儿晃过，没有恶臭扑鼻的风儿吹过，没有一些都市男男女女极具"撒狗粮"式的秀"恩爱"，即可！

有人说我肯定读过不少书，事实上那是高看了我。我读书挺讲究的，讲究的不是读书的环境，而是明白啥书入得了我的心、值得我花时间去读。你到书店里去看看，哪一家摆放的书不是琳琅满目，多得令人眼花缭乱！据不完全统计，光长篇小说，中国每年都要出版4000多部！高产呀，谁能跟咱中国作家比"勤奋"！不过，"有高原，缺高峰！"你去把每年出的这几千部小说找来瞅一瞅，看到底有几本入得了你的心，留得住你的目光。别说我等小文人粗制滥造的"快餐"小说，就那些号称花多少年时间"潜心"创作出来的"精品力作"，尽管获了这奖那奖，好评如潮，依我看，也"不过如此"！

我没有贬损中国作家的意思，中国优秀的作家多得数不胜数，入得了人心、留得住人目光的优秀作品也多得数不胜数，不过那已是"过去时"了，今天的作家很难再出真正的精品力作，至于我，末流文人，更是想都别去想了！为什么呢？因为今天的中国很难再找到一方供文人们静下心来好好读书的"净土"了。你心不静，读书的环境不净，咋可能写出"高峰"式的作品呢？

我如今是很少再读书的，特别是不读当下最热门的那些作家们的书。不读书，我的心原本还静、净，一读就不净了，静不下来了！我不读书，不去接收那些近乎天方夜谭的作家致富、作品致富消息，傻傻地，自顾自地写，写得不分白天黑夜，直把自个儿的作品当成了"知心情人""梦中宝贝"，多好！

不读书，也就无"择一方净土读书"的奢望。不过，重庆一媒体人来长寿，说想去看看长寿湖畔的远恒佳公学，我带他去了，学校的老总们带我俩在校园里溜达一圈，择一方净土读书的想法又有了！

学校图书大楼真漂亮，大楼里的阅览室真漂亮！反正我是头一次见这么舒适漂亮的阅览室。阅览室很大，好像是在图书大楼的二楼吧！整整一层楼，拿来做师生读书的阅览室，固然是宽敞无比的了，不过，最让人感到"此处不读书，纵读诗书又何益"的却在于那一长排临湖的落地玻璃窗。是的，一长排，我没具体问，应当是好几百米吧，总之，阅览室临湖的那面墙壁全是落地玻璃，没有一块砖石。图书大楼本在校园较高处的半山坡上，又修得高大气派，宽敞的阅览室外透过全落地的玻璃幕墙，是供师生闲坐闲聊闲看风轻云淡的平台。平台也有好几百平方米。你坐或站在平台上，眺望长寿湖的旖旎风光，要是没点诗情画意的愉悦心境，我不相信！

宋总给我讲过，他的想法就是要让师生读书时能看到湖，书读累了到外面的平台上可以舒展情怀眺望湖，所以设计时，他才要把阅览室临湖的墙面建成全落地的玻璃幕墙，并且还在幕墙外扩建了很大很宽阔的一方平台。

我每次去远恒佳公学，都要去那尚未完全竣工的阅览室里逛一逛。我对麦总和程总都说过，要是时光能倒流，还读得进去书，我一定要来此阅览室里读它个三天三夜！

话是如此说罢了，到了难得读进去书的年纪，读书的环境再好又怎样呢？你真能在那里面读它个三天三夜吗？不可能的，不可能的！

我倒是非常怀念小时候家境贫寒的日子了！大哥从厂里拿回若干本书来，我骑在牛背上，一边放牛，一边读书，那份痴迷和专心致志，现在怎么都不可能找回！即便后来考上了大学，自己也是十分喜欢读书的！据老师讲，我读大学那阵，西南地区藏书最多的图书馆一是四川大学图书馆，二便是我的母校原西南师范大学图书馆。那时的图书馆远没有今天改扩建后的新图书馆豪华漂亮，读书的条件也没法跟现在的图书馆阅览室比。前年母校的新图书馆落成，学校出版社和宣传部的登科兄、劲松兄邀请我和几个校友回去"参观"，在宁静舒适的阅览室，我抚摸排列整齐的书架照了好几张"萌照",我对二位学兄说:"要是当年我们读书的环境也这么好,不知还要读多少的书呢!"那阵图书馆的阅览室是没有空调的,座位也极其有限,每天你都得早早地吃了饭去"抢占"位置,稍慢一点,位置没有了,书架上的书报杂志也不会有!

回不了的过去,回不了的那些静心读书的日子。择一方净土读书,许十里桃花爱恋,于我,或许都将是此生永不会再来的快乐,但对于远恒佳的莘莘学子来说,这样的快乐是能够拥有的,不在梦里!

万里前程期几许

　　到远恒佳公学，程总若干次对我提及校园里的那尊巨石。人工瀑布从国际教育大楼外的平台凌空而下，绕古老的石拱桥，入溪流，左盘右旋，汇聚成"湖泊"，成为校园里的一道亮丽风景。在"湖泊"旁的悬崖上，便伫立着这尊怪异的石头。说它怪异，主要还是在于形状的独特。

　　关于这尊石头，有很多传说，一说它叫"龟背石"，是龙溪河"寿龟"的化身。没修长寿湖之前，"寿龟"的前面沟壑处是河道，湍急的龙溪河水昼夜奔流不息。后筑坝造湖，河道淹没了，整个儿一大片沟谷没入湖底，水岸线高位时几乎就在"龟背石"的山崖下。那石头，远看真还有些像一只昂头的寿龟。当地村民依据其昂头的形状，便说那石头原本是龙溪河里的寿龟，修湖时受了惊吓，爬到岸上来暂避，谁知一上岸，河流截水成湖，水位猛涨，回不去了，就化为巨石蹲在了岸边。一说那巨石是条"龙"，这龙原本也是生活在龙溪河里的。龙溪河，顾名思义，肯定与"龙"有关，河里没"龙"，咋可能叫"龙溪河"呢？这尊石头"跑"到岸上来，依然是"寿龟"的模样，总之，受了截河造湖的惊吓，上岸来了，然后湖泊修成，回不去了，化为山石……其他的说法与此皆大同小异，无非是各自根据其形状而自我审定叫其"龟""龙""虎""狼"罢了！不过在我儿时的记忆里，大家还是管它叫"龟背石"的多。"龟背石"和"拱背桥"是这一带约定俗成的地名，方圆一二十里地的村民无人不知、无人不晓！

　　长寿湖搞旅游开发，不少文人墨客来采风，写应景文章，见了这怪石，最初也有称其为"龟背石"的，但总觉得不那么"雅"，于是又慢慢地都采用了"龙腾石"的叫法。以前叫"龙腾石"的人不多，一蹭了旅游开发的"热度"，反倒是叫"龟背石"的不多了！其实不论哪种叫法，都是依了形状而寄托人的情怀！

现在远恒佳公学叫这尊巨石为"龙腾石"，确定叫"龙腾石"而不叫"龟背石"，缘于宋总他们来选地时的一次"偶遇"。那时山石林立、杂草丛生，一行人走到这巨石下面的溪流处，突然从石头后面的灌木丛里飞出几只野鸡来。野鸡换一个体面的叫法是"凤"。既然有"凤"从巨石后面飞出，那何必不叫此巨石为"龙腾石"呢？有龙有凤，龙凤呈祥，真乃人杰地灵呀！于是，搞艺术的宋总突然来灵感了，说就依"龙腾石"的说法，叫"龙腾石"了！

我去看过两次，拍了一些照片，回来对着照片仔细揣摩，说龟也罢，龙也罢，都是择其侧面形状，若真要正面稍站远一点看，倒是挺像传说中的"外星人"的，大头、大眼、高额头，因此，我有一次就和程总开玩笑说："这石头既是龟，也是龙，更是外星人！龟代表健康长寿，龙代表勤勉奋进，外星人呢，代表智慧和未来！远恒佳公学选此为址，学子有健康强健的身体，有勤勉奋进的情怀，有智慧超凡的未来，天助、地助、神助，岂不善哉、妙哉、奇哉？"闹着玩的哈，反正也是借物抒怀、借景抒情嘛，凡事寄予美好的情感，即便说得不妥也不会不妥到哪儿去！

现在，我反复琢磨，比较赞同宋总他们"官方"的叫法了，称这尊巨石叫"龙腾石"。龙是中华民族的化身，所有的华夏子孙，无不都叫"龙的传人"，办学，不就是为了让孩子们记住自己是"龙的传人"并将龙的勤勉奋进精神发扬光大吗？何况长寿湖所依托的这条河本身就叫龙溪河，管它曾经真有龙还是假有龙，总之，叫了这名就与"龙"有关吧，所以，这湖畔公学有此巨石，叫"龙腾石"，真是恰如其分、再好不过呢！

学校最终将那尊巨石确定为"龙腾石"，我想也多半是出于"龙"和"龙行天下"的考虑吧！此地有龙腾寿湖，万里鹏程搏长空；纵有征途风雨阻，他年全付笑谈中。是呀，他年全付笑谈中，远恒佳不就是期待着她的每一个学子都有"万里鹏程搏长空"的本领，同时也都有"他年全付笑谈中"的坦然情怀吗？祝福远恒佳，祝福远恒佳的孩子们，万里前程期几许，却待巴山夜雨时。一方水土，育一方人；一方校园，育一方才子。不是码头不靠岸，不是清流不行船。来到了远恒佳，来到了长寿湖畔的这所美丽公学，就等于来到了人生崭新的起点，努力吧，时光终不负你的辛劳和汗水！

腹有诗书气自华

　　要想知道一个人的人品如何，为人处事如何，你只需看他或她的目光、面容、举手投足间的一些细节，便能猜测得八九不离十。朋友们说我有一项特殊本领，看人不走眼，几乎没人能忽悠我。其实这跟我的职业有关。早些年从事警务工作，那活儿，与三教九流的人打交道多了，再傻再蠢也能练出半个孙悟空的"火眼金睛"来。好人坏人，是讲了真话还是讲了假话，心里明白着呢，欺骗不了的，所以虽经办的案子不多，但也可以斗胆地说，从没有一桩案子没查个水落石出过。后来不从事警务工作了，全职搞文学创作。这行当，更是要学会观察，学会从细微处看到人物的内心深处里去，否则你笔下的人物没有细节的支撑会显得苍白无力。写小说，故事和人物可虚构，但细节必须真实。干这活儿时间长了，写的书一多，看人嘛，也是练了半个孙悟空的"火眼金睛"来的。前"半个"加上后"半个"，无缝对接，不就等于全个"火眼金睛"了吗？

　　读过一篇文章，叫《长相年轻，是因为善良》。文章说："现实生活中，人到中年后，就显现出受性格和品格影响所致的面貌：宽厚的人多半一脸福相，性情柔顺的人面相柔和善美，性格粗暴的人总是一脸凶相，心术不正、暗地里坑害别人的人总是寝食难安、体弱多病，心胸狭隘的人大多尖嘴猴腮、双眉紧蹙。所以显得特别年轻秀美的人，一般是心地单纯、品性善良之人，这是长期的内心与行为的修炼在脸上的投影，因而相貌也一定程度上预示着该人未来的命运。"这话也就我说的那意思吧，你内在的修炼全暴露在你的脸上和你的目光里。"眼睛是心灵的窗户！""面容是你人生故事的屏幕！"你经历的世事多了，交往过的人多了，就会明白，此话真没错的！

古人说，腹有诗书气自华！喜欢诗书的人，内心大多比较纯净，没有小聪明，没有小"九九"和"烂摆杂"。他们真诚、善良、平和，与人相处总是能换位思考和设身处地替别人着想。像远恒佳的几个老总和几个博士校长，这群人给我的印象无不是"腹有诗书"的。那天晚上，我在乡下老家弄点自己种的时鲜菜蔬吃！乡下嘛，空气好，水土环保，城里人是十分喜爱去那些地方随性玩一玩的。程总知道了，她说要来；后来宋总和麦总知道了，也说要来。结果他们都一齐来了！不在乎吃什么、玩什么，就图个乡下的田园风光瞧着舒服吧！我们去地里摘李子、黄瓜、四季豆，然后做出土不拉叽的"美味"来，大家吃得非常尽兴！吃饭的时候，他们你接着我、我接着你地朗诵古诗和新诗。程总是写新诗的，许多首校园歌曲都是她写的歌词。她的诗真是写得好，语言优美，意境温润，那些文字，无不像她人一样，秀美于外，温婉细腻于内，没有一点儿的"粗糙"。王副总喜欢古诗，吟诵起唐诗宋词来，那可是了得！宋总、麦总，都一样的，古诗词来得，新诗也来得。席间，几个老总无不都诗兴大发，露了一手！

我惊叹呀，我惊叹于我这个"专业"的"文人"反倒不如眼前这几个"业余"的"诗人"。特别是王副总，他坐我旁边，吟诵起古诗词来，滔滔不绝，简直令人目瞪口呆了。他说："但老师，咱们远恒佳与你有缘，不信我背几句诗你听，是我们远恒佳人自己写的，好多年前就写了，里面找得到你的'但'字、'远'字、'军'字！"我只当他是闹着玩的，谁知他真背了几句诗出来，那几句诗里也果真能找出我名字的三个字。他背，宋总也背。既然他们都能毫无准备地即兴背诵出那些诗句，说明那些诗句真是早已烙进了他们情怀的深处，是陪伴着他们走过"远恒佳"岁月不谢的花朵！

有天晚上，大概深夜十一点多钟吧，王副总在群里贴出数百字的"湖畔书院赋"来。他住在长寿湖的快乐岛上，他把那儿"命名"为"湖畔书院"。那文字和韵律的对仗、意境的渲染和情怀的表达，我服了呀！我对王副总说："这世道太不公平了，我大学学历史专业，学历史的人其古文字造诣未必比学中文的差，因为要读古籍嘛，可是看了你写的赋，我才发觉自己的古文是白学了，自己的那个大学历史学文凭也是白拿了！"当然，王副总虽是学数学，但古文学修养深厚，在他面前谈此，咱的确是滥竽充数的！

腹有诗书气自华，一个人多读点书总是有好处的！有句话叫"诗书从不败美人"，如果你是美人，有一天你的容颜被时光打败了，被多舛的命运打败了，被那些生活中鸡毛蒜皮的琐碎事打败了，你感觉到自己越来越丑，越来越苍老，对不起，我告诉你吧，真正打败你的不是这些，是你腹中没有诗书！没有诗书的腹，哪里容得下时光的流逝和委屈、憋屈、世事的不如意？哪里消化得了万千红尘里的那些舍得、舍不得与放下、放不下？你腹中没有诗书，年轻时还可以靠外表支撑 10 年、20 年，人畜无害，也人见人爱，可一过中年，外表支撑不住了，额头上有了皱纹，目光里有了怨恨，面容上有了尖酸刻薄的仇恨，这个时候，你稍用点心，就会明白，"腹有诗书气自华"，这话讲得挺有道理的！

今年的高考有个明显的变化，作文倾向于名著和"面"的阅读，像北京市的高考作文，你没读过《红楼梦》《平凡的世界》那几部名著，你是没法写那作文的，哪怕你文笔再好，巧妇难为无米之炊，都没法写。前不久教育部部长接受央视记者的专访，也谈到了未来的学生得注重文学的修养，语文教学以增加学生的阅读量为主，要让学生多接受名著和传统文化的熏陶。昨天新闻出来了，明年中学语文课本使用全国统编教材、高考语文试卷增加名著阅读方面的内容。

过去，读书人不论学理学医学文，文学的熏陶都不欠缺，像许多大科学家、大医学家，哪一个的"文学"修养是欠缺的？因为要把研究成果变成文字传播出去，你必须会写，你不会写，写不好，"论文"咋可能讲得清楚"道理"呢？还有，你是读书人，得有读书人基本的品德和人格，而这，不是数学、物理和化学、医学可以教给你的，你还要依靠文学的阅读来充实和增加自己的内涵，比如修身养性、家国情怀等。自古以来，文学都被称为艺术之母。你从事任何一门艺术，都不可以缺少"文学"的熏陶，缺少了，你弄出来的艺术品总之是要差那么一点儿东西的，你自己，也更多的是"匠人"，而不是真正的"艺术家"。现在很多学者、医生、专家、演员、歌星、工程师，为什么受人诟病，说他们缺少文化底蕴，没有人情味，咋看咋不顺眼，其实说白了就是缺少了"文化的熏陶"，没有温润的胸怀，没有大爱的情怀，更谈不上啥与人为善、换位思考了。他们从上学读书的那一天起，"文学"就被忽视了，人人学奥数，人人学"脑筋急转弯"，没有把读文学类闲书当回事儿。这批人长大后到了各自的工作岗位上，缺的哪是技术，缺的只是"闲书"带来的"心灵熏陶"。

其实如今的年轻人论知识，他们比我们丰富多了；论才干，他们也比我们强多了。时代不同，他们学的我们没学过，他们懂的我们不懂。但如今的年轻人缺少"文化的熏陶"。举个简单的例子，比如我们那代人，忙，没接到别人电话，忙过了，看见了，一定会打个电话过去问问有啥事。不一定人家就真有事，说不定是想找你随便聊两句的，你不打过去也不紧要，可是你偏偏要打过去，因为你懂得那是对人的尊重。还有聊微信，像我们那代人，绝不可能聊着聊着人就不见了，只聊了上半句就没有下半句，再忙，你都务必要说声："对不起，有点事，回头聊！"因为那样你才心安，才觉得自己不缺少对朋友的尊重。可我遇到的无数年轻人，和你聊着聊着，正说到兴头上，他或她就消失得踪影全无。你在那里傻痴痴地等，人家才丝毫没在意呢！遇上这样的年轻人，你能不摇头叹息吗？

"腹有诗书气自华"，"诗书从不败美人"……这些话都是针对一个人的内在文化熏陶而言的。走过半个多世纪，见过的"才子佳人"数不胜数，但像远恒佳的"才子"和"佳人"们那样，腹中真有诗书，"气"也真的"自华"，到底是不多的，好多"才子"败在了"诗书"，好多"佳人"败在了"气自华"，但他们没有。他们善待诗书，所以诗书也善待他们！

大道至简与大道直行

开车时间久了，或者开车走的地方多了，就会发现，宽阔平坦的大道往往是没啥装饰的，除了一些整齐划一的行道树，几乎连路标指示牌也少有。路面太宽阔平坦，天高地阔，一眼便能望到天之尽头，对于这样的路，所有的装饰都显得多余。

两个闺女大学毕业那年夏天，一家人自驾经古城阆中，出剑门关，到汉中，再到西安，然后又由西安向西，经咸阳和甘肃天水，再由九寨沟、若尔盖草原返回。其中西安到咸阳那段路，8车道，限速120公里，宽阔平坦得不得了。八百里秦川，真是名不虚传。正是夏日的傍晚，血红的夕阳搁浅在遥远的地平线上，整个渭河平原沉浸在宁静肃穆的殷红色晚霞余晖中，放眼望去，除了辽阔还是辽阔，除了宁静还是宁静，路上连往来的车辆也极少。大闺女开车，我叫她把车速调到120迈的定速上，把住方向盘，油门和刹车就不用去管了，直接在方向盘上用手调节定速，这样也好让踩油门和刹车的脚放松放松、休息休息。闺女有些胆怯，说这么快的速度，用定速巡航，万一遇上紧急情况怕处置不过来。我摇头，告诉她："这是大道，路况不复杂，没紧急情况需要处置的。古人说，大道至简，大道直行，就是这个道理！既然限速120公里，你定速在120公里内，不会有错的，你是在按规矩开车！"闺女听了，照着做，一路开下去，果真无惊也无险！

初学写作的人，总是喜欢用华丽的辞藻、堆砌无数的形容词。凡来找我"讨教"的，我都要中肯地提醒他们，大道至简，大道直行，写文章，你只需用朴素的语言把情感表达出来、把故事讲完整便行了，用不着搜肠刮肚寻找啥高大华美的词汇。那些真正的大作家，哪个不是越到晚年，写作越不用修饰词？他们已经有那文字功底把情感表达清楚、把故事讲完整，干吗还要多此一举去使用啥修饰词呢？比如巴金，他晚年写的那些随笔，通篇读过来，几乎形容词都没有一个，可是，读了，你就仿佛是在听一个慈祥的老人和你聊天，那么随和，那么亲切，那么接地气，简直字字句句都能入你的心！

林黛玉需要打扮得花枝招展吗？不需要的！她腹有诗书，言谈举止无不凄美，若让她穿得五颜六色，脸上的脂粉也扑得厚厚一层，从你身边路过，直把你熏得赶紧用手捂了鼻孔，试想，世人还有几个喜爱"林妹妹"的！真正的美女不用太多太复杂的打扮，只需素美即可。凡是需要过分用衣着来打扮的，这美女其实是美不到哪里去的，若不信，你叫她卸了妆试试，看到底还能攒多少人的眼球！

大道至简，好的路，笔直平坦，跟率真的人一样，没啥藏藏掖掖的。在这样的路上行走，你放心、安心，不怕哪儿有个坑哪儿有个坎什么的，折腾你防不胜防。其实人在世上混，和开车上路一个道理，能走大道的时候尽量不要去走小道，哪怕小道近便许多，可以节省好多时间，不是迫不得已，也别去走！为什么呢？就因为小道不"简"，弯拐多，坑坑凹凹多，稍不小心，折腾你没商量！

远恒佳的宋总创办第一所学校至今已经20年了，他一直秉承着一个信念："大道至简，大道直行！"他说所有复杂的事情，他都选择用最简单的方法去做；所有该做与不该做而一时拿不定主意的事情他都选择用上得了"台面"的方法去取舍——凡是上不了"台面"的，一律不做。办学是搞实体，来不得半点虚假，安全第一，质量第一，这两样东西，没有一样是可以"第二"的。他感慨呀，他对我说："20年来，谨小慎微，丝毫不敢大意，丝毫不敢懈怠，也丝毫不敢去搞投机取巧。办实体跟玩金融和玩资本市场不同，啥都摆在明处，忽悠不到人的，你也不敢去忽悠。我一概不找关系，所有的关系都是暂时的，铁打的营盘，流水的兵，今天是关系，明天说不定就不是关系了，如果你把心思和精力都放到'关系'上，能走到今天这一步吗？所以，我认定了一个死理，脚踏实地、一步一个脚印往前走，建一流的校园，培养一流的师资力量，教出有德有才的一流的优秀学生。认定了这个死理，一路走来，路也宽了，道也平坦了，心胸、眼界和格局也放大了……"他给我举了个例子，他说他仅去年一年，乘坐飞机就飞了20多万公里。

琢磨这数字吧，一天乘坐航班 2000 公里，20 多万里，意味着一年至少有 100 多天在飞机上，多累呀！可是，有那么多办学实体，好多事情他都得亲自去处理，不累能行吗？

我亲自见证了他在长寿湖畔的远恒佳公学是如何检查验收每一处施工细节的。他不放过一砖一瓦，不放过一扇门窗和一盏灯。他说他务必要对师生的安全和美感负责，不能有任何的安全隐患和审美缺陷，他要让校园的每一处角落都美起来，每一处凡是有人到达的地方，都妥妥的安全，万无一失。我回答他，我说："宋总，你这活儿要是由我来干，可能早就跑路走人了！"他笑，说："你是文人嘛，不适合干这种细致的活儿！"

大道至简，你选择了"大道"，就别去羡慕别人"小道"的风景；大道直行，你选择了大道，就别去羡慕别人"小道"的快捷。你是走在"大道"上，你用不着那么多的摆设和秀场来装点"门面"的，你只管一个劲儿往前走就是了。你前面的路是平坦的、笔直的，没有暗坑暗凼，所以你无须提防谁。谁要是背后使你绊子、捅你刀子，你也大可不必去理会和计较，你走的是大道、正道，谁也不能把你怎么样。

尊重那些比自己"卑微"的人

　　端午节过去一两天了，但端午节那天晚上发生在远恒佳湖畔公学暖心的一幕仍回放在我的脑海里，时不时搅动我的情感，让我回味起那些久违的对"卑微者"的尊重来！

　　我们这时代，尊重权贵，尊重财富，尊重美貌和名望，却很少有尊重"卑微"的。尊重比自己"卑微"的人，看似简单，其实需要"有文化"。啥叫"有文化"？作家梁晓声说："根植于内心的修养，无须提醒的自觉，以约束为前提的自由，为别人着想的善良。"如果这几点不具备，你尽管才高八斗，权力和名气大得"地球人都知道"，也无非只是叫"有权"和"有名"罢了，不叫"有文化"。有没有文化，跟权力、财富、美貌、才华无关，只跟梁晓声所说的那几点内在的修养有关。乡下老农，大字不识，但人家知道不是自己家的东西不要。纳粹头目希特勒，能说会写，一部《我的奋斗》被当年德国年轻人视为"圣经"，人见人读，洛阳纸贵；他登台演讲，口若悬河，滔滔不绝，没有一个聆听者不受鼓舞，群情激昂，山呼"嗨，希特勒"，可恰好是他，发动了第二次世界大战，滥杀无辜，给人类带来至今仍难以愈合的伤口。他有"文化"吗？没有！比起厚道善良的乡下老农，他没资格谈"文化"！

　　端午节那天，本是和妻子在重庆小闺女家里跟孩子们一起过节的。但我要写作，习惯了，闲着不写，不自在，于是吃过午饭又独自开车回长寿了。我经常这样，开车把妻子送到重庆去，交给俩闺女，自己回家，等妻子"假"耍完了，再开车去接她回来。其实我回家也不一定真要写作，许多时候无非是独自"闲玩"

罢了。我喜欢独处，喜欢一个人无所事事地"闲玩"。不过这种"闲玩"又多半真与写作有关。作家写书，每天坐在电脑前码字的时间不长，像我，大不了两三个小时，但为了这两三个小时码出来的那三五千字，却要独处大半天，"头脑风暴"大半天。有点跟老师教书相似吧，台上讲一节课，台下备课却需要花费很多时间和精力。

晚上九点钟左右，写完文章，累了，坐小院的椅子上玩手机看微信。在远恒佳公学微信群里，程总正在"有趣地"搞"现场直播"。原来那天学校部分教职员工没放假，加班。宋总知道了，便在快乐岛的员工餐厅"宴请"大家。从餐桌上摆放的饭菜看，不是很丰盛。临时决定，那地方要突然做出几十个人"丰盛"的晚餐来，的确有难度。不过，宋总的讲话却很让人感到温暖。没猜错的话，那话是冲口而出的，事先毫无准备。他端起酒杯，给大家敬酒，先是例行的客套话，感谢大家放弃节假日休息什么的，但说着说着，他就不"客套"了。话锋一转，叫程总："有件事，你全权去办。在公学教师培训大楼，腾一间宽敞的屋子出来，做专门的陈列室。今天在座的各位，包括那些建筑师傅、清洁工，都留下一份影像资料，图片、视频都可。今天没在座的、回家休息了的，也补一份影像资料。凡是在创建湖畔公学期间，在这儿工作过，为这所美丽的公学付出过劳动的人，不论是谁，不论贡献大小，都留下一份影像资料，永久保存在我们公学的陈列室里，以便让远恒佳的学子们记住当年的这群人，他们为了信念、为了梦想、为了美好的教育，曾在这儿执着地打拼过、付出过。记住这群人，是他们的辛勤劳动，换来了我们公学的现在和将来……"

这话极具感染力，那一刻，所有的掌声都响了起来，经久不息。如果只留下优秀教师、优秀员工的影像资料，恐怕没有多少人会感动。一般稍注重资料保存的私立学校都会这么做，因为这些人属于"有功之臣"，学校没有理由不记住他们。但要把所有参与建设的劳动者的影像资料都保存下来，专门建一个陈列室妥善保管，我想，除了远恒佳，很难再找到第二所这样的学校。

高考前夕，远恒佳有个家在重庆的女老师，她的孩子参加高考，而她呢，又怀上了"二胎"。那两天天气有点热吧，学校好像也是在忙招生，大家都没怎么休息好。这老师身体有些不适。麦总知道了，一个劲儿要她回重庆去，一是照顾好孩子的高考，二是照顾好自己的身体。麦总在群里对这位老师，也是对大家说："你们的敬业和努力我们看见了，但还是希望大家保重好身体、照顾好家庭，你们的健康是公司宝贵的财富，你们的家庭幸福是公司最温馨的快乐！我们一起往前走，谁也不要因健康和家庭掉队……快回去吧！"这位老师坚持不走，她说学校这么忙，走了她心里"不安"，至于最后她走没走，我没问，不得而知。

通过这件事，我感觉出教职员工们对公司是有深厚感情的。没有深厚的感情，麦总都发话了，还不跑得"贼快"？既然孩子高考，自己又身怀有孕，仍愿意留下来坚守岗位，那该是把学校当成了自己的"家"、把公司的事业当成了自己的事业呢！

每次去农贸市场买菜，我总是要挑地道的乡下老农担来的菜买，也不讲价，老农说多少是多少，甚至连秤的斤两也不看，只要价格不是太离谱、报出的斤两不是太离谱就行。买乡下老农的菜，一来比较新鲜和环保，二来少一些短斤少两的欺骗，再者呢，自己从乡下出来，对乡下人有一份特殊的情感呗！妻子常告诫我，如今的"乡下人"跟过去的"乡下人"大不同了，是两个概念，买他们的东西，还是要长个心眼。我说随他去吧，我姑且把如今的"乡下人"还当成过去的"乡下人"，我买的不是菜，是怀旧的情感，是对"乡下人"体谅的情怀。

有时买了大件的东西，叫"棒棒"搬回家。"棒棒"是重庆地区特有的对"下力人"的称呼，意即北方人所说的"力夫"，专门靠下苦力替人搬家搬东西挣钱养家的那种农民工。东西搬到小区楼下，我多半要帮他们的忙，一起将东西从车上搬到地面上来，然后又搬进电梯里。小区的保安和一些邻居常笑我，说我自讨苦吃，既然花钱请人搬了，还自己去动手干什么呢？是呀，我还自己去动手干什么呢？其实我帮一把，只是觉得心里坦然，究竟帮没帮上忙、使没使上劲，一点儿不重要的！

当你骨子底里有了梁晓声所说的那些内在修养后，你就会发现，尊重比自己"卑微"的人，其实不但没有让你显得"卑微"和低下，反倒是让你显得"高贵"和有教养。尊重比自己混得好的人，或者说在单位下级尊重上级，在公司员工尊重老总，一般人都能做得到，但若是反过来，要你去尊重比你混得差的，你是单位领导，要你去尊重下属；你是公司老总，要你去尊重你的员工，你做得到吗？

远恒佳做到了，远恒佳的老总们做到了，仅凭这一点，我就觉得远恒佳非常了不起！

胸中有容万事小

人的一生，至少有两处风景必须要去看一看。一是挺拔的高山，二是辽阔的大海。你登上崇山峻岭的高峰之巅，放眼眺望出去，万山沟壑，群山逶迤，无不是一幅曼妙的画卷铺展在你的眼前。那些山峦，那些悬崖绝壁，那些万丈深渊，渺小了呀，一概算不得什么！你站到大海边，放眼眺望出去，浩瀚的海洋，澎湃的波涛，翻卷的浪花，涌动的暗流，呼啸的海风，一样的，也都成了一幅曼妙的画卷，算不得什么！因为你登临山顶，就明白"一览众山小"不是平白无故说出来的；到了大海边，目睹了惊涛骇浪汹涌而来，喧嚣过了，又萎缩强悍的阵势，打着漩涡儿退回到海里去，你就明白了，万物皆有时，栽种有时，收割有时，大海的波涛势不可挡，依然有到了尽头便退回去的时候！

眼里有尘天地窄，心中无事一床宽。世间之事，无不如此，你若心胸宽阔了，再大的事儿也不是事儿；你若心胸狭窄了，再小的事儿也是事儿！

读过一部叫《转身》的书，人民文学出版社出版，王春元写的。2008 年秋天，我出版《誓言如风》三部曲第二部《穿越死亡线》时去北京。在人民文学出版社做责编的大学师姐脚印请我吃饭，当时《转身》这部书刚由她编辑出版出来，于是她送了一本给我，叫我好好读一读，人生无常，此一时彼一时，要保持好的心态，保有宽阔的胸怀。这部书通过对 13 个改革开放初期涌现出来的弄潮儿 30 年命运沉浮的解剖，给读者展现出了云波诡谲、瞬息万变的商海风云。那 13 个人物，无不曾经是大腕级别的款爷，他们的沉浮，有方方面面的原因，但其中那么几个，我总认为还是跟心胸宽窄有关。心胸狭窄了，容不下人，容不下事，最后自己把自己逼到孤家寡人的死路上，不悲摧收场咋可能呢？若当初他们换一种思维，容得下合作伙伴、容得下员工的一些不足，他们人生的历史说不定是会改写的！毕竟那个年代他们已是社会公认的"成功人士"呀，富甲一方！当然，其中也有转换思路起死回生的，表面上看这起死回生的极个别转换的是经商策略，但实质上转换的仍是自己待人处事的心胸。心胸宽阔了，看人看问题的眼光就大不同，把握商机、凝聚人才的方式方法也大不同！心胸决定眼界，眼界决定格局，格局决定成败，此话用在生意场上，的确有一些道理！

我接触过几个大老板，有的关系还挺好，只是走着走着就散了！当事者迷，旁观者清，瞧他们白手起家打拼到"家大业大"的坎儿上也挺不容易的，可是，真正不容易的是一旦到了"家大业大"的坎儿处，就迈不过去了！一个人、几个人或者一群人打拼，没啥大的障碍，抬头不见低头见，要么自个儿的事，要么一帮兄弟的事，有啥商量不好、处理不好的呢？可一旦团队大了，成了一支浩浩荡荡的队伍，对不起，你还拿当年起步时对待兄弟伙的那一套来说事，就没门了！所以，很多"大老板"没有一个迈过了"团队化"管理的坎儿，包括我那关系挺要好的朋友。

我很羡慕宋总，从他下海打拼的那一天起，就有一群贴心的朋友和可以信赖的团队合作伙伴。真不容易呀，他手下的骨干们、精英们，几乎都是跟随他起家的那些"哥们儿"。他们一起经历过风雨磨砺，经历过人生路上的甜酸苦辣，熬过来了，这些磨砺和甜酸苦辣就成了黏合剂，牢牢地把他们黏合在了一起。有美好的回忆，有一起打拼的那些经历，胜过千万的理论说教和"鸡汤"醒脑。一句"咱们一起苦过、累过、笑过、哭过"，再大的委屈也不是委屈，再大的困难也迎刃而解！

他们都是精诚合作的，老总们如此，下面的员工也如此。有一次，几个老师去成都双流中学交流培训，结束那天回到长寿已是深夜，按规定，他们是可以休息一天，次日不必去学校上班的。但他们次日大清早就去了，因为他们热爱这所学校，知道正值招生季，大家都很忙，多一个人就多一双手。他们几个无不是在长寿教师队伍中挑选的尖子，像袁利萍，去远恒佳之前是长寿实验一小古镇分校的校长。长寿实验一小，长寿人清楚，那可是长寿的百年名校，师资力量强得不得了。能在这所学校做到一个分校校长的职务上，业务上没点本事那是肯定不可能的。没认识她之前，我就早知道她的大名了！她放弃这边校长的职务，去远恒佳做小学部校长，老实说，除了高薪，我认为最关键的还是事业发展空间。对于一个教了一辈子书、深受学生和家长喜爱的"优质名师"，发展空间才是最重要的。比如我，给我再多的钱，若不能安心写书了，我会跳槽来吗？不会呀，到了这个年龄，钱不重要了，职位不重要了，一生的追求和梦想才重要！远恒佳这个平台能助其实现梦想，她为什么不去？换我，我也去！

他们次日仍去学校上班，程总很感动，一个劲儿在工作群里表扬他们。事后我问过其中一位老师，你们为什么那么敬业、该休息不休息？这老师说："宋总、麦总，公司所有的老总，他们都在加班加点干，我们好意思休息吗？"我说："他们是老总，公司是他们的……"这老师摇头："在远恒佳，没这概念，大家都认为公司是自己的。到了远恒佳，都是远恒佳的主人，只要你尽职尽责，公司就会待你如家人，不会担心谁给你脸色看了，也不用担心谁给你小鞋穿了……不会的，公司的老总们都很大气，心胸开阔，容得下所有的人！"我说："那就好！"

远恒佳公学的老总们我大都见过了，即使像毕总，没见过，也看过他讲话的视频。这个管理团队，真没有谁是小肚鸡肠的。他们都是读书人，为了一个共同的理想和信念，走到一起，抱团取暖，一走整整20年，不吵不闹，不离不散，苦也过，乐也过，同舟共济，伴随着企业一步步做大做强，这样的团队，这样精诚合作的团队，在中国的企业界不多的！

人生太短暂，好多事情来不及计较也无须去计较。有首歌唱得好："一瞬间发现人生太短暂，一瞬间发现路不再漫长，还没腾出双手拥抱自己，时光竟已走得这么匆忙。怎么刚刚学会懂事就老了；怎么刚刚学会包容就老了；怎么刚刚懂得路该往哪儿走，还没走到就老了。怎么刚刚成熟就老了；怎么刚刚开始明白就老了；怎么刚刚懂得时间不经用，转眼之间就老了……"

是的，转眼之间就老了。懵懂逞强的青春尚未走远，我们就已经老了。我们明白了曾经不明白的那些道理，懂得了该珍惜那些原本就该珍惜的人，可惜我们已经老了，留给我们的时间不多，我们连当面说声"对不起"、道声"珍重"的机会也不再有……想想呀，人这一辈子，活着，到底要那么多的逞强和计较来干吗呢？宋总的脾气太好了，好得火苗儿落到脚背上，他都只是笑一笑，轻轻将火苗儿跺掉；麦总的性格太好了，好得哪怕再不顺心，她的脸上也总是甜笑满满、阳光满满；程总、王总，他们的脾气和性格也都很好，再委屈再憋屈的时候，他们都可以云淡风轻地写诗、唱歌、来点时尚的摆拍！这样的好脾气、好性格无不是在打拼的路上用汗水、泪水浸润出来的快乐种子，深埋在心中，随时随地都可以萌出新绿来、开放出花朵儿来，扮靓脚下的锦绣前程。我真该学学他们，学学他们的内敛、包容和涵养，凡事笑一笑，不计较，不较真，不和谁争个面红耳赤。退后一步天地宽，心宽了，容得下所有的一切的一切，多好！心宽，于人是友善，于己是健康长寿！

交了一个美国朋友

　　那天无意间碰到同村的伙伴，也是上大学前的同班同学，同时也是家族中的长辈，他推了一辆电动三轮车，在大街上卖从渝北石船贩回来的黄腊李。这季节，正是李子成熟的时候，石船山上的黄腊李，属李子中的极品，模样儿不咋好看，但味道却是特别的好。我问过他价格，也问了他生意好做不。价格不高，比往年便宜一半。谈到生意，他一个劲儿摇头，说如今生意都做亮了，利润非常薄，竞争激烈，啥东西买的人都不多。我叫他给我搬两箱到车上，足足百来斤。他问我要这么多干啥？我说你甭管，给我搬到车上就行了，反正你卖的啥价我给你啥价，不少你一分钱！他果真将两大箱李子搬到我车上了。付过钱，我开起车子直接往长寿湖去，我打算把这些李子做礼物送给远恒佳的老师们尝尝。一来算我顺便给同学销了些水果，二来也算我回送了一点礼物给远恒佳的朋友们——他们无数次送我礼品，像宋总，回趟深圳，还特地带了一大箱深圳那边的鲜荔枝回来，好吃极了，这份情，我总得象征性地还一还吧！一举两得，何乐而不为呢！

　　到了长寿湖畔的远恒佳，程总听说我买李子的经过，觉得挺有"故事"的，于是叫了在校的一些老师来，"隆重"地搞了个现场摆拍仪式。他们这群人，就这样，总是把一件看似平常和普通的事玩出不平常和不普通的名头来。

　　那位美国朋友，是学校的外籍教师，在此之前他姓甚名啥我也不知道，但见过一两次面，只是没相互介绍和交谈过罢了！当时他刚好出门去，还没走远。程总赶忙差人去把他和另外两个外籍教师一块儿叫来，她说："有个故事必须要让他们知道！"

不一会儿，他们果真赶到了。

程总把我和他拉到一块儿，介绍我们认识，翻译随即翻译。程总说："你们俩，可以做朋友，因为除了职业，你们都有一个爱好，写小说。"那位美国朋友立马竖起了大拇指，连声说："OK，OK！"翻译是个小女孩，前面有文章写到过她，我母校西南大学外语学院毕业的，研究生学历，英语专业八级。她和我认识，也有点儿熟。她怕我理解不了程总的意思，翻译完程总的话，对我说："史蒂文先生在美国也是个作家，写过好几本书了，当然，没你写的多！"她转而又对那位叫"史蒂文"的美国朋友说了些什么，史蒂文随即"哦哦"地赞许着，将我的双手抓住了，他在不停地说着，我听不懂。翻译听着笑起来，对我说："但老师，他说他要认你做朋友、兄弟，从此以后你们就是朋友加兄弟了，欢迎你常来他这里做客，他有从美国带来的好葡萄酒，你一定要来一起品尝、一起聊文学！"我说："好的好的，我一定来，不仅来这儿，今后有机会了还去美国……"

交了个美国朋友，而且还是个美国作家朋友，今后交流的机会多着了。史蒂文说他专门准备一个翻译软件，我们以后交谈，可以不要翻译的！事实上现在像苹果手机上就有这样的软件，方便着呢！科技发达了，语言不同不是障碍，志不同道不合才是障碍！

人生的"支点"

在远恒佳重庆公学校门前，是古希腊哲学家、数学家、物理学家阿基米德的雕塑。他右脚前蹬，左脚跪地，双手紧握着长长的杠杆，杠杆的一头是支点和地球。

阿基米德有句名言："给我一个支点，我能撬动地球！"他说出此话时，刚好海维隆王遇到一个棘手的问题，国王替埃及托勒密王造了一艘船，因为太大太重，船无法放进海里，国王就对阿基米德说："你连地球都撬得起来，一艘船放进海里应该没有问题吧？"于是阿基米德立刻巧妙地组合各种机械，造出一架机具，在一切准备妥当后，将牵引机具的绳子交给国王，国王轻轻一拉，大船果然移动下水，国王不得不为阿基米德的才能所折服。这个有正史记载的故事，使我们相信，在公元前200多年的欧洲，阿基米德的确是当之无愧的力学、机械学天才！

宋总和我聊天，谈及此雕塑时说，他希望所有来远恒佳读书的学子，在跨进校门的那一刻，望见这雕塑，都明白人的一生需要一个"支点"，若支点的位置恰当，正如阿基米德所说的那样，哪怕地球也是可以撬动的。远恒佳公学愿意做所有学子人生的"支点"！

从集团图标到公学门前的阿基米德雕塑，不难看出宋总和他所带领的团队办学的宏大理想和良苦用心！办学，办高规格高质量的学校，培养出一流的学子，应当是宋总人生的"支点"，也是集团全体办学人员人生的"支点"，有此"支点"支撑，他们励精图治，才硬是从一所学校起步，办到了如今的38个教学实体。前不久还是37个，到今天为止，已经38个了！

雕塑落成揭幕那天，王副总按捺不住激动的心情，在群里发消息要大家"唱和"。他首先"单挑"程总，说："一个人，一群人。今早在世界门前，与阿基米德雕像对视良久。一群这样的人，用情感、思想和智慧，用恒久的热情、专注和专业，移动未来世界，建设内心深处的大我。看阿基米德右腿力引在前定位，左腿跪姿撑地，双臂矫健，目光如炬，星空和宇宙都在心中、手中。世界门，有德者居之。请远恒佳著名诗人Linda女士（程总），以《最高的站立》为题，为阿基米德撬地球雕塑赋诗一首！"

程总果然"接招"，当即写了一首诗发进群里。

最高的站立

2018这一天的端午节
微风不燥携带着清新的雨气
空气中弥漫艾草粽香掬悠思
我闲庭信步于重庆公学南门
遥望阿基米德撬地球的屹立
长寿湖65平方公里碧波荡漾
以千年的等待迎接他的到来
这是我们
最高的站立

我循着力量磁场无形的牵引
驻足阿基米德撬地球的身前
满脸的虔诚仰望科学的巨人
他裹杂着雄壮与旷达的豪迈
那矫健有力的身躯跪姿撑地
那身姿，是世界上
最高的站立

我循着日月之光闪烁的指引

仰望他穿越时空的炯炯目光
耳边响起那铿锵的豪言壮语
给我一个支点撬动整个地球
那不是口号而是坚定的信仰
那信念，是世界上
最高的站立

我循着世界之门打开的方向
敬望他睿智勇敢坚毅的脸庞
兼收并蓄东西方文化的精髓
那双紧握星空和宇宙的双手
推动着人类的历史文明进步
那智慧，是世界上
最高的站立

2018 这一年的远恒佳
长寿湖畔重庆公学薪火相传
开启以精英人才育未来精英
那以梦为马的教育耕耘跋涉
已然亮剑于山川地脉水云间
唯有以教育的内核力为支点
撬动学子美好教育诗与远方
才是我们
最高的站立！

　　程总之后，有好多老师"唱和"，连袁利平这个教数学的，也"唱和"得文采飞扬，袁校长说："面对阿基米德雕塑，读出了身姿、信念、智慧最高的站立，如果不是物我同体，怎能有如此多的体悟？远恒佳美好教育的诗与远方，才是我们最高的站立！"

看，这群人真是诗情画意到了无以复加的地步呢，他们常常是一有"感动"，就要作诗、填词、谱曲、弹琴、唱歌和来点有板有眼、绘声绘色的"现场直播"。和他们混，你若胸无"琴棋书画"的雅兴，恐怕随时随地都有可能面露难色，尴尬得手足无措的！

其实人生真是需要有一个"支点"的。有"支点"和没"支点"的人生，虽然用力相当，效果却迥然不同。想当年，我自己走出穷乡僻壤，立志要读书考学，读书考学成为我那时人生的支点。有此"支点"支撑，在千军万马过独木桥的年代，我硬是把大学考上了。后来走上工作岗位，写书做作家又成为我新的人生"支点"，有此"支点"，别人以读书写书为苦，我以读书写书为乐。"书读无厌，念我任重道远，笔耕不倦，管他山高路长！"30多年笔耕岁月熬过来了，一部部作品不仅支撑起了我的苦难时光、风雨旅程，而且也支撑起了我的欢乐、幸福和荣耀！若没有读书考学校的"支点"，我的手能敲开大学的校门？若没有读书写书做作家的"支点"，我的手能写下那些凝聚着自己心血的作品？人生啊，有"支点"和没"支点"的过法是大不相同的，有"支点"，你撬动的是梦想，是锦绣前程；没"支点"，你只有枯燥乏味的日子和一去不复返的年轮！

我常想，大人物有大人物的人生支点，小人物有小人物的人生支点，我等平民百姓，实在做不了什么惊天动地的大事业，那就学会选一个小的支点，撑起自己小的梦想、小的快乐吧！比如我认识的一位乡下妇女，大字不识的，但做得一手好咸菜。改革开放之初，她就在乡下做好了咸菜拿到城里来卖。这一卖，30多年过去了，居然卖成了长寿城里家喻户晓的"咸菜大王"。我还认识一个开包子店的店主，那次远恒佳的王总来家里玩，我带他去吃过那店里的包子。我从山里调回长寿时这店就开着，一家人，一个小店，日复一日，整整30多年时光，没扩大，没增加其他的卖品，仅包子、豆浆稀饭和咸鸭蛋，就撑过了数以万计的平凡日子。想想，"咸菜"和"包子"，难道不是他们人生的"支点"吗？有了这个支点撑着，再苦再累，人生也是充实的，也是看得见明天和希望、看得见远处的风景的。

生活总得有点仪式感

　　这个章节写完，准备歇笔休息几天。持续一段时间写作，很疲惫，加之我怕热，以往到了夏天，是多不写作的，但此书不行，必须要在秋天脱稿，所以就坚持坚持，熬过来！

　　此书已过半，秋天脱稿是没啥大问题的，像这样的作品，开头难，越到后面就会水到渠成，越不难，因此，后面30个章节，应是得心应手就能完成！

　　人生有许多遗憾，昨天我唯一的侄儿去世了，比我小两岁，年前患的癌症。几兄妹中只有大哥生了一个儿子，这个儿子从小到大都挺让人不省心的，毕竟没读啥书，好像仅小学毕业吧，连初中也没读。读不进去，读也白读。我们基本上属于同龄人，一起长大的，但各自选择的路不同，慢慢长大，慢慢就各走各的路了！他几年前离婚后到武隆新家里定居，自那以后我们叔侄再没见过一面。得知他患癌症后，他的两个妹妹，也就是我的侄女，还有我的大哥大姐，他们约我去武隆看看，有一次我连把车的油都加好了，但琐事缠身，还是没去成！昨天本打算去武隆最后送他一程的，可天气骤然热得不得了，在外吃住不便，得连夜赶回，听了侄女的话，不要把自己弄得那么累，便又放弃了，只托侄女带了份礼去！

　　我觉得人这一辈子呀，三贫三富不到老，活着，啥事都可能遇着，好的、歹的，该你遇着的时候是怎么也躲不掉的。以前不怎么相信命，甚至连一些与命相关的迷信的东西也一概不信，如今倒是有些信了，所以，开车出门也罢，一部新书动笔开写也罢，多半要讲个仪式感了！比如开车出门一定要把车擦洗得干干净净，不是爱惜车子，只是图个"吉祥"，车干净了，开车时人的心情舒畅，精力集中，安全系数高吧！写书呢，过去写书，灵感来了就写，啥也不讲，但现在不了，一部书动笔前，必净手、焚香，祈祷写作期间无风无雨、无喜无悲无烦恼，总之，身静心静呗！到了这个年纪，若一部书写到中途，被一些鸡毛蒜皮的琐碎事烦恼，停下来了，可能就不能再续，成终身遗憾的半成品。所以如今写新书，那是慎之又慎，讲究了又讲究，仪式感强得不得了！

前两天，程总发了个视频给我，夜里一只喜鹊飞进了员工住宿的房间，找不到出去的门窗了。那喜鹊在玻璃窗户上辗转扑腾，总爱给生活赋予"仪式感"的她立马来了一个"现场直播"。她亲自主持、解说，然后叫一个员工去把喜鹊捉住，拿到门外去放飞。她呀，就那么快乐满满、诗意满满，连放飞一只喜鹊也让她"直播"得万分精彩！她还给我讲了另一件事，也传了照片给我。她说2016年的秋天，宋总他们刚来长寿湖畔征地，也是住在快乐岛。岛上飞来一只美丽的戴胜鸟，员工捉住了，舍不得放飞，喂养了起来。宋总知道后，非要拿去湖畔放飞不可。宋总说，鸟儿是喜欢自由的，在蓝天白云间自由地飞翔，才是它们的快乐，我们不能因为自己喜欢，就剥夺了鸟儿自由的快乐和飞翔的权力。于是，他带着一行人，把鸟儿拿到湖畔，一番隆重的仪式后，将鸟儿放飞了！

程总告诉我这件事，是想说明宋总和远恒佳的这群人都十分善良，热爱生命，尊重生命！但除此之外，我也看到了他们生活的"仪式感"！

许多事情，原本很寻常，但一经有了"仪式感"，就具有不寻常的意义了！其实我们平凡的生活，真需要有点仪式感的，恋人间的表白，工程的破土动工，如我这般一部新书的动笔写作，或者将来一部电影电视剧的开机拍摄，都该有点"仪式感"，好让自己明白我正在或者即将做一件不寻常的事，从而也好带给自己前行的从容和心灵的平和。

昨天夜里，很晚了，一个外地读者突然要和我微信聊天。我们原本只是加了好友，没有聊过天的，她一要和我聊天，我反倒十分不自在，不知从何聊起。好在她把话表明了，我也释然了。她说她遇到了感情问题，男朋友要和她分手，想听听我的意见，看她到底有错没错，如有错，错在什么地方。我叫她把事情的详细经过讲给我听，听完，我一下子就明白了，我说你们缺少了生活的仪式感，不懂得再好的关系也是要讲一些仪式感的，比如一起去看两场电影，一起去外面走走、看看风景，多点情感的交流；还有，重要的节假日到了，彼此问声好，互致祝福，如果经济不那么拮据，发个红包、买两束鲜花也是可以的。那女孩子说："我们都恋爱好几年了，马上要结婚，还拿那些花花哨哨的摆杂来干啥？省点钱，省点事，踏踏实实过日子才是当务之急！"我摇头，叹息："亏你还是女孩子，若此话是男孩子说出来，我不惊讶，男孩子嘛，大大咧咧的，十个男儿九粗心，不懂得生活的仪式感，可你是女孩子呀，此话从你的口里说出来，我就惊讶得不得了，换我，你这种只晓得过日子，一点不懂得生活仪式感，一点不晓得男人也需要理解、体谅、关爱、呵护、尊重、鼓励的女孩，再美也不娶来做妻子的……"不等我话说完，女孩子惊叫了起来："但老师，女孩子怎么了？难道我就该主动给他打电话、该主动去讨好他？凭什么？我自己有工作，我自己能养活自己！"我也把她的话打断："你每句话都离不开生活，在你眼里，生活就只是吃饭、睡觉、结婚、生小孩，可真正的生活，是需要情趣、浪漫、仪式感的……"

事实上，我们身边不缺少生活有"仪式感"的人。像我在远恒佳交的那位美国朋友史蒂文，不论工作多忙，每天晚上都要绘一幅画，拍成照片，发给远在美国的妻子欣赏。他的画绘得并不好，但对于夫妻来说，那不重要，重要的是一起分享。一起分享就是一种生活的"仪式感"。

生活需要有仪式感，生活也总得要有一点仪式感。没有仪式感的人就跟没有仪式感的日子一样，枯燥、乏味、平淡，时间久了，就让人觉得厌烦，就让人觉得了无生趣！

我又准备回乡下去看看果树、看看庄稼了！房兄说嫩玉米出来了，李子也成熟了，黄瓜地里葱茏的藤蔓上挂满了一条条翠青的黄瓜。还有这季节，稻田里的稻苗长得蛮高，绿油油的，铺盖着层层梯田，那景色好看极了。回乡下去，走走，看看，把乡村的田园美景收进脑海里，让她滋润我的情怀，陪着我也来一次"采菊东篱下，悠然见南山"的休闲"仪式感"！

"剩者为王"

　　距离写《有一种辛劳叫不知倦怠》那篇文章已经过去好多好多天了，但远恒佳公学程总读了那文章后写的感慨，特别是"剩者为王"几个字，至今还在我脑海里盘旋。我一直在想，"胜者为王"和"剩者为王"的差别到底在哪里，为什么宋总要用"剩者为王"几个字来形容坚持和打拼的重要？若没亲身经历过那些创业的艰难，能感悟出"胜者为王"和"剩者为王"的差别究竟在哪里吗？

　　程总的话是这样说的，恕我全文照搬了："创校阶段万事开头难，可持续性发展的顶层设计、科学完善的管理体系、优秀敬业的教职工团队培训、美丽的校园环境、优良的设备设施、高效贴心的后勤保障等等系列工作，都要在这个阶段去夯实。所以，这一路上有多少事情需要实干，有多少东西需要学习，来不及去迟疑犹豫，来不及去抱怨流泪，来不及去推诿懈怠，哪怕累到无力，直至努力到无能为力。所以，加班熬夜绝不是工作的常态，只是为了未来的师生们能有更加幸福美好的工作与学习环境。只是我们会记住这历程的风雨里、晨曦暮色中相互间给予的关心、帮助与感动。待他日把酒围炉夜话时，我们谈笑间洋溢有意义的那些年、那些事、那些人。跟随在宋总和麦总身边这么多年，见证远恒佳发展史，真正懂得这样一句话——成功路上并不拥挤，因为坚持的人不多。只有坚持了，我们才知道，随着时间的推移，任何一条通往成功的路上，同行者会越来越少。把'胜者为王'一词改为'剩者为王'，也许更能准确地表达成功与坚持的关系。"

　　这段话我真是十分喜欢的，倒不仅仅是文采好的缘故，主要还在于所有文字都是未经"彩排"的"现场直播",是真情实感!比起文采来,真情实感更能让人入心入脑!

昨天晚上和一个朋友一起吃饭,谈到文学,我就用了宋总的"剩者为王"来形容坚持到最后才是"胜者"的道理。固然,我们先谈的是健康,后谈的才是文学。我把二者纠缠到一起,拧成一股健康和文学的绳给朋友看。我说:"搞文学创作,有时候不一定比的是作品好孬和多少,而是看谁寿命长。有的作家,作品好,但去世得早,英年早逝,人们便把他忘记了;有的作家,作品虽不差,但也未必多好,结果活了90岁、100岁,同时代的大师名家们都走完了,他还活着,他便是无人能替代的大师和名家了。像这样的例子很多,一抓一大把,所以,人生不一定是'胜者为王',许多时候真是'剩者为王'呢!"说这话,主要是说明健康的重要性,有健康,一切都可以从头再来,哪怕失败得一塌糊涂,也终有东山再起的机会,可你健康没有了,时间再多又怎样?金钱再多又怎样?能从头再来和东山再起吗?扯到文学上,纯属偶然。不过,仔细瞧瞧身边的那些苦苦打拼的人,不论搞文学艺术的,还是做生意搞买卖的,哪个不是坚持到最后而"剩者为王"的呢?

我第一次把"剩者为王"这个词带到朋友间的聊天中,无非是想告诉朋友,所谓的失败和成功,有时隔着的或许只是"坚持"。

反思自己走过的这一生,我对宋总的"剩者为王"不仅深有同感,而且也完全是感同身受!就拿文学创作来说吧,初学写作时,有多少的同路人,我们一起在文学的路上走啊、走啊,不分白天黑夜,也一样不知辛劳和倦怠。我们在报刊上发表了文章,哪怕非常短小的"豆腐块",也必定要小心翼翼剪裁下来,粘贴在收藏册里妥善保管。那时候不谈稿费,不问收益,只管一个劲儿写。一条道上混的人,经常开笔会,搞采风活动。只要有活动,哪怕赶船赶车,千山万水,也必定是要去的,生怕机会错过了。交流呀,大家在一起交流多重要。后来,这条路上同行的人慢慢减少了,开笔会采风什么的,所有与文学有关的活动,参加的人都越来越少。大家有些沮丧和倦怠了,觉得这条路走下去似乎看不见希望。再后来,纯粹就没有同行人了!有的去干了别的事业,有的去做了别的生意,有的去打了麻将喝了小酒。写作,特别是写书,身边再无一人陪同我前行。这样在文学的道路上踽踽孤行了很久很久后,回头去看,当年一起奋斗的那群人,基本上都做了"文学的逃兵",唯有自己,虽伤痕累累,所获不多,但因为相信"剩者为王",所以如今在当年的那个圈子里居然也成为文学的"佼佼者"!

当年一起写报告文学的"剑客们",差不多"全军覆没",连我也不写报告文学了;当年一起写散文和随笔的"剑客们",除了我还在傻乎乎地写书外,谁也不写书了,他们只是偶尔在报纸杂志上写点短文章,权且享受写作的快乐;至于当年信誓旦旦要写长篇小说的,若干年过去,再不见他们花时间和精力去兑现诺言。我任区作协主席时,有个副秘书长,比我年长几岁,也是一直都喜欢文学的。他见我陆续出了几部书,对我说,他也要写大部头的长篇小说,写上百万字的三部曲。他找我讨"经验"。我说写作没经验,只需灵感和毅力。有灵感,就不缺故事;有毅力,就不缺时间。灵感和时间都有了,写书就没啥问题。他热血沸腾,说得斩钉截铁,回家就动笔。笔是动了,不过写到两三万字再也写不下去了。他说辛苦得很,等过段时间再接着写。这一"过段时间"直接就"过"成了三年、五年甚至十年。前不久碰见他,我没提,反倒是他先提了,他说那书没写完。我问他还写吗?他摇头:"不写了,准备做文学的逃兵!"我身边熟悉的作家好多个,都是动笔前热血沸腾、信誓旦旦,要写怎样怎样的作品,可一旦真拿起了笔来,过不了多久,你去问他,多半是没有了下文!文学是寂寞的事业,也是清苦的事业,没有"剩者为王"的耐心和恒心,耐不住寂寞,守不住清苦,哪来的作品问世?

回到宋总他们办学的话题上,20年前,他们投资办下第一所私学,我想,也一定是困难多多,烦心事多多。20年前离今天不是很遥远,那时经商办企业的环境和今天比是有相当大的差距的,单要加盖的公章也不知要多好多个。一道道关口跑过来,累你没商量,烦你没商量。我曾经认识的几个民办私学老总,干着干着就不干了,因为他们实在是累不下来了。但宋总他们没放弃,从一所私学办到如今的39所私学;宋总从一个普通的民办私学老总办成如今的全国知名民办教育家,容易吗?不容易的!正如程总说的那样:"这一路上有多少事情需要实干,有多少东西需要学习,来不及去迟疑犹豫,来不及去抱怨流泪,来不及去推诿懈怠,哪怕累到无力,直至努力到无能为力……跟随在宋总和麦总身边这么多年,见证远恒佳发展史,真正懂得这样一句话——成功路上并不拥挤,因为坚持的人不多。只有坚持了,我们才知道,随着时间的推移,任何一条通往成功的路上,同行者会越来越少。把'胜者为王'一词改为'剩者为王'也许更能准确地表达成功与坚持的关系。"

是的，"剩者为王"，天道总是要酬勤的，你努力了，全身心地投入了，上天一定会给你回报，只是许多人走不到那一步，也等不到那一天！

君子以厚德载物

住在孩子们家里，多待上一两天，就非常不习惯了，像这个时候，若是在长寿，起了大早，我一定是在自家小院里洒扫庭院、养护花草的，那样平凡简单的劳作让我快乐无比。空气好，加之又有硕大粗壮的黄桷兰、浓荫匝地的葡萄藤蔓和其他的一些花草、树木盆景，总的来说，天气再热，小院里也是十分清凉的。清晨，在藤蔓遮盖的小院里不论做啥，其实都很享受！

特别怀念春天回乡下老家去种果树的那些日子。果树种了不少，但目前来看，活过来的终究不多，等秋凉后得好好补种。有几棵车厘子树倒是长势良好，发了许多新芽，茁壮成长，看样子明年结果没啥问题！

明年的这个时候也可以回乡下住在自己搭建的小木屋里写书了！明年该写的是什么书呢，一定是《浩荡警魂》的第一部吧，按计划那时此书第一部正在创作的高峰期，尚未脱稿！人生的最后几部大部头作品写完了，就不再写大部头作品了，实在想写，就弄点随想杂感的短文章即可！

昨天下午和一个影视界朋友喝茶聊天，谈到当下的影视圈，扼腕叹息呀，都说不敢轻易涉足这个圈子，太复杂、太混乱了！艺术归艺术，生意归生意，情怀归情怀，市场归市场，不乱套，不乱矩，人人投资了、努力了，都可以得到应有的回报！圈子不能太黑，市场不能太黑，人心也不能太黑，否则没人敢来投资做这事的！预算两千万，弄到最后追加到两个亿也拍不下来，这哪还有个规矩和诚信呢，吃亏上当一次已是足够，两次、三次，则是你智商太低！

说到规矩和诚信，闺女昨天倒是把保姆辞退了，换了一个新的全职保姆。再早以前的保姆，和闺女倒有感情，人也勤快乐观，只是爱打麻将。一有空了，她都要去打麻将，结果有次在去打麻将的路上出车祸了，需卧床休息几个月，来不了啦，于是闺女换了这个保姆。这保姆呢，看样子也是想把事情做好，毕竟闺女给她的待遇不低，每周还能正常周末休息，这个保姆也不愿丢掉这轻松的活儿，不过她的能力的确有限。她不带娃，只做饭和清洁，可就这点连我都不当回事的活儿她居然做不好，弄出来的饭菜除了她一个人喜欢吃以外没人要吃的！我每次到闺女家，都不得不亲自做！前两天她孩子放暑假了，也一起来闺女家吃喝、玩耍！闺女心地善良，认了，还管保姆的孩子吃好玩好！我呢，心没那么善良，就问保姆这是哪门子事呢？这叫你的工作，你拿了钱就得讲一门子规矩干好一门子活，小孩适当带来玩一玩可以，但至少得事先征得主人家同意，连这规矩都不讲，谁还敢相信你在别的什么地方讲规矩，你都把别人的家当成你自己的家了，想咋地咋地，孩子跑到人家床上跳、沙发上跳，你不闻不问不制止，难道可以吗？于是，闺女联系中介另聘了一个年轻有文化的保姆。我对闺女说："聘保姆，哪怕多给点钱都可以，一定要有文化、讲规矩、与人为善！处处只顾自己，自私自利，心眼儿狭窄，没基本的文化素养，这样的人不要钱也别去请，杭州保姆纵火案就是例子。"

"天行健，君子以自强不息；地势坤，君子以厚德载物！"突然想起古书上的这句话来！人的一生，到底该怎样善待自己、善待他人、善待自己的理想和抱负，处的角度不同，经历的世事不同，所采取的方式和方法也不同。林子大了，什么样的鸟儿都有。与人交往，不能不看到，世上的人，没有两个是完全相同的，可以相似，却不会完全相同。能谈得到一块儿的人，甚至简单到只是能及时接你的电话、及时回你的信息、及时把你期待的事办好；人人说你坏的时候，他能客观公道地说一句他也有优点；相互厮混，摊上了事儿，他不惊不诧、不推卸责任，说声这事我也有错，不全怪他……如此种种，这样的人，你都足以把他当成知己来好好珍惜了。这时代，想交上一个审美频谱、情怀频谱大致与自己相当的，已是难上难！人海茫茫，又资讯发达、新事物新观念更新得太快，在这样的时代背景下，频谱相当，有共鸣，有共同的情趣爱好，能谈得到一块儿去，心有灵犀，无须你去费尽心思揣摩、纠结和拿捏，你只管放心去干就是了，有人理解你，有人和你一起前行，真还是少之又少的呢！所以，你可以自强不息，别人却未必厚德载物！如今德不配位的人和事太多太多，你自强不息了，难道就敢去相信别人厚德载物、妥妥地善待了你的努力和你的诚意吗？丰子恺有幅漫画叫《夜半煨芋劝客尝》，细细品味，其实那是何等的悲凉呀，正如我写好了书，拿去请人读，说："读读吧，这书写得好呢，有我好多的心血！"说不定人家顺手就给你撂在了垃圾桶里。何苦呢？你是自强不息了，人家可不以厚德载物的胸怀来善待你的努力！

这几天酷暑到来，非常热，前天开车去重庆，车外温度显示是 41 摄氏度。重庆是山地气候，空气湿度大，大山阻隔，沟壑纵横，空气很难流通和散热的，因此，重庆的 41 摄氏度，要比别的地方的 41 摄氏度令人难受得多，纯粹是"蒸桑拿"！可就是这样的天，远恒佳的老师们、才子佳人们，却马不停蹄，奔波在招生、面试的各大场点，有时饭也顾不上吃，还别说午休和晚上按时回家了。像袁利平吧，她去远恒佳之前是长寿实验一小副校长兼古镇分校校长，她去远恒佳，居然适应了，而且还处处带头、抢着重活苦活干。我问过她："这么辛苦，挺得下来吗？"袁利平笑着回答说："关键要看值不值！"我问："值不？"她点头。点头的意思就是值呗！值在什么地方呢？我猜想："一是收入高，劳动和收入成正比；二是有工作激情，大家一起干，没有内耗，没有算计，没有明争暗斗，彼此都很单纯，都一心一意地想把最优秀的学生招到学校里来，让他们接受优质的教育……"

麦总在微信里对我说："但作家，远恒佳的每一个人都不容易，每一个人都很努力，每一个人只要走进远恒佳就都会改变……确实，好多人说远恒佳人每一个人都是疯子，每一个人都忙碌着却都快乐着！一种完全真实的发自内心的快乐和幸福！也许，很简单，大家的心在一起，有着共同的教育梦想！"

这群人就那么埋头干呀，真心付出呀，他们有智慧，他们明白人的快乐来源于内心的愉悦，只要所干的活儿和所从事的事业值得自己无怨无悔地去投入和追逐，那么快乐和幸福就永在！

你努力的样子真美

最近几天，有篇叫"河北农村男孩684分被清华预录取，他的故事感动中国，值得每个人看看"的文章刷屏了，有很多人转载。这个男孩，叫庞众望，19岁，出生在河北省吴桥县庞庄村一个极为不普通的农民家庭里。父亲是一位精神分裂症患者，生活不能自理，母亲下肢残疾，常年瘫痪在床，也是生活不能自理，而他自己，7岁时又被查出患有先天性心脏病，需要手术治疗。母亲硬是坐着轮椅到村里挨家挨户地寻求帮助。全村的人都向这个不幸的家庭伸出了援助之手，东家凑点钱，西家凑点钱，让庞众望去城里医院成功地做了手术。家徒四壁，他们穷得吃了上顿没下顿，但众望的母亲坚持要让小众望到学校读书。众望读书特别用功，成绩也特别好！小小的山里娃，除了读书，回到家里就要帮助生活不能自理的爸妈操持家务。虽然贫穷，但他阳光灿烂，没人能看出他是一个生活极度不幸的孩子。直到念了初中，申请贫困助学金，班主任去他家里实地核查，才得知了他的境况，知道这孩子读书全靠村里的邻里乡亲资助。今年参加高考，他考了684分，离清华大学的录取线还差一点，但清华大学有个"自强计划"，专门将学府的大门向农村自强贫寒的孩子敞开，凡是学习努力，又家境贫寒的农村孩子，符合条件，均可降低30—60分录取。清华大学得知庞众望的情况后，决定给他降低60分，因此，他最终被清华大学录取已无悬念！

其实他的家境和我当年差不多，我对他的苦难感同身受。这孩子在读书笔记里写有这么一句话："既然苦难选择了你，你可以把背影留给苦难，把笑容交给阳光。"这样的话，我高考前也在笔记本里写过，我写的是："纵然寒窑瓦舍、草屋破棚，只要它的主人不因室陋而懈怠，不因条件艰苦而丧志，那么它就不比高楼大厦逊色！"我高考也考了很高的分，不过那时没有什么"自强计划"，得不到加分的，不但不能得到加分，反而还因为父亲正在坐牢，选了稍有名气一点的学校也担心走不成。如此说来，今天的贫寒子弟比我们那阵幸运多了，只要你肯努力，社会会帮你，邻里乡村会帮你！

把背影留给苦难，把笑容交给阳光，此话对于家境贫寒的子弟来说，尤其重要。你出生在什么样的家庭，遭遇到什么样的不幸，你是选择不了的，但你可以自强不息地奋发努力，别人用一分的努力读书，你务必要用十分的努力读书。你唯有把背影留给苦难，并同时还把笑容交给阳光，才能轻车前行。抱怨没有用，气馁也没有用，你若走不出苦难的阴霾，你终将被苦难的阴霾埋葬！讲桩小事，1980年夏天，高考临近，那时的高考是7月的7、8、9日三天。临近高考了，学校说大家不能再过分用功，得换换脑子，放松放松，于是到邻封场电影院里包了场电影，要大家去看。去之前班主任专门点了名，一个不能少，必须去。那电影叫《保密局的枪声》，那个年代，电影少之又少，单听这片名，也诱人得不行，谁肯不去看呢？恰好我就不肯去看。不过学校有话在先，班主任又脚跟脚地督促，不去肯定是不行的！我去了，看了不到5分钟，我假装上厕所，溜了出来。班主任何事都看在眼里，贼精灵的，追出来把我堵住了，问我去哪？我无言以对，头埋到了胸前。片刻，何老师伸手拍拍我肩膀，递给我教室钥匙，说："你回学校去吧，勤奋读书是对的，再苦再累只有最后几天了，考出好成绩来，上了大学，何愁没有电影看啦！"我接过钥匙，回到了教室里。至于那点别人看电影的时间我用来看书了，所看的书到底对几天后到来的高考起到多少作用并没法考量，但起码我敢说我今天真有看不完的电影了，只要愿意，我随时都可以去比当年邻封场那电影院高档得多的影院里看个接二连三、没完没了！

十多年前，区里媒体报道了一个贫困女孩，她的父亲患癌症去世了，母亲又因脊椎病瘫痪，也跟庞众望的母亲一样，生活不能自理。这女孩才14岁，就担起了家庭的担子，以至于打算放弃学业不读书了！我看到报道后，毅然去乡下找到孩子的母亲，我对她说："任何苦难都不要让孩子放弃学业，说服孩子回学校读书吧，有什么迈不过去的坎儿，说出来，我们帮你。只要你孩子愿读书，我联系城里最好的学校，费用要么学校全免，要么我们来出，行不？"那时我是区作协主席，我的想法是拼了"非著名作家"的这张"老脸"，去城里教学质量最好的学校拿个人情，将她转到城里读，费用若学校能减免固然好，不能减免就由作协的会员们来志愿帮忙。我去实验中学找了校长，校长赏脸呀，立马表态："破例转学进城，所有学费、生活费全免！"那女孩后来做了我干女儿，也是我仅有的一个干女儿，已结婚多年，有小孩了！尽管她没能读出好成绩考上大学，但依然考了中职，谋得了一份还算不错的工作吧！

"你努力的样子真美！"河北那位男孩，他的事迹之所以"刷屏"，全在于他努力带给了人们久违的感动。当年我的班主任老师"网开一面"，递给我钥匙，破例让我离开影院回学校教室里去读书，也是因为我努力的样子在他眼里很美。后来我愿意去帮助那家庭遭遇不幸的女孩子进城读书，并收她做干女儿，我想也全是因为"你努力的样子真美"！

深圳远恒佳教育集团也有类似于清华大学"自强计划"的帮扶项目，不仅仅长寿湖畔的远恒佳重庆公学，也包括集团下辖的其他学校。这些学校都有专门针对贫困且自强不息的孩子的资助扶持计划。宋总说远恒佳的校门永远对贫寒但必须是"自强不息"的孩子开放。只要你足够努力，穷一点，苦难一点，也别怕，远恒佳可以供你免费上学。最近学校招的学生中就有家境贫寒的子弟，因为"自强不息"，所以学校降低了分数和标准录取，也减免了学费。

我和远恒佳的老师们混熟了，常和他们开玩笑。有一次我就对那个搞摄影的女孩子说："你真美！"这女孩子莞尔一笑，问："是吗？"我说："是呀，你很努力，工作那么认真敬业，瞧你努力的样子，真是美极了！"当然，我也没忘记补充几句："所有远恒佳的老师都美，因为都很努力。聚精会神读书的女孩美，专心致志工作的女孩美，心无旁骛干有趣的事的女孩美，比如你们麦总抽出时间来亲自下厨给大伙做可口饭菜的时候，比如你们程总兴趣来了玩'现场直播'的时候……"我总觉得一个人拼了自己的全力去做好一件事，那情景的确是一道美得不能再美的风景。

幸福就这么简单

写这篇文章的时候，远恒佳的程总、余院长、车家琼美女他们正在尽情地享受美味！

大概是食堂里的厨师或者员工吧，去湖里钓了一些小翘壳鱼来，用油炸了，端到办公室给加班尚未回家的程总他们吃。不多，就那么小小的一碟。公学食堂目前在长寿湖畔的快乐岛上，以前那儿是旅游休闲之地。说岛，不完全准确，应是一个不大的半岛，半岛上有餐厅和酒店。早些年长寿湖尚未大规模开发，我常去那儿游泳，所以比较熟悉。在半岛的湖湾处，有很多适合垂钓的地方。揉点面团，串在鱼钩上，扔出去，不会钓鱼的人也会钓很多的。翘壳是长寿湖的特色鱼，肉嫩味鲜，只是小刺较多，吃的时候要特别小心。我们小时候是不吃那玩意儿的，刺的确太多了，稍不注意就要卡喉咙，大人不让吃。我们一般是吃长寿湖的鲫鱼和花鲢。这些年人们的生活习惯改变了，不怕刺，只怕肉不嫩、味不鲜，于是，到长寿湖吃翘壳鱼才渐渐成了时尚。

余院长埋头办公，厨师把一盘炸好的翘壳鱼端来，递到他面前，要他品尝。他是外地人，不识长寿湖的翘壳鱼，起身盯着一盘美味不停地问："啥好吃的？"程总自是不忘"现场直播"的了，她一边拍一边解说。车家琼是长寿人，曾是长寿实验三小老师，十多年前去的深圳，也属于远恒佳的"老革命"了，她识得眼前盘子里摆放着的是什么，因此一个劲儿叫余院长："吃吧，吃了你就知道了！"余院长读书人呀，文质彬彬，儒雅得很，他拿了一条小的放进嘴里，咔嘣咔嘣的，嚼得脆响，然后喜形于色，连连点头称赞："好吃好吃！"程总把"镜头"推进，来一个余院长享受美味的大特写，配音说："幸福是什么？幸福其实就这么简单……"说完，她还不尽兴，索性把手机交给车家琼，她自己来"出镜"，她端过盘子，坐到椅子上，抓过一条小鱼，高高举过头顶，快乐地笑着，随即高歌："幸福是什么？幸福其实就这么简单……"她把刚才说过的那句话唱了一遍。她弹得一手好钢琴，又写过很多校园歌曲的歌词，即兴的哼一句，那是要旋律有旋律，要音色有音色！

麦总说，远恒佳的这群人，在深圳那边，大家就叫他们"疯子"，看来我写《瞧他们这群"疯子"》那篇文章把他们称作"疯子"是没错了，我原本以为我是"原创"，谁知一不小心竟然成了"盗版"！

幸福是什么？是有钱、有权、有名望？不，不是的。有钱可以幸福，有权可以幸福，有名望也可以幸福，但二者之间没有必然联系，也不能画等号。

下午接妻子下班，书房的灯坏了，顺便去老城那边买灯，妻子说："既到了老城，就干脆去吃陶记汤圆吧，省得再回家做饭！"其实晚饭我是做好了才去接的她，不过她既然说到了要去吃陶记汤圆，那就去吃呗！陶记汤圆开的时间较久，应有30年了吧！最早是在老城长寿路三洞桥桥头。那地方离孩子们念小学的城四小很近。在望江路居住时，妻子每天早上送孩子去学校，大多要在路过那店时进去吃碗汤圆，久而久之，便有些感情。孩子念初中那阵，陶记汤圆又在老城林庄口开了一家分店。这地方，离妻子上班的银行更近了，我去接她下班，便又常在这分店里吃汤圆。再后来，搬家到新城居住，妻子也调到新城来上班，加上孩子们考上大学，去外地读书了，家中人少，两个人的饭菜很容易将就，就少出去吃，更是少去老城那边吃陶记汤圆了！今天去，还是那老板，还是那味道，吃得非常舒服。吃完，妻子说："生活简单，所谓好吃也不过如此！"我将她的话进行艺术加工后改成了："所谓幸福也不过如此，和最亲近的人一起吃最简单、最合口味的饭菜，哪怕只是一碗三五块钱的陶记汤圆也足够！"妻子听我这话，高兴惨了呀，那脸，笑得比中了百万彩票大奖还灿烂！

去年春天，大概清明节前后吧，一个周末，妻子想起了说去西山看竹海。西山离城区较远，山路也不好走，很少去。不过妻子说想去，还是去了。沿途颠簸，到山上，已近中午，我们凑合着在一家简陋的农家乐里吃了午饭，就一个小白菜炒老腊肉，外加一份豆腐汤，的确是简单得不能再简单了，但妻子说她吃得很满意。本是说好看过西山的竹海就返回的，觉得返回的山路不好走，妻子又没去过山那边，因此带她去玩一玩。山那边也有大片土地属于长寿管辖，有两个镇，一个叫洪湖，一个叫万顺。下山到了洪湖街上，索性往渝北的统井赶了。其实那一带我也没去过，我俩就这样漫无目的地游荡，最后居然到了渝北的龙兴古镇。在那也是简单地吃过晚饭，上高速公路回家呗！我开着车，一上高速，她就睡着了，睡得很香。那一刻我倒是挺温暖的。我和妻子几乎没有这样出去毫无目的地闲逛过，我开车，她能香甜地入睡，对于我来说，也是一种幸福吧，我的幸福在于她能玩好，玩得尽兴，作为丈夫，难道不幸福吗？所以回来后我还写了一篇文章《所谓幸福就是你能在我身边安然睡着》，如今想来，幸福真还是非常的简单呢！

　　文章写到这儿的时候，程总又发了视频，这次是王副总加入了他们"幸福的彩排"。王副总端了一篓洗得干干净净的水果到他们加班的办公室，送给大家吃。他特别声明，那水果是搞设计的师傅送来的。程总岂肯放过这个机会，于是又"现场直播"了。她问王副总："此时此刻你最想对远恒佳人们说点什么？比如幸福是什么？"别看王副总知识渊博，可做"现场直播"到底不内行。他腼腆地笑啊，笑得都有些难为情了，才终于挤出那么几句话来。他说："幸福就是有你有我、天天有鱼；幸福就是吃在长寿湖、住在长寿湖……远恒佳，有你真好！"瞧，有点前言不搭后语哈！不过不要紧，反正做"直播"他不"专业"，没人笑话他的。

　　"幸福就是有你有我、天天有鱼；幸福就是吃在长寿湖、住在长寿湖……"是的，幸福很简单，简单到像我这种可以随意地回乡下老家去捋起衣袖挽起裤腿赤脚下田插半天秧；简单到可以随意穿了睡衣半躺在自家小院的椅子上，全神贯注地用手机写心情文章；简单到也可以是一边听音乐一边随意地侍弄花草，或者系了围裙，一门心思地给家人做一顿可口的饭菜；当然，能像远恒佳的朋友们那样，只是吃几条油炸小鱼，吃几个同事送来的水果，也能随意的来点"摆拍"和"现场直播"，这都是幸福！

成功男人身后的女人

　　念大学那阵，同寝室的胜泉兄在书店里买了一本关于爱情、婚姻与家庭的书回来，不厚，好像是罗马尼亚作家写的，书名记不得了，以随笔方式写的吧，娓娓道来，挺亲和贴切的。当时大家都是十七八岁的懵懂青年，虽然当时大学不允许谈恋爱，但我们对未来的爱情、婚姻与家庭还是充满了美好的向往，都希望将来找到的另一半能和自己恩爱相处、白头偕老，因此，全寝室的同学没有一个没读过那本书。全寝室 7 个同学，到今天，没有离婚的，也没听说谁谁夫妻不和。我想，那部书对大家树立正确的家庭观或许起到了不可低估的作用吧！人在年轻时，读一本好书，往往会影响自己的一生！

　　早上，远恒佳刘炯老师读了我的新章节《你努力的样子真美》，给我发微信说："但老师，前天和麦总一起从深圳过重庆来，虽沿途一路坎坷，上演了一出现实版的'人在囧途'。但是沿途麦总为了公学的建设抓紧一分一秒，等候的时间、在飞机上的时间，都在办公。宋校长和麦总开玩笑：'麦总，你又不是没钱，为什么老买这么晚的机票？'其实麦总除了是集团老总外，还要陪伴照顾孩子，安顿好孩子，麦总才能安心出差。'你努力的样子真美'是对麦总、对远恒佳、对所有拼搏的人最完美的诠释！"他还随文字发了几张麦总深夜一点在飞机上打开电脑办公的照片！读到文字，看到照片，联想到几次和麦总的见面，"成功的男人身后大多有一个贤惠的女人"这句话立刻浮现在了脑海里！

　　麦总是宋总的妻子，以前也是老师，宋总下海办私学，她便放弃教职和宋总一起打拼。他们有三个孩子，大的那个在美国留学，读影视专业研究生，小的两个比较小，其中一个，我在长寿湖快乐岛见过，不知是老二还是老三，七八岁吧！

麦总给我总的印象是温婉、细腻、随和、乐观和阳光。她待人处事非常善良厚道，能处处替别人着想。这话我没有丝毫夸张和吹捧的意思。我妻子第一次见到她就对我说："这才像成功男人的妻子，没架子，内敛含蓄，一看就属于贤惠有修养的女人！"我妻子是很少赞美一个人的，跟我一辈子也少听她说过我半点儿的好，能和麦总第一次见面就这么称赞，可想而知，那也是心服口服的了！

集团有那么多办学实体，又分布在不同的地方，宋总成天在外奔波是常态，于是，家和孩子都交给了麦总。她不仅把家和孩子都照顾好，作为集团的副总，还得协助宋总处理诸多公司的事务。我觉得她特别能吃苦，特别能顾全大局，也特别可爱。像我第一次去远恒佳，她带领大家一幢楼一幢楼地跑、一间房一间房地查看，大家都累得不行，她却没事儿一样，脚步迈得比谁都快。在学生公寓，她对大家说着寝室里的床铺准备放几张、写字用的桌椅用什么品牌的。她说得正起劲，有几个老师提醒："麦总，宋总不是这么说的，宋总说目前每间寝室只安排两个学生住宿！"她讲的是安排四个学生住宿，老师们提醒她，宋总说目前只安排两人住宿，夫妻二人的想法出现了分歧！我站在一旁，看她如何反应。她先是一怔，接着甜甜一笑，对大伙儿说道："没事，既然宋总说了，就听宋总的，他是当家的！"一句"他是当家的"，立刻把大家都逗乐了！看，这就是智慧呗，不论公司，还是家里，上下级、夫妻间，哪里会没有意见不合的时候，出现了意见不合，用理性和智慧化解开，所有的一切都云淡风轻！

我常对妻子讲，要想打垮一个作家很容易，要想毁掉一部作家正在创作的作品也很容易，你只需天天和他较真、争吵便足够了！你有事无事给他找点茬儿，有事无事拿张冷脸给他瞧，看他到底还能不能写出好作品来！

年前遇到单位一个年轻民警向我倾诉，他说他和女朋友恋爱两年，分手了。我问他为什么？他摇头叹息，说事情不大。我叫他讲来听听。他告诉我，他女朋友啥都好，就脾气不太好，有点儿喜欢故意折磨人。比方说你给她打电话，她不会立马接，一定要等到你反反复复打上三次、四次，才接；你在微信朋友圈里写了心情，她原本是要给你点赞分享的，但一旦你对她说看见你的点赞我非常高兴，那么从此她就不再给你点赞了；还有你在单位做出了成绩，得到领导的表扬了，告诉她，原本是想也得到她的表扬，可她偏偏嘴一瘪，来一句"顶个屁用"……总之，不论怎样努力，你都得不到她的赞美。你说和这样的女人相处下去，哪还有生活的激情啦！我哈哈大笑，我说在心理学上这叫"唱衰心理"，不交也罢，有这种心理的女孩子多半从小都是爸妈宠着惯着的，只管要别人欣赏赞美她，她却不会去欣赏赞美别人，你和这样的"唱衰公主"相处，真不可能有什么幸福，因为她激发不出你进取的动力！

男人需要欣赏，女人需要呵护，若这个道理都不懂，做了女人，不知道欣赏自己男人的优点；做了男人，不知道呵护自己女人的脆弱；那终究是合不到一块儿去的。有个说法，男人最终娶的是那个懂得欣赏自己的女人，女人最终嫁的是那个懂得呵护自己的男人！此话正确与不正确，看看身边幸福与不幸福的夫妻就明白了。彼此欣赏和呵护，爱情才能不断更新升级！

要想成就一个男人，你就去赞美他吧，发现他的优点，欣赏他的长处，包容他的缺点和不足，陪着他一起改正进步，如麦总那样，随时随地都用赞美和欣赏的眼光陪伴着她的伴侣前行，有了分歧，也能云淡风轻地化解。家是讲情的，夫妻是讲爱的，你有情有爱，就要学会表达出来，藏着掖着，矜持而吝啬，伤害的便不只是对方，也包括自己。

远恒佳的程总对我说："但老师，我心中的麦总真是一个美丽、智慧、勤劳、执着的女人，处处操心远恒佳这个大家和自己的小家，忙里忙外，工作与生活两不误。她平易近人，力所能及地关爱着远恒佳人，大家都亲切地叫她芬姐。不是因为年龄，而是因为一份尊敬。她和宋总琴瑟和鸣、相濡以沫，二人相互支撑，并肩前行，让人好生羡慕！"

为什么远恒佳的教职员工尊敬他们的宋总、麦总？为什么我这种与他们原本素不相识的"臭文人"也愿意抽出时间来用笔记录下他们前行路上的点滴感动？还不是因为他们的人品好，值得大家去跟随、信赖和尊敬。

还我一个怎样的孩子

　　去华日汽修厂给车子做例行保养，负责前台接待的客户经理是老员工，在华日至少干十多年了，反正我买第一辆车时，她就在华日，因此我们挺熟的。华日在长寿属规模较大的汽修厂，设施齐备，管理规范，员工也认真敬业。我先后买的两辆车都是在他们那做保养和维修，十多年，没有一次不满意过，能让一个客户十多年无一次不满意，这样的汽修厂也实在是不多和不容易的！

　　我刚把车交给师傅，这位客户经理就来找我聊天了。她问我："但老师，你在写远恒佳？"我盯着她看，反问："你怎么知道？""我在读你的文章呀，天天读。我的孩子报了远恒佳，初中一年级，是学校家长群转的你公众号文章。我关注了你的公众号呢，你不知道？"我摇头。说实在的，公众号谁关注谁没关注，我真不留意。做公众号，对于我来说，更多的意义在于保存自己的文章，留下自己文学创作前行的足迹，比较小众化，不期待热闹，不期待有多少人关注从而引来多大的流量，不做广告，不靠它挣钱，谁关注与不关注在乎什么呢？不过此话我可不能直接告诉眼前这位热忱的读者，否则会多么打击读者的盛情呀！因此，我笑啊，笑得灿烂。我说："谢谢，谢谢你的关注，谢谢你读我的文章，分享我的快乐！"她也高兴起来了，她一个劲儿问我远恒佳到底如何。说话间，华日汽修厂的老总车老板路过，见是我，又在和他的员工谈孩子教育的事，便停住脚步，和我打招呼、聊天。车老板已经七十多岁了，从事汽修行业整整三十年。他说："但老师，你们谈到的远恒佳，我也听说了。明年我小孙孙念小学，也打算送他们那去。我的观念和年轻人不同，对自己，健康最重要；对子孙，教育最重要！就希望通过家庭和学校教育，能培养出有礼貌、通情达理、晓得孝敬长辈、干活儿认真负责、不贪吃贪玩、不玩小花招小聪明的好孩子，有这些品德，比拿啥文凭都值钱！但老师，你说我这观点正确不？"

我咋说呢，人家大老板，又比我年长，开口一个"但老师"，闭口一个"但老师"，我都羞羞得快不好意思了！他问我观点正确不，我肯定回答正确的嘛！

事实上他的观点也的确正确，只是未经历过太多的世事和人生太多风雨坎坷的人不一定明白。他说他是活明白了的，我认为我也是活明白了的！人品永远比才能重要，这一点，如今好多喝"心灵鸡汤"长大的年轻人不懂，也悟不透，总认为自己有才能，到哪儿都可以混到饭吃！是呀，你有才能，你到哪儿都可以混到饭吃，但我认为，才能重要，人品和忠诚更重要，没有哪个老板愿做冤大头，肯把重要的职位和任务交给一个人品不行又靠不住的人！所以，车老板的观点我是赞成的！若把子孙的教育推演到企业管理，或者把企业管理推演到子孙教育，那么，你有多大的才能真不是最重要的，如何做人，如何做一个不让爷爷奶奶、爸爸妈妈操心和担惊受怕的人才最重要。月入十万，不许父母分文，平时连电话也不打一个的，跟月入五千，每月省出三五百来给父母做零花，三天两头给爸妈打个电话问声过得好不好的，这两种孩子，你更喜欢谁？没活明白的自然是喜欢前者，有钱有能力，给爸妈和婆婆爷爷长脸呀！可像车老板和我，活明白了，只喜欢后者。前者是活给别人看的，后者才是自己的好儿孙！

又想起台湾作家龙应台送孩子安德烈第一次去上学时对老师说过的那句话来："今天我把孩子交到你们手中，希望若干年后你们能还我一个对社会有用的人！"这句话着实反映了万千父母的心声。对社会有用，这样的人一定也是对自己有用的。但对自己有用的人，却未必也对社会有用。龙应台说此话，想必内心深处有无数的纠结，她害怕孩子一旦交到不负责任、自私自利的老师手中，从此孩子脱离父母的管教，耳濡目染，长大后也成了一个不负责任、自私自利的人！那样的孩子，对社会没有用，对父母即使有用处也不大，因为他不负责任、自私自利，他只顾得了自己，哪里会顾得了父母和别人！

车老板和我聊了很久，他详细询问了远恒佳的办学情况，当我谈到远恒佳如何重视孩子动手能力培养的时候，他特别来了兴趣，连声说："好，好，我就是希望孩子不要从小养成了四体不勤、五谷不分的坏习惯，要学会自己穿衣、洗衣服、整理床铺，不要人长大了，还处处要大人照顾……我实在看不惯如今年轻人的吃不得苦。想当年，我们年轻那阵过的是啥苦日子呀！天底下哪有什么一帆风顺，无不都是自己苦熬出来的！"他还反复嘱咐我注意身体健康，写书别太辛苦了！

车子保养完，我开车回家，一路上都在琢磨车老板的话。车老板七十多岁，经历过那么多的事情，从他嘴里讲出来的话，我没有不信的道理！是呀，早些年，我的两个闺女念小学，念初中，念高中，我都盼望她们能拿高分，能考出好成绩，最终能上一流的名牌大学。到现在，两个闺女大学毕业了，安家立业了，我才明白龙应台那句话后面掩藏着的为人父母的心疼，也才明白作家张鸣所说的"我永不要孩子考第一第二的高分，只要孩子好好读书、踏实做人，凡事尽了努力就行！"的道理。

恰好今天，长寿湖畔的远恒佳公学举办了一次别开生面的学生、家长与老师的互动对对碰活动。这是这所学校举办的第一次学生、家长和学校老师的大型互动活动。从学校老师发的图片和视频，看得出来，活动办得非常成功，既带动了学生动手的兴趣，又拉近了学生、家长与学校老师的距离，大家欢聚一堂，收获多多。听程总他们讲，学校类似的活动会很多，将来还要扩展到参加一些社会实践。让学生勤动脑的同时也勤动手，动脑动手两不误，这样的思路很好。

竹杖芒鞋轻胜马

　　年初写过一篇文章，题目是借用苏轼的词句，叫"一蓑烟雨任平生"，这篇文章好几家媒体刊发过，我自己也十分喜欢。里面有这么一段话："偶读苏轼的《一蓑烟雨任平生》，很感慨。苏轼说：'莫听穿林打叶声，何妨吟啸且徐行。竹杖芒鞋轻胜马，谁怕？一蓑烟雨任平生。料峭春风吹酒醒，微冷，山头斜照却相迎。回首向来萧瑟处，归去，也无风雨也无晴。'苏轼写此词时是遭贬至黄州的第三年。和友人出门游玩，逢一场不期而遇的雨，人皆匆忙躲雨，唯独苏轼信步由缰，依旧观山观水，不以为然。他在词的前面，写了简短的文字说明。他说：'三月七日沙湖道中遇雨。雨具先去，同行皆狼狈，余独不觉。已而遂晴，故作此！'想想那老夫子也挺好玩的，雨来了，躲一躲不行吗？随了大流，不遭雨淋，不遭同行的朋友视为另类，多好！但假如真是那样呢，苏轼还是苏轼吗？在苏轼的笔下还会有'一蓑烟雨任平生'的千古名句吗？所以呀，文章千古事，妙手偶得之。你该遇到什么样的人和事，该写出什么样的文章来，许多时候是不在你的预料之中的。正所谓计划再好也不如变化太快，因此，一蓑烟雨任平生吧，学学苏轼，该干吗还干吗，顺其自然，不强求自己，不难为自己，不自己跟自己过不去。"引用的这段文字有点儿长，既讲到了苏老夫子写此千古名句时的背景，也讲到了自己读此名句时的真实感慨！

　　有个曾经要好的朋友应聘去远恒佳报到上班前，我特地请他吃了一顿饭，告诉他，好的企业就是好的家，既然选择了这条路，就要义无反顾地走好，做一个优秀的教师，善待职业，善待学生，善待新的"东家"。我还说："家大业大，老总有老总的难处，员工有员工的诉求。老总有难处了，是不能轻易表露出来的，得闷在心里，因为不同的人对同一句话有不同的解读，万一解读错了，影响到了员工的情绪和大家的团结，受损的是大家。员工不同，员工有诉求了，你想咋表达咋表达，影响不了集体的。处在不同的位置，话言话语就有不同的说法。仅凭这一点，做员工的也要多体谅老总。再说，老总给你提供的不仅仅是高薪的饭碗，真正重要的是还有一个让你施展才能的平台。平台比饭碗重要，若干的年轻人看不到这一点。飞机有了平台，可以随时远走高飞；人才有了平台，智慧可以随时转换成财富和生产力。若无平台，你纵然是全世界都难得一见的天才，又怎样？所以，不论遇到了什么，都要给平台留下一份应有的尊重。不是所有有钱的人都愿意拿出钱去搭建平台的，因为有太大的风险。能搭建一个平台，让大家聚在一起，施展才能，那是怎样的担当和情怀呀！"

由于工作关系，我早些年接触过不少的老板，近些年又接触过不少的有为之士。我总觉得在中国变革的这几十年，做什么都不容易，此一时彼一时，凡是挺过来了的，无不都有超强的忍耐力、毅力和智慧。毕竟大家经历的这个时代，是法制从无到有、市场从乱到规范、人心从简单到复杂、人性从单一到多元的一个渐变过程，这过程，你要去逐一适应，非一般的忍耐、毅力和智慧不能行。中国如此，外国也如此，像日本，今天大家都说日本人自律力强，哪怕遇上大地震，大家也不惊慌，取救济物品依然排队、秩序井然，殊不知退回去几十年，日本经济腾飞之初，社会秩序也是处处呈现出脏、乱、差的。不学历史，不了解日本人的过去；不读历史，不了解中国人的未来；所有的民族，由弱到强，都要经历阵痛。我们现在要做的，就是从身边的小事做起，尽好一个公民的责任和义务、守好一个公民的道德底线和做人做事的良知底线。

我每次看到远恒佳的这群人，看到他们忙碌的样子，我的脑海里就会浮现出苏轼"竹杖芒鞋轻胜马"的诗句来。那天负责学校宣传工作的郑老师带我去看校园的各楼、各道和各处景点，好给这些楼、道和景点取名，郑老师跟我说，她看见校园里的一些石头和树木，不知咋的，她总要联想到人，是不是中了什么邪！我说不是的，这叫"潜意识"。我们到了从山顶下到国际部大楼的那条山道上，她突然指着山道旁的岩石对我说："但老师，这石头像不像个人？"我瞧，果真还像个人，准确地说像一个老母亲特写的侧面头像，有布满皱纹的额头，有深陷的眼眶，还有厚厚的、微微张开的嘴唇。山道有点儿长、曲、陡，两旁有嶙峋的石头和岩壁，适合雕塑和刻字碑，于是我建议那条路叫"慈母路"，路两旁沿石阶的峋石和岩壁上，塑点慈母像，刻一些与母爱有关的碑文。郑老师所说的看到石头和树木就联想到人，跟我看到远恒佳的朋友们就联想到苏轼的"竹杖芒鞋轻胜马"其实是一个道理，都属于"潜意识"。她的潜意识里储存了很多的人物形象，一经"触电"便闪放进脑海里了！我的潜意识里储存了远恒佳老总们"竹杖芒鞋"前行的身影和他们面对所有艰难困苦都洋溢在脸上的笑容，所以，不论在哪儿或者在什么场合和他们相逢相遇，"竹杖芒鞋轻胜马"的诗句便会立马浮现在眼前吧！

苏轼的一生颠沛流离，历尽了生活的艰辛，但他从不畏惧，他总是把苦难的日子过得诗情画意！他乐观、豁达、阳光，他留给后世的，除了无数的文章、书法作品，他还留给了后世"竹杖芒鞋轻胜马"的美好心态！年少不读苏东坡，读懂已不再少年！到了我这个年纪，读苏轼，感受远恒佳朋友们的拼搏和奋斗无不都是一次情感和灵魂的洗礼！

半塘烟霞半塘月

　　有天傍晚，我从乡下老家回城，在长寿湖高速公路入口转盘处，见雨后天晴，落霞尚好，突然心血来潮，决定去远恒佳那一片看看，欣赏一下湖畔落日的美景！

　　远恒佳公学所在地，以前叫宋家大塘，从字面上理解，应是有姓宋的大户人家在此居住过。不过，自我孩提时起，这一片事实上就没有村落的。如今的校园大楼前面有一座桥，以前叫拱背桥，三孔的石拱桥，桥的下面，是潺湲的小溪，小溪旁有凌空的巨石，当地人叫它"寿龟石"，后长寿湖搞旅游开发，那巨石依了"旅游"的文化思路，改叫了龙腾石。宋总说他和这片土地有缘，来之前并不知道此处曾叫宋家大塘，来了后施工建楼了，才知道有这么一桩奇遇。他高兴啦，他说："我姓宋，沾个宋字就是缘分！"那天负责学校宣传的郑老师带我在校园里转悠，伫立在龙腾石下的小溪旁，仰望那石头，蜿蜒地盘踞在山崖上，我叫郑老师看，我说像不像一条龙，一条向着浩渺的长寿湖游去的盘龙？她瞧，连连点头，回答："像，像，越看越像！"于是，她叫随行的小伙子给我俩拍了张照，她说我们在此留个纪念，若是将来远恒佳公学出了大才子，证实此处真是盘龙卧虎之地，岂不是我们也有一份功劳？郑老师是学音乐的，琴弹得好，歌唱得也好，搞艺术的人，少不了爱想入非非，总喜欢阳光地看待生活。她这么一说，再瞧她那天真劲，我逗她乐了。我说："我想给这条小溪取个名，好吗？""好啊，请您来就是干这事的，咋不好呢？"她边说边掏出笔，准备记录。我不急，故意绕圈子，我指着校园国际部大楼后面的山峦，问："你知道这山峦后边的村以前叫什么吗？"她抬头瞅一瞅，摇头。我说："叫盘龙大队，一直叫那名，直到20世纪80年代，改革开放，才改叫院边村，不过，最大的村子仍叫盘龙塆，我姐姐结婚居住在那塆子里，几十户人家，都是老建筑，到底有多老，没几人能说出来。盘龙塆就在学校的山后，所以此处这块巨石像龙，叫它龙腾石也没错。我呢，突发奇想，这溪，叫盘龙溪吧！溪水连着长寿湖，长寿湖下面是龙溪河，龙溪河下面是奔流不息的长江！想想吧，有龙在此盘踞，早晚会醒来，游进湖里，再顺龙溪河而下，游进长江，游向浩瀚的大海……""但老师，您的建议太好了，有盘龙塆，有盘龙溪，有长寿湖和龙溪河，都与龙结上缘了呢！好，好，这里是盘龙卧虎之地，我们的教育，就是让人才海阔凭鱼跃，天高任鸟飞。天时地利，远恒佳选在这儿，真是天意呢，一定会培养出一代又一代优秀的学子！"

那天我改变主意想去远恒佳那一带看看湖畔落日，其主要目的就是想去看看那小溪汇入湖湾处的滩口。虽然我过去和现在都常去那一带玩耍，但真正停下脚步来欣赏一条小溪汇入湖泊的模样却是从未有过的。宋总说他和这片土地有缘，其实我和这片土地也有缘。我大姐结婚在盘龙塆，先做耕读老师，在盘龙小学教书，后来考上了公办老师。盘龙小学就在高速路口的转盘旁，因人口外流，生源减少，我从山区调回长寿那阵停办了。大姐在那学校教书，这一带我再熟悉不过，也特别有感情。目前为止，我有两个百万字的三部曲。百万字的三部曲，对于一个作家来说，肯定是十分重要的作品吧，那是真正的"大部头"。这两个三部曲，一个是公安大学出版社出版的《誓言如风》，一个是作家出版社出版的《风雨人生》，读过这作品的读者就知道，我是怎样将如今的这片土地浓墨重彩地写进了我的作品里！在《誓言如风》三部曲的第二部《穿越死亡线》中，无数次出现的站在大堤上向湖岸深处眺望，春天来了，金灿灿的油菜花开遍了起伏的山峦的景致，去对照一下书中文字，那文字描绘的不就是"拱背桥"和盘龙溪吗？在《风雨人生》三部曲中，类似美景的描写，更是每一部都有！为什么我对远恒佳有感情，因为我和宋总一样，和这片土地有缘。诗人艾青说："我的眼里为什么常含泪水，因为我爱这土地爱得深沉！"是的，宋总爱这土地爱得深沉，他倾注了自己后半生的心血；我爱这土地也爱得深沉，我也必定会倾注我后半生的心血！

夕阳落山了，绚烂的晚霞映得湖水楚楚动人。我将车停放在远恒佳对面景区露营地的停车坪上，然后独自迎着落日的余晖向湖岸边走去！

景区没有游人了，整个湖畔很静。波光在清凉的晚风吹拂下，荡漾起缤纷的色彩。我临着湖水，在一块不大的石头上坐下来，不远处，就是从远恒佳校园里流淌出来的小溪的入水口。溪水不大，潺潺流动，几乎不发出一点声响。不过，靠得很近，没有了游人的喧嚣，我倒是能听见！那声音清脆而微妙，聆听着，仿佛松涛的轻喃，又仿佛竹语的浅吟，分外上得了人心里去！

我独坐了很久，也不知道想了一些什么，琢磨了一些什么，反正霞光褪去了，湖面渐渐笼起了薄薄的烟霭，远处的大堤上，排列有序的灯火也一盏盏燃烧起来，那灯火，连着场镇上的灯火，连着湖水中一座座漂浮的小岛上的灯火，直把眼前苍茫的湖水世界映照得如仙境般虚实相间、美轮美奂！世外桃源呀，在这样的时刻，独守着一湖宁静的碧水，看晚霞散尽，看烟霭渐起，看清丽的明月从水墨似浅淡的云堆里挣脱出来，不紧不慢地在深邃的天空中游走，那份感动，那份来自情感深处的感动，无与伦比！我在想，若早来片刻，可赏得这半塘烟霞，若晚归片刻，可识得这半塘明月，披了云霞，沐了晚风，就这样，待在校园旁的湖岸边，发发呆，打打盹，也无不是醉美的享受呢！

说"半塘"而不说"半湖"，那是因为小时候家门前有一口池塘。夏天，池塘里种满莲藕，碧绿的翠叶覆盖在水面上，那真是清凉了一夏呢！到了秋天，莲叶枯萎了，柿树的叶开始火红起来。池塘边有棵柿树，有上百年的树龄了，粗壮得要几个人才能合围起来。秋天到了，渐凉的秋风吹呀吹，不经意间便把柿果和柿叶都吹红了。那个红，岂止是绛红，岂止是紫红，岂止是桃红、酒红和亮红，五彩缤纷，红得你眼花缭乱。我特别喜欢柿树，特别喜欢柿叶凝重斑斓的红。因了这份情感，所以也特别喜欢老家门前的那口池塘。正如此，凡是看见水库、湖泊什么的，我都情愿将它缩小，缩小成一口小小的池塘。比如此时此刻的长寿湖吧，临了湖水，沐了明月，我唯愿它是池塘而不是湖泊了。池塘小，盛得下我儿时满满的记忆，盛得下我儿时满满的欢乐，若大了，大得成了湖泊，烟波浩渺，我就有些担心，担心自己找不到童年的归宿和那些眷恋的过往了！

远恒佳这一带的景色如今打造得非常美，悦湖荟等高档别墅住宅小区紧邻校园，高速公路和高铁站的入口近在咫尺，身在景区中，无处不美景，而恒大集团又投资了一百个亿，和远恒佳公学联在一起，建特色小镇……如此种种，过不了几年，这一片湖光水色会美得你"怀疑人生"，你肯定不敢相信天底下居然能有这么漂亮的学校和这么漂亮的人间仙境。时光可以改变很多东西，也可以塑造很多东西，半塘烟霞半塘月，若干年后，这儿的特色小镇打造好了，这儿的远恒佳公学步入建校后的正轨了，来此小憩，依然如我此时这般，临一湖碧水，浴半塘月色，呆呆的，痴痴的，打个小盹，那么你的心境也该是我此时这般惬意！

收获的喜悦

这两天，远恒佳公学开始搬家了，教职员工从临时租住的快乐岛上搬到学校里去，大家的办公场所也从临时租借的悦湖荟小区的住宅用房里搬到学校的办公大楼里去。从公学群里贴出的告示可以看出，所有老师都是有漂亮的住房和办公室的，有的甚至还很宽敞。

保洁公司进场了，保洁员工在加班加点地给每幢楼的每间教室做最后的保洁。几个年轻老师穿了红色 T 恤衫坐在学校电动观光车上四处转悠，那洋溢在脸上的笑容告诉人们，他们不是在干活儿忙碌，他们只是在兜风，在尽情地挥洒来自心中的喜悦！

从最初的选址开工，到如今的建成，远恒佳公学用了差不多三年的时光。这些日子，远恒佳的同仁们，没有一个不是苦着、累着，不分白天黑夜。他们终于熬过来了，终于迎来了美丽公学建好落成的那一刻！大家都万分高兴！

我想到了自己的文学创作，每当一部作品写完，管它能不能出版，或者未来出版和打造的路有多长，无所谓，脱稿了，就如"万里长征走完了第一步"，总之是快乐的、喜悦的，毕竟那也是收获。其实有时候"收获的喜悦"还未必非得要等到一部书完全脱稿不可。像这部书吧，写下前 10 章，我高兴得不得了，在自家小院里唱呀跳呀！那时天气还十分凉爽，葱茏的葡萄藤蔓刚挂出翠青的果，想到自己的一部新书铺开了构架，跨越了"万事开头难"的第一关，能不高兴嘛？我唱《我爱祖国的大草原》："我爱呼伦贝尔大草原，红旗如海，绿浪无边……啊，骏马行千里，雄鹰飞蓝天，新牧民扬鞭高声唱，我爱祖国的大草原！"我充满了信心，热血沸腾，激情澎湃，相信自己在不久的将来是一定能把这部书写成功的！于是，继续往前走，不遗余力，熬更守夜，一点点写就！那份激动，那份喜悦，不搞文学创作的人体会不到！所以，昨天晚上，在写此章节之前，我专门做好了美味，一盏小酒，一壶清茶，几碟小菜，独自慢慢地咂摸呀，细细地咀嚼呀，几乎就快咂摸和咀嚼出生活中那些经历过和没经历过的万般酸苦来了！我也有了仪式感！

人在丰收的时刻，特别容易激动。乡下老农，忙碌一季，到了丰收时，多激动多快乐呀！再过一些日子，乡下就要打稻子。收割稻子，是十分辛苦的，又热又累，可是，你到乡下去看看、问问，到底有几个老农会说他们收割稻子辛苦？因为丰收了，因为劳动有了收获的回报，他们便早已把艰辛抛到了九霄云外！

远恒佳公学建成了，秋季开学已指日可待，正如我这部书，马上脱稿了，出版也是指日可待，不过，真正要走的路其实都还很漫长！比如远恒佳公学，学校建好了，那只是有了硬件设施，有了办学的框架，跟我一部书有故事梗概和创作大纲差不多，接下来还必须要去一个细节一个细节地填充、一处细节一处细节地完善，任何一处细节的疏忽和闪失都有可能带来整部作品的前功尽弃！从这个角度讲，远恒佳真还是任重而道远，有很长很远的路等待着他们去走呢！

想起苏联作家柯罗连科的一篇文章来，好像是叫《火光》吧，我在写《深情地活着》一书时引用过里面的文字，今天我又引用这些文字来告诫远恒佳的朋友们，也告诫我自己，前面的火光出现了，看上去好像不远，其实远着呢，还需要我们百尺竿头更进一步，继续砥砺前行，任何的麻木和松懈都会将我们过去的努力付之一炬——

很久以前，在一个漆黑的秋天的夜晚，我泛舟在西伯利亚一条阴森森的河上。船到一个转弯处，只见前面黑黢黢的山峰下面一星火光蓦地一闪。

火光又明又亮，好像就在眼前……

"好啦，谢天谢地！"我高兴地说，"马上就到过夜的地方啦！"

船夫扭头朝向后面的火光望了一眼，又不以为然地划起桨来。"远着呢！"

　　我不相信他的话，因为火光冲破朦胧的夜色，明明就在那儿闪烁。不过船夫是对的，事实上，火光的确还远着呢。

　　这些黑夜的火光的特点是：驱散黑暗，闪闪发亮，近在眼前，令人神往。乍一看，再划几下就到了……其实却还远着呢！

　　我们在漆黑如墨的河上又划了很久。一个个峡谷和悬崖，迎面驶来，又向后移去，仿佛消失在茫茫的远方，而火光却依然停在前头，闪闪发亮，令人神往——依然是这么近，又依然是这么远……

　　现在，无论是这条被悬崖峭壁的阴影笼罩的漆黑的河流，还是那一星明亮的火光，都经常浮现在我的脑际，在这以前和在这以后，曾有许多火光，似乎近在咫尺，不只使我一人心驰神往。可是生活之河却仍然在那阴森森的两岸之间流着，而火光也依旧非常遥远。因此，必须加劲划桨……

　　然而，火光啊……毕竟……毕竟就在前头！

　　是的，火光啊，毕竟就在前头，只要不懈努力，不断划动双桨，那火光便一定会近在眼前，而不再是看上去近，其实还很遥远。一位校领导在公学群里贴出一张照片，照片上写得有这么一句话："想，都是问题；做，才是答案；站着不动，永远是观众！"这话挺有意思的，他在暗示什么，或是在企图表达什么，我不便猜测，但任何人，面对任何事，干总比不干好，说一千道一万，不如实际动手干一干，你手都不动，干都不干，哪还可能有结果呢？我们写作，最难的开头，头开好了，一路顺风，头开得不好，磕磕碰碰，终究是要半途而废的，但即便是半途而废，干也总比不干好，至少晓得"此路不通"了，得换一条路再走。我最怕自己只顾嘴上说，而不顾自己的手动不动，吃的亏多了，慢慢总结出了一些"教训"，凡是一部书想写了，有了创作的冲动，务必要立马动笔，不能老停留在嘴上，否则时间久了就烟消云散了。记得我写第一个三部曲《誓言如风》的时候，写完第一部《滴血的承诺》，出版社出版了，一个偶然的机会，《现代世界警察》和《派出所工作》两杂志组织笔会，到江西井冈山采风，公安大学出版社的益平兄也去了。他是《滴血的承诺》一书的责编。我们聊到此书，我说我打算写续集，益平兄说："好啊，但兄，你只要写，我就出……干脆把它写成个三部曲怎样，第二部、第三部？"我不敢回答他了，因为那时候我还没有过这么厚的作品，三部曲，意味着百万字，哪能说写就写呢？可益平兄盯着我呀，他在等我回话。他笑："怕了？"我摇头："不怕，既然你们愿出，我就务必要写呀！"那回来，我真是一鼓作气写完了后面的两部《穿越死亡线》和《人在天涯聚散时》。时至今日，这个三部曲依然是我最厚重的作品，没有它，就没有我在公安文学中的一席之地。想当初，如果我只说而不动，我能有后来的那些"收获的喜悦"吗？

程总那天也在公学群里贴出了一段话，她说："严厉的公司，淡化了员工的休息时间，把一群人整得跟疯子一样，逼迫他们找客户，强制他们完成目标。最后员工都买房买车了，成为家庭里的骄傲。人性化的公司，生怕员工受委屈，朝九晚五上班制，从不加班，把一群员工供得跟大爷似的，最后一个个被行业淘汰。这个世界都是公平的，你付出多少，就会收获多少。爱你不是对你好！而是让你变得更好！加油吧！亲爱的兄弟姐妹们！"这段话，我个人的理解是，学校建好了，最苦最累最艰难的日子即将过去了，她一半想告诉大家，在建校之初，辛苦是常态，不要抱怨，不要斤斤计较个人的付出，创业没有不辛苦的；另一半也是想告诉大家，经过两年多的努力，终于看到前面的"火光"了，继续前行吧，"火光"已经不遥远了！当时我读到这段文字，首先想到的便是苏联作家柯罗连科的《火光》这篇文章。

人的一生，不是短跑，是长跑。既是长跑，有的路段就要辛苦一些，有的路段就要轻松一些。我总是希望自己在年轻时，不要怕吃苦，不要怕受委屈。年轻时精力旺盛，可塑性强，吃点苦、受点委屈算什么呢？因此，一路走来，我年轻时所受的苦和所受的委屈数不胜数，不过，现在回头去看，那都算不得什么，恰好是这些苦和委屈，成就了我前行路上的一砖一石，让我踩在它们上面，行走起来倍感踏实和平坦，若没经历过这些磨难，我哪能有今天的"收获"呢！

远恒佳公学建成了，秋天就要正式开学行课了，有此新的起点，遥远的火光已不再遥远，所有的梦想都接近了，离实现仅咫尺之遥，因此，祝福他们的收获，分享他们的喜悦，感受他们教育的大爱情怀，他们欢天喜地，我也喜地欢天呢！

教师的修养

偌大一个中国，在职业前面冠上"人民"二字的是不多的，非常有幸，今生所从事过的两种职业，都以"人民"二字打头，分别是人民教师、人民警察，那份荣耀，给我的人生带来了满满的正能量、自豪感，给我的生活和工作也带来了满满的激情和充实感。

别不拿"人民"二字不当回事，像作家，能授你"人民"二字那可是至高无上的荣耀，比如老舍，一生著述颇丰，国家授予了他"人民作家"的称谓，那是何等的荣耀和自豪呀，起码说明他的作品属于"人民"，国家认可、人民认可。但教师和警察不是这样的，只要你从事这个职业，都会冠你"人民"的称谓，"人民"两个字，也说明你所从事的工作与"人民"密切相关，哪怕一言一行、一举一动，"人民"都关注着你！

还有，给一个职业的从业人员以国家的名义设固定节日的也不多。新中国的第一个教师节是 1984 年的 9 月 10 日，那时我刚参加工作。1984 年夏天，大学毕业后，我去四川省阿坝州雪山脚下支边执教，走上工作岗位，就迎来了尊师重教的"唯美"时光，开学没几天，第一个教师节到来了，学校放 3 天假，当地为教师们安排了丰富多彩的节日活动，正因为这种"仪式感"感染了我，浸润了我年轻的教育情怀，所以至今我仍认为老师这一职业是崇高的，讲台上一站，我就是知识、正义、良知、责任和担当的化身，我的任务就是教孩子们文化和做人！

我跟教师有缘，我的大姐是教师，我大姐的闺女、儿子和女婿是教师，我大闺女婆家的爸妈也是教师，现在我又在给远恒佳写书了，成了远恒佳公学的文学顾问，将来呀，跟教师打交道的机会可能就更多了！

由此，我想到了"教师的修养"这个话题。无论时代怎样发展变化，百姓怎样富裕、国家怎样富强，民族都离不开教育！离开和放弃了教育的民族是没有未来的，轻视和不尊重教师的民族是没有希望的！

既然教师这个职业这么光荣，这么重要，我若做教师，该具备哪些最起码的修养呢？

首先，我一定要多读书，所学的知识足够撑起我的饭碗、撑起我的课堂。台上一节课，台下十年功。绝不打胡乱说、信口雌黄，弄一些道听途说和胡编乱造的"知识"去忽悠学生。知之为知之，不知为不知！学无止境，不知不可耻，不知而去假装知，才可耻！

其次，我会培养自己的大爱情怀，视所有的学生如自己的孩子，我不会厚此薄彼，因为我知道每一个父母把孩子交到我手中，都希望得到我的善待，哪怕智商情商不高，将来考不上啥像样的学校，我也要待其如子，不打不骂不冷嘲热讽。给学生传授知识的同时，也必定给他们亲子式的关爱与呵护！

再次，我会手把手地帮助每一个学生制定人生规划。大到这辈子的路怎么走，小到这学期该熟读哪些课文、熟悉哪些作业。我会和他们一起阅读一些课外书籍，告诉他们，作为学生，仅学好课本上的知识是远远不够的，一定要把阅读的视野拓宽。我会对每一个学生说：你今天读的书、做的作业，都是你未来路上的石块和砖头，它们会在你不知不觉中给你铺出一条路来，让你走得坦荡，通往成功！

最后，我想，我一定要带着学生走出课堂，融入大自然，爱山水、爱花草树木、爱蓝天白云，总之，大自然赐予我们的一切，我们都要用了心去爱！有爱，生活才充实，才无处不美；胸中若无爱，纵使权倾天下、富可敌国，又怎可以叫完美充实的人生呢？我会告诉我的学生，人这一辈子，活着重要，活着快乐、阳光、幸福更重要，前者是生命存在的必要条件，后者是生命存在的质量和价值所在，既来到人世，就一定要努力活得有质量、有价值、有诗意和远方！

我怀念教书的日子，虽然短暂，但却给了我无穷无尽的快乐！转眼三十多年过去了，每每重回雪山脚下，和当年的学生们聚在一起，无不是有说不完的话、聊不完的天。我们谈过去，充满了美好向往的怀想。我们举杯在手，仰天而大笑，潸然而泪下，我们都为彼此在一起度过的那段短暂的时光而深深地陶醉。我走上讲台的时候才二十岁出头，年轻呀，我是高一年级主任，除了给大家上历史课外，还专门开设了"作文"课。历史课是我的专业，"作文课"是我的爱好。我们办了一份校园刊物，大家写文章，油印出来，分发给大家，大家都是爱不释手的。我的学生年龄比我小不了多少，有的个头比我高，身体比我粗壮，大家真是亲如兄弟姐妹呢！记得刚去那年，国庆节，学校放假了，高山上的孩子没法回山上去，留在学校，我硬是在简陋的木屋里煮饭出来请大家吃了一顿饭。我托学校后勤的师傅去都江堰拉菜时捎回一百多个鸭蛋，我喜欢吃咸鸭蛋，用两个瓦缸泡好，原本是留待春节放假自个儿吃的，不曾想就一股脑儿全煮出来给同学们吃了。现在回去，当年的学生还能恍如昨天般地谈起此事。他们说："但老师真好！"

是的，但老师真好，因为但老师热爱教育事业，不过，我教过的学生也一样的真好！难道不是吗，尽管三十多年过去了，回到山里去，哪一次不是在家的学生都赶来了？他们管我吃、住、玩，从不许但老师花一分钱，打死也不许，这份尊重和情感，那是何等的珍贵和厚重啊！

这部书写完我又要回山里去了，我去看我的学生们，和大家一起重温那时的快乐！

不要抱怨读书苦

屈指算来，写这篇文章的时候，我大学毕业刚好 34 年了。34 年前的今天，即 1984 年 7 月 12 日，全年级同学在今天西南大学大校门处照过一张集体照，然后从辅导员手里领到派遣通知书和派遣费，就各奔前程了。那时的大学生是国家统一分配，拿到派遣通知书之前你到底要去哪里你是不确定的。虽然之前也填报过个人志愿，但那只是你个人的想法，最终还得听学校的。"一颗红心两种打算，组织叫去哪就去哪！"是那时我们时髦的说法。我家境贫寒，又没有任何关系，知道自己留在诸如成都、重庆这样的大城市是不可能的，甚至像宜宾、内江、绵阳、涪陵、万州这些中小城市也不可能，因此决定去边远山区支边。支边有山区补贴，工资大概高三分之一，比如我每月在内地能拿 60 块钱一月，那么到了边远山区就能拿到 80 块钱一月了。我第一志愿是西藏，但西藏有 3 个同学要回去，他们是从那里来的，名额满了，因此，改由第二志愿去了四川省的阿坝藏族羌族自治州。

那天中午，我和余佳梅、尹丽蓉、黄世国、张军等几个成都同学乘校车到重庆菜元坝火车站。大热天，我们排了 5 个多小时的队，仍没买到火车票，不得已，硬着头皮去找陈方英。她是重庆知青，下乡住在我们家里，和我姐姐关系好。她下乡时，我刚上小学，去报名，听说我叫但远军，她一个劲儿摇头："不行不行，太土了，得改洋气点！"于是她给我取了但远伟的名。这名字一直用到后来参加高考，因高考要用户口上的名字，又改了回来，还叫土不拉叽的但远军。陈方英那时已返城在重庆火车站工作多年，她认不得我了。我东打听西打听，居然很容易就找到了她，原来她丈夫的爸是重庆火车站站长。我认识她，我叫她"姐"，她端详我半天："你是远伟？"我点头，听说我要买票，并且已经大学毕业了，她非常高兴，立马去给我取了几张到成都的票来。那天晚上，我和余佳梅、尹丽蓉、黄世国等5个同学踏上了西行的列车。我拿到420元派遣费，第一次身上有了那么多的钱，高兴呢，因此买了大包卤鹅翅膀在车上啃。到成都是次日凌晨，佳梅家在成都十九中，我住成都西门车站旅馆。映秀湾——就2008年汶川大地震震中那个地方，碰上塌方一住半个月不通车，派遣费不够花了，便住到佳梅家里。她老父亲非常朴实厚道，常蹬三轮车带我们去逛省城的大街小巷。大概7月底，进山的公路通了，我才乘坐阿坝州政府的迎新车翻四姑娘雪山，经大小金川，到达了州府马尔康，然后又分配到理县中学。陈方英十多年前退休了，来过长寿和姐姐她们几个要好的姐妹见面，我招待她吃了顿便饭，当面叫她一声姐，对她说了一声谢谢！我小说《风雨人生》三部曲里女主角夏小雪的外形与她相像，娇小、文静、漂亮。不幸的是，她身患癌症，已经去世了！

34年，弹指一挥间，多少人、多少事历历在目，仿佛昨天才发生的一样！回想这段往事，我总想对自己的孩子和如今的年轻学子们说，不管日子多么艰难、生活多么不如意，都不要抱怨读书苦。时代在前进中越来越比拼知识的架构和储备了，你不读书，或者读书少了，是没有竞争力、比拼不过人家的。特别是像我这种小时候家境贫寒的孩子，务必不要放弃了苦读书的机会。时事变化无常，今天还热火朝天的职业说不定明天就门可罗雀了，今天看上去还畅通无阻的路说不定明天就行走不通了。但有一条路不是这样的，这条路永不封闭，那就是读书！读书依然是通往成功的必由之路，也依然是通往成功最踏实、最平坦和最心安的路！不要抱怨读书苦，你今天吃过的苦，熬过的夜，做过的题，读过的书，思考过的问题，将来都会铺成一条宽阔的路，带你走到你想要去的幸福的远方！

我的小学和初中时期因为当时大环境所致，学业多是荒废的。直到1977年国家决定恢复高考，我们才知道机会留给自己的时间不多了，此时不努力，将来再努力也没有如此好的机会。于是我们开始了夜以继日、熬更守夜的苦读，所有失去了的时光都要补回来。我们那阵读书多苦呀，宋濂在《送东阳马生序》中说："余幼时即嗜学。家贫，无从致书以观，每假借于藏书之家，手自笔录，计日以还。天大寒，砚冰坚，手指不可屈伸，弗之怠。录毕，走送之，不敢稍逾约。

以是人多以书假余，余因得遍观群书。"此种情况在高中毕业后回校补习的日子里经常出现。当时我家贫，买不起复习资料，凡同学有复习资料的，必借来，抄写成册，及时送还。有时教室熄灯了，赶不过来，又回寝室抄；寝室熄灯了，偷偷用一把小手电照着在被窝里抄！天大寒，砚冰坚，手指不可屈伸，吃不饱，穿不暖，坐在四壁透风的教室里读书，寒冬腊月，那真是一个苦呀！可是，苦过来了，那些曾经常人难熬的苦便铺成了我如今常人走不了的道！是的，常人走不了，前不久高中同学搞了一次毕业40周年同学会，大家都说我命好，羡慕我的工作状态是钱多活少离家近！我嘛，半开玩笑半当真地说："在最该受苦的年龄，我该受的苦受够了，所以我如今该享福！读书那阵，老师苦口婆心地劝你们好好读书、认真读书，你们听进去了吗？你们认为读书苦，你们抱怨读书苦，我在埋头苦读的时候，你们在打闹、逗诳和高谈阔论；我在忍饥挨饿拼命坚持多做一道题的时候，你们在苦思冥想到底该不该给哪位女同学写情书；你们端着饭碗在一个劲儿骂食堂师傅菜打少了、肉炒得怪难吃的时候，我独自躲在一旁只管能填饱肚子就行……读书是通行证，它带你通向幸福的远方啦！你不读书，你一生都在抱怨读书苦，一生都在与书本过不去，你凭什么来说我不该过今天在你们看来钱多活少离家近的舒服日子呢！"我是取笑这些兄弟姐妹们罢了，反正儿时的同学嘛，哪怕话说错了也不要紧！不过，客观地讲，当年的那些同学，半辈子人生过来了，喜不喜欢读书，日子过得真是大不一样的！

不要抱怨读书苦，你只要觉得读书是苦了，你未来的路就走得肯定要比别人艰难，因为你将要比别人少了一张读书获来的通行证。这张通行证里标注着你的文凭、学识、涵养、人文情怀和幸福的路径。别人去得了的地方，你去不了；别人干得了的活儿，你干不了；别人看得见的美，你看不见；别人感受得到的快乐，你感受不到……你与别人之间隔着读书与不读书的距离，所以你永远欣赏不到读书人才能欣赏到的风景！

长寿湖畔的远恒佳公学多好啊，每一间教室都是中央空调，小班定制；每一间寝室都是宽敞的房间、崭新的床铺和舒适的桌椅，并且还有独立的卫生间，如酒店的房间般，空调、热水24小时供应；校园那么美，校舍那么美，读书的条件好到我都不敢想象。在这样的环境里读书，若你还不努力，还不珍惜时光，还要去抱怨老师管得太严、作业布置得太多……总之，抱怨读书苦吧，那么，我就要说了，孩子，你见到过真正的苦吗？此时不努力，将来你就知道啥叫真正的苦了！孩子，该辛苦的年龄一定要辛苦，抱怨啥苦都不要抱怨读书苦，读书不苦哪来今后生活的甜呢？

就说我那俩闺女吧，念小学的时候我对她俩说，多读点书，争取考一所好点的初中，给爸妈省点择校费；念初中了，我对她俩说，好好读书，考上了高中，你就把至少百分之二十的同学甩在了高中的校门外；上高中了，我又给她俩讲如何规划人生，我对她俩说："努力，必须努力，考名牌大学和考一般大学差的不只是一张纸，差的是脸上的自信、容光、内涵、气质和将来不一样的生活！"结果如何呢？听老爸的话不会有错，考个好学校，哪里会愁工作？愁饭碗？愁谁谁的脸色难看？此处不留君，自有留君处，我看俩闺女眼光高得很，一般的单位、一般的工作要都不要。若没有好好读书，若没有学到过硬的知识和拿到像样的文凭，她们能有这样的择业底气吗？所以呀，读书是不误砍柴工的，该辛苦读书的时候千万别抱怨读书辛苦！

做好人生的规划

长寿湖畔，远恒佳公学搞了一次大型的家长进校园、学生进校园活动，让家长们带着自己的孩子到校园里实地参观。一流的校园，一流的教学设施，硬件上来说，没得摆的，谁见谁爱。学校老师也相应展示了他们的"十八般"才艺，有的挥毫泼墨，有的弹奏优美的旋律，有的婀娜起舞，有的引吭高歌……总之，师资力量的软件配备也是一流的不摆！远恒佳公学，第一次面向那么多的家长和学生亮出了他们的文化素养。孩子们在宽敞明亮的教室里兴奋地蹦跳啊，在寝室崭新的床铺上又是坐又是躺，喜爱得不行！从孩子们的脸上和家长们的脸上，我看见了远恒佳公学美好教育的未来。

不过，学校只是孩子教育的一个方面，老生常谈，最好的老师是孩子的爸爸妈妈，再优质的学校教育，没有同样优质的爸爸妈妈配合和跟进，也是很难取得实质性的优质效果的！

其实读书，大多数情况是一样的，老师教，学生学。但远恒佳，恐怕不仅仅局限于老师的教和学生的学。凭我对这所学校办学思路的理解，他们最与众不同的地方是培养学生的"远视"能力，要立足当下，放眼未来，说白了，就是要对自己的人生有个长远的规划，不能稀里糊涂地只顾学、学、学和考、考、考！

人生规划到底有多重要，走过来的人就清楚，读书也罢，干事业也罢，有规划就叫有了目标和方向，没规划就叫没有目标和方向。短期内可能看不出，时间长了，有规划的人生和没有规划的人生是一定会拉出距离来的！

比如幼儿园的孩子，家长要配合学校，多让孩子学会动手，自己洗手、扫地、抹桌子、穿衣服、收拾床铺，教会他们遇到哪些紧急情况该怎么报警、向他人求助，哪些危险的事不能做，与同学相处该注意哪些礼貌细节等等。在孩子的人生规划中，这个阶段，就务必要把基础打牢，因为到了小学和中学阶段，老师不会再来教孩子这方面的技能和知识！

到了小学阶段，孩子要学一些文化知识，我们家长，不妨让孩子多背一些古诗词和多读一些浅显易懂的文章，不要只读课本上的，课本的内容太少了，即便你让孩子全部熟读熟记，也支撑不起"传统文化熏陶"的梦想。要给孩子做一个小学阶段的规划，尽可能多接触一些课本外的知识。常言说，熟读唐诗三百首，不会写诗也会吟！你就让孩子读吧，不求甚解也可以，相信孩子随着知识面的扩大和知识的积累，总有一天是能够"甚解"的。现在有些诗人写古诗，连基本的韵脚都押不来，应有的意境都没有，纯粹的一个顺口溜，其实就是唐诗读少了！唐诗读得多，乱写都是有几分功力的。

到了初中，要慢慢留意孩子的兴趣爱好，虽然不能偏科，各科的知识都要学好，但应当在兴趣和爱好特别倾向的方面加以引导。我写作的爱好就是在初中时表现出来的，语文老师及时发现了，时不时表扬我，我年幼，经不住表扬，结果偏科了，偏得非常厉害，语文考试总得高分，数理化考试总得零分。不过那阵不讲考试成绩，老师也不怎么在意，反正混到毕业都是回家务农，考好考不好有啥呢？可是，到了高中，国家恢复高考了，哪怕你读文科，物理化学不考，可数学是要考的，那时考5科，数学和语文各100分，语文你拿了100分，数学却考0分，总分上不去，你能上大学吗？所以高考前我苦补数学，那真是补得我头昏脑涨！

从国家的教学大纲来看，初中阶段主要是让学生掌握一些各科的基本知识，哪方面都不高深。因此，这个阶段，学生也要做好规划，未必每科成绩都出类拔萃，但务必要理会"基本"二字的含义，文史哲的，数理化的，其基本的知识或者说"常识"都应掌握，这对自己将来的发展有好处！

到了高中，一定要有落到实处的具体规划了，马虎不得。毕业后考什么样的学校、学什么样的专业，心里要有谱，因为这关系到未来从事什么样的职业、选择什么样的生活。每一学期要有每一学期的规划，每一学年要有每一学年的规划。在这方面，我不敢说自己多专业，是专家，但起码敢说自己是内行，有丰富的实践经验。我1978年夏天高中毕业，因政审未过关，没能参加高考，回家务农。1979 年返校复读。丢了一年的书本，咋复读都跟不上，留给我的时间又极短，只有一年。家穷，父亲坐牢，母亲患癌症卧床不起，一贫如洗的家供我复读一年已是四处借贷。我清理自己各科的长短处，然后做了细致的规划。第一学期，把语文、政治、历史、地理通读通背，不偷懒，别人用一分的努力，我用十分，我把"有志者，事竟成，破釜沉舟，百二秦关终属楚；苦心人，天不负，卧薪尝胆，三千越甲可吞吴！"的对联写在每一科课本的扉页上，让自己一打开课本就能受到激励。第一学期，这几科我全部考了年级高分。不过，数学仍旧是 0 分。班主任老师找我谈话，先是臭骂一顿，然后是安抚，说："你这些成绩这么好，数学考'鸭蛋'，咋行？得努力！"我说我知道，我已经做好了计划安排。班主任老师不信，心想你这小屁孩咋来的计划安排呢，无非是敷衍罢了！他呵呵冷笑，我嘿嘿傻笑。他叫我说来听听，数学咋补上。我想了想回答："舍车保帅……凡是要花很多时间去学的，我一律丢掉，不学，比如解析几何，丢掉，那分不要了；我只学能学懂的，比如代数、立体几何，这分我要全部拿完！"班主任老师一听，惊呼："好主意，舍车保帅，能把这些分拿完也相当不简单了……你做得到吗？"我点头。最后一学期上半期，我把语文、政治、历史、地理放一边，常温习不忘记即可，我的主要精力放到了数学上。期中考试，数学第一次甩掉"鸭蛋"，拿了 36 分；期末考试，拿了 64 分，全班第 4；高考预选，拿了 72 分，全班第一；高考，拿了 68 分，全年级第一。看，舍车保帅的规划是成功的哈！临近预考前一个月，我把所有精力平分到每一科，结果预选成绩爆冷门，全县第三名；正式高考，更是再上一层楼，直接考了全县文科第一名。记住，我当时读的是长寿第四中学，就是现在邻封场的龙溪中学，地地道道的乡村中学呀，师资力量和教学质量都没法跟城里的省属重点长寿中学、三好中学比，我那年可是给母校争了极大的荣誉，随后好几个老师都调到了城里的长寿中学去，教我政治的石步云老师后来还做了县教委副主任。我当年的考分高呀，远远超出了重本的录取线，若不是父亲坐牢，我上啥一流的大学恐怕都有可能的！

高考结束后，中学母校请我回去给正在复读的同学们做了一次"经验交流"，在大家看来，那么短的时间，考出那么好的成绩，一定是有过人的"秘诀"。其实有啥秘诀呢，一是勤奋，勤奋到只管读书，不管东西南北，二是有细致的规划，先做什么，后做什么，做到啥程度，心中有数，不迷茫！

后来走上工作岗位后，人生有规划，差不多养成了习惯。比如在山区教书那阵，趁课时少，没啥压力，只要有空闲时间，就做两件事：读书和欣赏山区的自然美景！我做好了准备，不久的将来一定要写书，做作家！5年后调回内地，改行当警察，结果在山区时读过的书和赏过的美景都派上了用场，它们无不都融入了我的文字里！

到三十岁时，我发表了不少文章，野心大起来。这时候我不再只想当个一般意义上的"作家"了，我开始给自己拟下第一个10年规划、第二个10年规划。40岁时，我的第一个10年规划实现了，出版3部个人文学专著；50岁时，我的第二个10年规划实现了，不仅实现了，还远远超出了，出版10部书，写一个百万字的三部曲，结果我出版了17部书，写完了两个百万字的三部曲。现在我又开始第三个10年规划了。虽然这个10年规划尚在进行之中，但我相信，只要自己不懈怠，完成规划是没有任何悬念的！

人生要有规划，不要盲目，不要走到哪算哪！小时候要有小时候的规划，长大了要有长大了的规划。在这方面，家长要帮助孩子，学校老师也要帮助孩子，要让孩子们从小养成规划的习惯，对短期的未来和远期的未来都要有一个清晰的、看得见和实现得了的目标。有了目标，奋斗起来才不至于忙乱，才不怕偶尔的挫折和失败！

写此文章之际，正听《过雪山草地》，童丽唱的，非常切合我此时的心境，是呀，"雪皑皑，野茫茫。高原寒，炊断粮。红军都是钢铁汉，千锤百炼不怕难。雪山低头，迎远客，草毯泥毡扎营盘。风雨浸衣骨更硬，野菜充饥志越坚。官兵一致同甘苦，革命理想高于天……"这歌真好听，百听不厌。我高中时候参加文艺演出，老师教的，从此便喜欢上了它。几十年，风风雨雨，只要人生迷茫了，生活遭受不幸和挫折了，我都要轻声和着泪哼这首歌。我相信"红军都是钢铁汉，千锤百炼不怕难。雪山低头迎远客，草毯泥毡扎营盘。风雨衣浸骨更硬，野菜充饥志越坚……"我去支边的山区，就是当年红四方面军翻越雪山的地方，那县城至今还有一条街叫营盘街，离县城不远的危关沟，至今还保留有红军医院当年的遗址……每每遇到过不去的坎了，想这想那，孤独，痛苦，彷徨，我都要想到再艰难有当年红军艰难吗？男子汉，挺直腰板，直面惨淡的人生，直面惨淡人生里的那些虚伪、欺诈、肮脏和卑劣，活出自己的精彩来，因为我有理想，有规划好了的未来，我不向任何的艰难困苦低头，目标在前方，向前走，挺过难关，一切都会好起来的！不是吗，难道我不是一步步这样挺着胸膛走过所有艰难困苦的吗？前不久有位朋友对我说，我最大的优点就是苦难打不垮！想想，还真是这样的呢！其实这都托福于我的人生有规划。规划在前方，如一盏灯亮着，照耀着我的前程，路途中偶有一点小擦剐、小委屈又算得了什么呢？

寒门难再出贵子

　　公学的一位小兄弟在群里发微信对我说："虽然目前社会有很多论调，包括'寒门再难出贵子'。其实内核就是关于'努力学习'的问题。对于这个论调我是持反对意见的，不管任何阶层任何人群，只要有'努力学习'的品质，怎么样都不会太差。刚刚我从招生办下来，董事长办公室还亮着灯，今天下午芬姐一如既往在招生办处理一大堆事务。程总、王总等一批高管累到头疼。这就是远恒佳'努力学习'的品质。努力了不一定有收获，但不努力就一定没有收获。远恒佳人，一直在努力学习的路上。"然后，他又继续对我说："欢迎但老师。接下来请您对我们的文化创建工作多多指教。有过经历才有故事，想到以后和您一起喝酒的时候，有过共同的故事可说，这是一大快事！"

　　读到他的文字，我默想了很多，经历过的那些人生"故事"也随即在脑海里放电影般滚动过一个个镜头，我的眼泪迷蒙了我的双眼。人在年轻时，看什么都简单，风华正茂，意气风发，自己有的是时间和精力，不怕跌跟斗，输得起，似乎成就一件事业也没有什么大不了的，只要勤奋和努力就行了！然而，到了我这年龄，又经历过那么多人情世故，看明天和未来就要客观冷静许多。任何的豪言壮语洗不了脑，任何的"鸡汤"和"鸡血"激荡不起我无所顾忌地向前奔跑的勇气。正如我在《竹杖芒鞋轻胜马》那篇文章里写的那样："年少不读苏东坡，读懂已不再少年！"人啦，经历过，感受过，见证过，就知道任何"成功"的背后除了自身的努力，还得有"机遇"！机遇这东西不是你努力了就一定能拥有的。努力只是客观条件，所谓机会只留给那些有准备的人。准备，便是你的努力，但并不等于你努力了,机遇就一定会眷顾你。所以,从这个意义上讲,如今寒门难再出贵子,不是指贫寒的子弟不够努力,而是指他们努力了,甚至很努力,却未必有成为"贵子"的机会!

过去讲"富贵多纨绔,寒门出公卿!"今天已经不适应了!在社会快速变革时代,无数的富家子弟他们也是相当努力的,他们早已明白,若不努力,富贵必定过不了三代!他们有物质基础、文化基础、思想基础和人脉资源,同样努力的情况下,寒门子弟肯定是比拼不过富家子弟的!

成都一位美女公安作家在朋友圈里转发文章《两部社会阶层固化真人秀(纪录片〈人生七年〉〈出路〉)——每个孩子出身的社会阶层预先决定了他们的未来!》时说:"《人生七年》里这些孩子长大以后,来自富裕阶层的孩子从牛津、剑桥的法律系毕业,成为著名律师,年薪500万元以上,家庭也幸福美满;来自中产阶层的孩子成为教师、公务员等,维持了中产阶层的生活;而来自贫穷阶层的孩子没有上大学,成了搬运工和砌砖工,年薪也就在5万元左右。"这便是现实,是寒门难再出贵子的有力佐证!最后,她引用了罗振宇的话:"良好的教育让孩子终身受用的原因,可不仅仅是知识。更重要的,是良好的教育让孩子和一群优秀的同龄人待在一起,他们能形成一个未来社会精英的社交网络。考上北大、清华,并不是意味着你在这些名校,能学习到其他大学学不到的知识,而是意味着你加入了一个未来精英的俱乐部,这个精英俱乐部间接决定了你的社会阶层。"从这里看出,她也是比较赞同"寒门难再出贵子"的观点的,同样也比较认同"人脉关系"和"机遇"的重要性!

有条件的家庭为什么要选择读"贵族"学校,因为师资力量不同、生源不同、办学的硬件设施不同,仅这三大不同,就足以拉开孩子接受教育的差距,足以拉开他们未来人生的差距,你能说"贵族学校""贵"得没有道理吗?

动荡年代,时势造英雄,寒门出贵子容易,因为动荡,所有的阶层都没固化,今天的阶下囚,说不定明天就是皇亲国戚,在那样的环境里,任何寒门子弟摇身变成"贵子"都是有可能的。而和平年代,虽然没有动荡,其实社会深层里面那种潜在的排列组合很多人看不见、意识不到。和平的年代时间越长,这种阶层组合和固化越牢固和越明显,等到你明白的时候,已经很难打破了!若你生活在社会底层,向上的通道基本上封堵死了,除非你运气特别好,遇上了贵人,且贵人愿意帮你！

不过，这位的话也有对的地方，自身努力一定会出成果！是的，一定会出成果，正是基于如此的考虑，好多家长才要不遗余力地把孩子送到"贵族"学校去，让孩子在好的环境中接受好的教育。

到远恒佳公学读书，学校一定会让你的孩子接受不一样的"优质教育"，原本是一棵小草的，要结出穗子；原本是一棵树苗的，要在时光的历练中茁壮成长；总之，不可能得过且过，学无长进，到远恒佳，家长放心，孩子安心！

写这些内容，无非是想告诉我的读者，如今社会向上的通道大多对寒门子弟关闭了，你要自己的孩子在将来能打破阶层的固化，融入更好的圈子里去非常艰难，但"知识改变命运"的求学通道还在，还没被封死。这条路相对来说还是公平公正的，你的孩子选择这一通道走向未来，一定会有意想不到的精彩。

所以，我赞同这位小兄弟的观点，寒门难再出贵子，只是相对的，不是绝对的，不信你就到远恒佳重庆公学来，看到底有多少精英的教师和精英的同学在那等着与你前行！

在星辉里放歌

　　这几天持续高温，今天天气预报说要超过41摄氏度。在这样酷热的日子里，我是多不出门的。但重庆远恒佳公学有一个重量级的参观活动邀请了我，我一向关注远恒佳的动向，因此欣然参加了！

　　公学已经完全建好了，校园打扮得非常漂亮。学校买了两辆"劳斯莱斯"电动小火车，供孩子们平时乘玩。我们这一批参观者去了，这些"大孩子"们也坐到了车上，由王副总亲自带队，把校园观赏了一遍。大家还走进教室、学生寝室、学生餐厅等学习和生活场所，亲眼看一看，感受了孩子们将来的学习和生活状况。在学生餐厅，大家兴致勃勃地坐到桌椅旁，体验"用餐"的快乐。负责讲解的老师告诉大家，那桌椅，包括教室里的、寝室里的，都十分讲究，完全是按照中小学生不同的身体"力学原理"量身定制。我也去坐了坐，的确很舒适，特别是靠背，比木椅子柔软，比沙发又硬挺，整个脊柱，该受力的地方都恰到好处地有所支撑！我们一个劲儿称赞学校硬件设施人性化。负责讲解的老师得了称赞，瞬间兴奋起来了，一股脑儿列举出了学校好多人性化且科学化的设施，比如说所有教室照明的灯都是高科技的，有防近视的功能；校园内的所有路灯，都是太阳能的，既美观，又节能！

　　有一件趣事，我到公学时，一个四川外国语学院的大三学生正来公学暑期实习，她给我沏茶，并悄悄告诉我："但老师，我很多年前听过你的讲座！"我说："是吗？"她点头："在长寿中学，那时我刚上高一，你到我们学校来，我听了你的讲座，还和你照了相呢！咱们今天又在远恒佳相聚了，你说巧不巧！"我说：

"巧、巧，只要有文学的相同爱好，咱们这辈子说不定还要在不同的场合无数次见面的！"吃晚饭时，她和我一起照了张相。她说她最大的梦想就是明年大学毕业后能到远恒佳当老师。女孩家在长寿湖镇上，离远恒佳很近！

学生和家长开放日结束那天，麦总在她的微信朋友圈里分享她的心情，她说："远恒佳重庆公学迎来了她的第一批学生和家长走进校园，她正缓缓掀起她神秘的面纱，向世人展示着她秀外慧中的独特气质！这两天的活动取得了圆满的成功，在这看似一切顺利的背后只有我们自己知道背后流过多少汗水，付出了多大的艰辛，克服了多少的困难！只为对家长和孩子的期许，不负信任！我们觉得一切都值得！翻看朋友圈，满是家长的好评和赞许。再看工作群，满满的正能量：总结提高、互相鼓励、温暖相守、再苦也甘甜。回想这一路走来，公学的建设和成绩就像一场盛大华丽的幻境，怎么能有如此气派的学校？怎么能有如此厉害的师资？怎么能有如此用心的团队？一个团队朝气蓬勃、彼此赋能、精诚协作，这样的力量是不可估量的！一群人追逐着同一个教育梦想，并为之付出自己最大的努力，世上还有什么难事是不可克服的，还有什么事业是不成功的？"

读到这段文字的时候，我有些感动，我留言说：我要把这些文字写进我的书里，让今后读我书的人们知道，有这样一所学校，校园漂亮、环境优美、师资力量雄厚、教学质量一流，那是经过初创团队的不懈努力才换来的。他们不辞辛劳，不计较个人得失，一心只为办好优质的教育……人人可以说他们该这样做，因为他们作为集团员工，是在创业，是在为集团和自己打造未来。但我不这么认为，作为一个旁观者，我冷静客观地见证了他们拼搏奋斗的历程，我清楚地意识到，除了创业，他们还有情怀，他们都是狂烈地热爱教育事业的读书人！跟我一样，我也希望挣钱，也希望我写下的每一部书都有成千上万的读者，大卖特卖，能赚到很多很多的钱；但是，仅为了"钱"而写作，那不叫"作家"，叫"写手"；远恒佳办学，如果仅为了"钱"，也不是今天的远恒佳！

之后，大家去长寿古镇那边吃"麦啤小龙虾"，几个年轻老师轮流上台主持。这群年轻人真是人人才艺俱佳，个个嘴上来得、身上舞得、脑子里还骨碌碌地转得飞快。主持人本是说要我讲几句话或者给大家朗诵点诗、文章什么的，原本我也的确有此打算，比如谈谈我写此书的一些感想，读一点这部书某些动情的片段，或者兴致所至，班门弄斧，在那些精英的老师们面前借了古镇深邃夜空中的灿烂星辉，朗诵点徐志摩的《再别康桥》、郭小川的《春天的后面不是秋》等，相互助兴！

轻轻的我走了

正如我轻轻的来；

我轻轻的招手，

作别西天的云彩。

……

撑一支长篙，

向青草更青处漫溯；

满载一船星辉，

在星辉斑斓里放歌！

哦，朋友，

春天的后面不是秋，

何必为年龄发愁？

只要在秋霜里结好你的果子，

又何必要在春花面前害羞？

有时候我也着急，

那是因为工作的不顺利；

有时候我也发愁，

那是因为我的祖国还很落后。

我曾踏遍人生的领土，

最后我才知道，

这是人生唯一正确的道路——

人民的事业与世长久，

谁的生命与它结合，

白发就上不了他的头。

我不再有什么别的希望，

希望人民不再受什么苦难；

我不再有什么别的要求，

我的要求就在大家的要求里头！

啊，朋友，

春天的后面不是秋，

何必为年龄发愁！

是的，我很想应了主持人的邀请，为远恒佳的老师们朗诵这两首诗，一首诗告诉老师们，我们读书人活着，要有浪漫的心境，要像徐志摩那样，撑了一支长篙，满载一船星辉，在星辉斑斓里放歌；也要像郭小川那样，有时代的担当，人民的事业与世长久，谁的生命与她结合白发就上不了头！有浪漫的心境和责任担当的情怀，融入远恒佳这个团队、搭载了远恒佳这个平台，你不想收获也会有收获，不想成功也一定会人尽其才获得成功！但是，我前两天上火，喉咙疼，加之天气实在是太热，不想滥竽充数耽误大家的时间，所以没上台去！我和宋总聊他们团队的过往，宋总说："远恒佳这群疯子，就这德行！干活，拼了命地干；玩乐，也拼了命地放得开。这样的活动集团每年要搞无数次，大型的活动几乎每个季度都有……"他叫程总和郑部长以后公学有大一点的活动都邀请我，至于我有没有时间参加，由我决定，反正要邀请我！

"撑一支长篙，向青草更青处漫溯；满载一船星辉，在星辉斑斓里放歌。"

盛夏的夜晚，空气清朗，夜空中确是有灿烂的星辉的。吃饭的地方是露台上，没在房间里，因此抬头便能看见满天的星斗和灿烂的星辉。麦总说他们在深圳很少吃小龙虾，她自己更是没吃过，问我咋吃？我示范给她看，提醒她少吃点，辣味太重，容易上火，她小心翼翼地剥去虾壳，吃了那么一两只，直呼："好吃，好吃，但作家，你们长寿的美食太好吃了！"我也吃了几只，然后对她说："其实这不算好吃，我做的泡椒小龙虾才算好吃，没这么辣，没这么咸，剥去虾壳，虾肉放进嘴里，满口溢香！"麦总盯着我："是吗？你做得比这还好吃？"我点头，得意地回答："等你们过两年有考生考出好成绩了，不一定是上北大、清华，只要是上一流的名牌大学，我就请你们吃我亲手做的泡椒小龙虾，好吗？"麦总点头："好，好！"程总在一旁也逗趣说："为了但先生的泡椒小龙虾，咱远恒佳人，努力哟！"

"养成教育"和"德与位配"

　　我很赞同长寿实验二小韩校长关于"养成教育"的提法。前些年，区作家协会在该校办有一个校园文学社，我常去讲学。我每次去，韩校长都要作陪。我无数次见证，在偌大校园里，只要看见有点小纸屑、小铅笔头掉地上了，他必弯腰拾起来，放进垃圾箱里。无数次，任何情况下，都如此。我好奇地问过他，我说："你们有校工，有专门做清洁的，每个班级也有清洁值日生，拾纸屑和铅笔头这样的活儿哪轮得着你一校之长来干呀？"他摇头，回答："我们在提倡养成教育，要求每一个孩子养成好的生活习惯，见到垃圾都要亲手捡，不等不推不报告……"实验二小在长寿是和实验一小、桃源小学齐名且同级别的一流小学，学校可圈可点的规章制度和教育方法多的是，但我牢记住的，或许却只有这一桩。

　　昨晚睡得早，大概是近半年来睡得最早的一次吧，刚过 10 点就上床了！昨天妻子休息，白天她做饭菜收拾屋子，我写文章打点小院里的花草。天气热了，好多花木抵挡不住酷暑，都似有萎蔫的样子，得适时遮阴施水。如此折腾下来，倒也不比妻子做饭菜收拾屋子轻松，所以有点儿累吧！妻子是上 4 天班连休 2 天，她上班时我做家务，她休息时她做家务，时间久了，成了惯例，用不着谁去提醒谁的。

　　睡得早就起得早，这不，才凌晨 5 点便醒过来睡不着了呢！我打开手机，查看夜里的微信，见远恒佳公学群里挺"热闹"，有几十条未读消息，觉得好奇，大热天的，深更半夜，不是说好了休息休整吗，咋又有"活儿"干？于是，我点开来看！原来是学校后勤在通知和安排老师们搬家——从现在租住的悦湖荟别墅区搬到公学的教师公寓新房里去!

按说,后勤的通知非常细致明确,大家该怎么打包自己的物品,贴上姓名和即将搬去的新房门牌号,放在什么地方,等待专职的搬家公司工作人员来完成,这样的流程的确是不应该出任何差错的,只要对照通知的细则执行就是了。不知为什么,也不知在哪个环节和在谁的身上惹出麻烦了,弄得宋总、麦总、程总几个集团负责人还亲自到现场去协调处理!

恕我如实地"记录"此事,也恕我如实地把麦总、家琼、郑部长几个跟随宋总一路打拼到今天的"金花"美女们对此事的感慨原原本本、一字不增减地放到这里。我是过来人,尽管她们的感慨很委婉很照顾个人情面了,但我依然感觉得出她们内心深处的"痛"和情感深处难以承受的"伤害"!

麦总先后发了两段文字。

第一段她是这样写的:"亲爱的伙伴们大家好!忙了一天的工作,晚上才来安排自己的生活,大家辛苦了!我们作为一家人,彼此理解,互相尊重,能换位思考,能想别人所想的,能做别人所需的,我想大家就会得到更多更多。虽说最近很忙,新校阶段活动较多……我想都不能成为我们作为行政做得不够好的理由,作为行政作为后勤的管理人员,细致细心地做好每一项细节工作的检查,比如,进入公寓开始每一处地方有没有安全隐患,水电是否正常,地面是否干净,每一间房间从进门到房间里的每一件配置是否齐全和完好,甚至下水道是否畅通,每一个开关插座都要检测是否可以正常使用,生活该配置的物资是否都完全到位……我想,我们相关的部门应该提前检查并整改到位,就是做好服务,这是我们的工作。同时,作为一家人,我们又应该理解,在别人存在不足、做得不好的情况下,我们需要有更多的理解和包容,实事求是反映情况,更重要的是想办法尽快解决,用宽容的心胸去接纳别人,我想大家才会有真正的快乐、真正的幸福!晚上八点多的时候,有人跟我说,宿舍还有很多问题,床没安好的、玻璃门没装的、热水器不能用的、空调也是坏的……甚至有些老师无法搬进去住,通过了解,事情确实存在,我想了很多很多,何为团队?也许大家会认为,很多个人在一起就叫团队,我觉得,团队就是一个个体,就像是一个人,你懂我我懂你一样,用一致的行动去达到一个共同目标,用心去接纳一切,包容一切,你说,今天遇到的不足又算得了什么?我们不抱怨不埋怨,办法总比困难多。我们不是经常都这么说吗？彼此相助，明天就会更好！也许，接下来我们还会遇上很多的问题和困难，是人与人之间的事情，我们学会退一步海阔天空！自己的事情自己做，别人的事情帮着做，大家的事情抢着做……还会有解决不了的困难吗？日常生活中，我们一辈子都在学习都在成长，生活中每一件事情都可以自己完成，遇到困难先尝试自己想办法，更大的困难需要一个团队共同来解决，相亲相爱一家人！明天会更好！"

第二段她又是这么写的："如果我跟你们说，从小我就会刷墙刷漆，修门修锁换水龙头换灯……你们会相信吗？维修工具我家都齐全，没有不可能的，生活需要我就做，学校虽然有维修工有水电工，是否每一件事都得靠这几个人才能做呢？学校大了事情多了，我们得多想办法，怎样才能维护好使用好保管好节约好，怎样使用才能减少维修又能增加使用寿命。我想我们每一个人都应该有责任感！在悦湖荟深夜看到不少房间公共场所是开着灯睡觉，能否考虑买个小夜灯？公共灯白天黑夜常开着，空调没人时常开着，东西坏了没人反映也没人维修，物品买了现在也找不到了……看在眼里痛在心里，不好说却又不能不说。管理，不是靠人管人，自律、尊重、包容、理解……对不起！没有批评的意思，就是觉得每个人都能做得更好，就看你想不想做，愿不愿意做。对不起！也许我说多了，这段时间看到很多感动的故事，也发现一些应该可以做好而没有做好的小事，也许是我希望更完美，今晚想了很多，我想还是该说一下吧。感谢大家相伴相随！为了一个教育的美好追求，我坚信，远恒佳人可以做得更好！让我们一起努力！"

然后，集团宣传部美女郑部长说："公学建设，我为先锋，公学环境，我来维护。看到程总和后勤人员深夜仍在因今天个别工程部门交叉作业，影响老师正常搬迁宿舍的工作而亲临现场指导，一声感谢，一声关怀，一声抱歉，家的味道不过如此！这就是远恒佳人的温暖所在，把爱相互传递！"

接着，不善言辞、平时极少在群里发话的家琼美女也说："多一分理解，多一分包容，少一分依赖，敢于担当，让我们的工作更有序进行！正所谓创业艰难百战多，在这种特殊时期，温暖的公学大家庭让我们用双手共同去创造！"

明白了吧？明白问题出在了哪里？若还没明白，那我也讲几桩小事来给大家提个醒！

1989 年春天，我正式从山区调回长寿，改行做警察。当时单位住房紧张，连一间潮湿低矮的破屋也没有。局长对我说："远军，你是我们公安局的第一个大学本科生，文章写得那么好，我们理应关照你，但局里实在没有办法，住房的难处还望你自己去解决！"换今天的年轻人，怕是不跳八丈高也跳七丈高，理由多的是，"鸡血"豪言壮语多的是，比如"天生我才必有用，千金散尽还复来"，比如"此处不留君，自有留君处"，比如我当年读大学时狂的那样"仰天长笑出门去，我辈岂是蓬蒿人"，等等。我是过来人呀，不要以为我不懂！可是，走上工作岗位 5 年了，也算经历了一些摔打，因此，二话不说，高高兴兴地在城郊的乡村租了一间菜农的房子，租金是每月 30 元，我当时的工资是 124 元，想想，这样的"委屈"，如今的年轻人几个受得了？后来单位两次分房，文件都下发了，上面写得清清楚楚，但远军住哪，门牌号多少，可两次都被人抢占了，我不吵不闹让了，这样的"委屈"，如今的年轻人又有几个忍受得了？

我不算混得好，但 20 多部文学作品、全国公安文联脱产签约作家，仅这两点，你身边有几个？你这辈子见到过几个？你相信吗？就像麦总说她亲自刷墙刷油漆那样，今天的但远军依然每天几千字量的写作，依然每天饭是饭、菜是菜地做好了开车去接妻子下班，依然简单的针线活儿自己做，灯泡和水管坏了自己换！你不相信的，因为你没经历过我们那代人经历过的苦难，你没体验过我们那代人体验过的情感，你感受不到别人的感受，你理解不到别人的理解，所以你不相信！

我的两个闺女，没有一个如今的家庭条件不好、收入不高，她们完全可以过诸多家务不"自己动手"的轻闲生活，但她们依然还是自己做饭洗衣服带娃！小闺女家的全职保姆是我的"粉丝"，喜欢读我的文章。她非常好学，人也长得漂亮。我和妻子每次去小闺女家，她都要一手一脚地跟我们学做饭菜。她说："但老师，你们读书人教育出来的孩子真是大不同呢，有礼貌又能体谅人，和你们在一起非常愉快！"

圣人说："己所不欲，勿施于人！"凡是自己不愿意的事情，就别去强加给别人，这样的修炼，如今还有多少人能做到呢？

家琼说得好："多一分理解，多一分包容，少一分依赖，敢于担当！"我经常教育孩子，只要是自己能动手解决的，就不要去求人帮助，哪怕这事本该别人做，也自己解决。我在《陪着孩子成长》那部书中还专门用了一个章节来讲"自己动手"的事，我对衣来伸手、饭来张口的人和事深恶痛绝。

经过此事，我更加赞同实验二小韩校长关于孩子"养成教育"的倡导了，也更加赞同远恒佳公学关于孩子"动手"的体验教育了！作为远恒佳集体的一员，不论后勤的、行政的，还是一线的老师，我觉得都应当有包容、理解、体谅、互助的大爱情怀和识五谷、知五味、动四体的基本生活自理能力。若这不具备，老实说，依我个人的看法就叫有点儿"德不配位"了！

真实地"记录"此事，没有恶意，我不知道事情的真相，也不知道对与错到底在谁。写下此事，我只是想说，企业如家，都有不如意和磕磕碰碰的时候，彼此多一些妥协和退让，多一些相互的换位思考，既不给别人添麻烦，也不给自己找麻烦，这样的生活状态才是快乐和幸福的。稍有不如意便气不打一处来，互不相让，小事闹成大事，大事最终闹成"祸事"，何苦呢？生活中这样不断"升级"的例子还少吗？所以呀，佛说："常怀笑，天下小！"不是没有道理！

坐看云波共舞时

　　我常把写一部书比做翻一座山。开篇处谋篇布局，犹如登山之始，多有惶惑和忧虑，生怕哪步走不好，到不了山顶，到了山顶也翻不过山去，即使翻过山去了，因为原本的头没开好，步子迈起来磕磕绊绊的，自己爬得吃力，爬山的姿势也不好看，东倒西歪，气喘吁吁，狼狈得像一条赶路狗。好在这部书开头是很顺利的，如小溪的流水般，静悄悄的，不知不觉就把自己的思绪带入波光潋滟的长寿湖畔，带入远恒佳公学朋友们的一颦一笑中。我和他们一起欢笑，一起度过炎夏的酷暑，一起感受奔向美好教育的快乐。我写到这本书后半部分的时候，天热得不行，我极少在夏天写作，这也不是装的，年轻时在山区艰苦教书的日子给我留下了后遗症。那儿海拔高，夏天十分清凉，连风扇也不需用，更不说空调了。除正午太阳直射时天热一点外，早晚都是凉得要穿两件衣服的。得了这后遗症，回到火炉重庆，每一个盛夏都如同过火焰山，很是忐忑、畏惧和心生恐怖。连续好几年，夏天开空调，用电量猛增，供电局的收费员都要友情提示我，家里的电费"超标"了，看是不是派人来检查一下你家电表走得正常与否。每一次我都无不尴尬地婉言谢绝！那天去远恒佳参加校园参观的活动，尚未完全布置好的会议室有台空调坏了，我恰好坐在那台"停止呼吸"的空调前，热得我也差点儿光荣地"停止呼吸"。公学宣传部美女郑老师远远看见我汗流不止，立马找了把扇子来，坐我旁边，表面是在给她自己打扇，其实风都是往我身上跑的！那份暖心的感动，我至今还回荡在心头！怕热，因此写到第 40 篇文章的时候我打算放弃了，待秋凉后再写！

不过，我终究没有停下笔来。写完 40 篇文章，意味着爬到山顶上了，翻过山去指日可待。于是，稍事休息，我又写下了后面这些章节。后面这些章节，从整部书的结构来说，属于"下山"，可多可少，多有多的好处，少有少的好处，对全书不会构成太大影响的！

今天，长寿区的领导们去远恒佳公学视察。这么多领导，这么大规模，去一所新建的学校视察，可以想象，地方政府对这所新建的学校寄予多大的希望。为了搞好接待工作，远恒佳的所有教职员工昨天都忙到深夜，他们不仅布置好了会场，细致地做好了大小教室和办公场所的卫生，还冒着酷暑熬夜把校门前的公路也涮洗得干干净净。程总说："公学要以不一样的面貌展示出她的风采，迎接地方政府和家乡父老的检阅！"程总是长寿人，她一直视长寿人为"家乡父老"！

经过忙碌，全体教职员工的办公室都搬进了校园里，大家也都有了自己安定的住所。我去教师公宿里看过，房间是相当不错的，推窗便可眺见长寿湖满湖的碧波！有一次，我在一间教师宿舍里，凝视着湖水和湖水中粼粼的波光，我还和王副总开玩笑，我说："报告教授，等我退休了，来贵校谋个教职，给学生们讲如何写作文，可否？"王副总点头："可以呀，欢迎欢迎！"我又说："既是欢迎，那就烦请教授给我留一间这样的房间吧，我要待在房间里，临窗坐看湖畔的云波共舞，然后再以你们的学校为素材写部书！"王副总盯着我笑，笑得他那张满是智慧的脸上也"云波共舞"了，他说："但老师，你来，不住这儿，我们给你安排更好的，至少要让你不住在人多的地方。这儿是教师公寓，你住这儿，人多，你写不出书来的！"

呵呵，和远恒佳公学的领导开玩笑罢了，即便退休了，还有那么多的活儿等待着我去干，还有那么多好玩的地方等待着我去玩，还有那么多好吃的美味等待着我去亲自做出来品尝，能来长寿湖畔的远恒佳公学临窗坐看一湖春色与秋色的云波共舞，那也必定是少之又少的稀罕时光了！

是的，稀罕时光，正如徐志摩在他那首唯美的诗里写的那样：

　　轻轻的我走了，

　　正如我轻轻的来；

　　我轻轻的招手，

独
舞

作别西天的云彩

……

悄悄的我走了，

正如我悄悄的来；

我挥一挥衣袖，

不带走一片云彩！

我挥一挥衣袖，不带走一片云彩！不到校园里吵闹，还教师们安静地教书、孩子们安静地读书的一方净土，是所有读书人都应有的良知和责任！

请给人一个帮你的理由

　　此书真做好了收笔的准备，前一篇文章说了，原本计划写60个章节的，但现在改变初衷，打算只写50个章节。在写书的过程中，作者根据内容和结构的变化，临时增减篇幅是常有的事。像我的《大罗山纪事》，应《雾都剑》杂志主编宋小平之邀，说好写20个章节的。20个章节连载完，读者意犹未尽，写了不少信到编辑部，要我"继续"，没法，我便又续写了后面40章。如果没有后面篇幅的续写，《大罗山纪事》就不会是后来的《大罗山纪事》，也绝不可能入选中宣部、共青团中央、文化部等九部委的"文化知识工程推荐书目"，更不可能于出版的当年在北京图书大厦登上畅销书排行榜。从某种意义上讲，我今天的文学"成就"，很大程度上得益于这部书奠定的"基础"。我的"誓言如风"三部曲原本也只是写《滴血的承诺》这一部的，100章，40万字。但写到95章的时候觉得够了，不能再写，没讲完的故事放到另外的书里去。于是，《滴血的承诺》只有95章，35万字，没讲完的故事延伸成了后面的《穿越死亡线》和《人在天涯聚散时》。这个三部曲，是写好一部出版一部，没有打包成一个整体出版，因此好多读者只读到了其中一部或两部，是没有读完整的。前年和去年，我去北京时，中国人民公安出版社益平都对我说过，拟重新出一个整卷本，好方便读者。其实出版社不这样想，我也是要这样想的，出个三部书在一块儿的整卷本，早晚的事情，肯定要做！

　　昨天那篇文章写好，放进公众号，又转发到远恒佳公学的群里，朋友们都叫我不要停笔，"继续"！王教授说："但老师，千万不要收笔，每天的心灵大餐无比幸福！"美女郑老师作为女性，说得更温婉动情，她说："我看您还是不要停笔啊！天热先休休笔！咱们远恒佳还有很多很多可以让您欲罢不能的素材哦！我们精英老师们的故事来了，一会儿是潇洒帅气、靓丽清新的讲台最美人，一会儿又变身是挥汗如雨的'清洁员'，还有8月5日我们的精英学生们要来啦，他们的笑脸、求知的双眼、灵动的奔跑，处处可写可画，等您哦！"瞧，这热情真让我感动呢，我能就此把笔收住了吗？

所以，我改变主意，还是要写得长一点！

妻子曾笑问我，为什么那么"勤快"，家务活全包全揽了，还每天开车去接她下班？我说："你给了我勤快和开车来接你下班的理由！"我无数次说过，我夸赞我的妻子，并不是要秀"恩爱"，老夫老妻了，秀恩爱毫无意义和用处，又不是刚结婚的"小年轻"。夸赞妻子，只是因为她给足了我夸赞她的理由。我写过一篇文章叫《妻子的烤火炉》，那文章好多媒体刊登过，网上可搜的。寒冷的冬天，妻子考虑到我写书脚冷，去娘家过年回来，拖着两个小闺女，还挤破旧的客车，一百多公里，大老远的颠簸，硬是从娘家给我拖了一只适合搁脚又暖脚的烤火炉回来，那"理由"足够撑起我"勤快"和开车去接她下班的日子。那可是在我苦苦打拼的那几年呀，要钱没钱，要名气没名气，要身份没身份。如今的人多乐于添花，能雪中送炭的到底见不了几个的。人活着，你真正应该善待的是那些能雪中送炭者，而不是惯于锦上添花的所谓"朋友"！

那天麦总在公学群里闹了点"小脾气"——我是这么认为的。她发了两大段话，大倒"苦衷"，有两处让我深有同感，且真正觉得她的了不起。读到这两段文字的公学教职员工应该是很多的，但未必人人如我，都注意到了"老总"心里的"痛"！一处是麦总连说了两个"对不起"！细心的员工去翻出来看看吧，麦总说着说着，觉得怕伤害了大家，来一个"对不起"；又说着说着，怕大家误解她的本意，再次来个"对不起"！一个集团副总、"当家人"的夫人如此诚恳地吐露心声，是极为难得的，是给了员工极大的体谅和尊重的，身处在这样的工作环境里，那也是一种"福分"了。另一处，也不知远恒佳的教职员工们注意到没有，麦总说："你努力把活干好了，也许得到的更多！"原话不一定如此，我是事后回忆，但意思肯定是一样的！此话我也深有同感呀！

我写书、出书和日常居家过日子，遇上偷奸耍滑的"聪明人"，一概把他们拉进"黑名单"。你交给他一份活儿，你按质按价给他钱，甚至还有多无少，他总是半途撂挑子要求加价，你不加价就给你弄个烂摊子摆起，等你自己去收拾吧，反正他是没有损失的！因为你太善良，别人便以为你太好骗太好欺负！最近爆出的影视圈黑幕不就有此"套路"吗？说好一千万，投资人投呗！拍着拍着，要三千万了，要五千万了，要一亿了……总之没完没了，你老板牛屁股都陷进去，还敢说顾忌牛尾巴吗？于是，投，投，投，到最后人家"套路"套得盆满钵满，你做老板的却被整得倾家荡产！

我脾气不好，凡是上了"套路"来和我打交道，一律肉包子打狗，有去无回！有了一次，绝无二次！反之，你敬业了，努力了，你得到的远比合同约定的多，远比你想要得到的多！不相信去问问在我和孩子家里干活的保姆，去问问曾经给我出书校稿的徒弟们以及我当作协主席时有业务往来的客户和属下！你先不谈我能给你多少，你先谈你能把我给你的活儿做到啥份上。都不是小孩子，你干那活儿、付出的劳动到底值得了几个钱，谁心里会没有数？所以，这一点上，远恒佳的领导们与我的想法都差不多——你把活儿干好，得到的远比你应得的多！

请给我一个帮你的理由，要么勤奋，要么敬业，要么真诚坦荡、不诈不欺，要么踏实本分、不浮不躁。你啥也没有，只有"聪明"和"套路"，对不起，咱不陪你玩了！

拍《生死兄弟》，当我明确表示女主角舒婷婷这一角色由北京某女孩出演的时候，很多人表示不解，问我为什么要或者敢把这样一个重要的角色交给一个从未演过电影的女孩子去演？有的甚至还半开玩笑半当真地问我："你们之间是不是有啥关系？"一般对这种"玩笑话"我是不屑于回答的，不过也有一两次我回答了，我说："最硬的关系是人品，是勤奋，是敬业，这样才值得我去帮，并且帮了不至于后悔……她给了我帮她的理由，不仅这一部，今后只要是我投资拍我的作品，都有可能给她一个重要的角色！我愿意，我高兴，我觉得值，不至于后悔……"是的，这女孩子没演过电影，但哪个演员不是从没演过到演过一步步走过来的？这个女孩救父于生命垂危之时，其父因车祸被撞成植物人，医生都说放弃，她偏不，硬是四处借贷，守在父亲床前，连工作也因此而丢掉了，硬是守了父亲两个月，天天给父亲做按摩，直到父亲苏醒过来，治好，送回家，才再去寻找一份新的工作，这"孝道"你有吗？我一句不经意的戏言，和她讲哪个角色适合她演，她便当了真，网上买了很多表演方面的书看并把我的原著反反复复读，读了之后还把对人物角色的理解写成读书笔记，这份"执着和勤奋"你有吗？之前，我在北京住在酒店里写《深情地活着》和《生死兄弟》，带去的茶叶喝完了，一时买不到，人家硬是跑了好几家店，去给我买到了，萍水相逢，一句"你是我老师"，便把你的事当了自己的事，上心去做，这样的真诚你能不善待吗？还有很多很多的感动，远的不说，单凭认识以来，她一直把你当了朋友、老师，你发的朋友圈文章，她都读了，都给你点赞了，平心而论，做得到的有几个？连我自己也做不到！

给我一个理由，让我竭尽全力、义无反顾帮你，正如远恒佳公学校门前的那座阿基米德塑像，给个支点，我可以把地球撬起来一样。你总得要给人一个彼此交往、彼此信任、彼此帮助的理由，否则，你是国王，权大无比；你是世界首富，钱多得用不完；你是七仙姑下凡，美若桃花，美得不食人间烟火；这些又与我何干？

这部书我继续写，就是因为远恒佳这些值得我记录和付出的朋友们给了我继续写的理由，若没有这理由，我要么回山里避暑，要么动笔写我的"浩荡警魂"三部曲了！

总有几朵祥云为你缭绕

　　小院里的葡萄熟了，引来了不少蜜蜂飞舞，我便想起老家一位兄弟的果园来。那果园很大，占地几十亩，在红旗水库边一片坡地上。因为是坡地，向阳，又是沙土，沥水，加上红旗水库很大，周边空气常年都是比较湿润的。土壤沥水，空气湿润，又向阳，这样的环境十分适合种植葡萄。若品种好，那葡萄必定是好吃得不得了！我那兄弟偏偏是个做事爱较真的人，要种就种最好的，因此，几十亩地，全种的是色味俱佳的良种大葡萄。除了葡萄，他还种了大片的西瓜，那西瓜也是甜得腻歪了！

　　我去接妻子下班，提起红旗水库边的葡萄，妻子说去摘一点回来吧，明天周末了，也好给孩子们带点到重庆去！

　　太阳真是大，气温也真是高，都傍晚时分了，车外的温度还显示 41 摄氏度。重庆本是火炉，往年这个季节气温攀升到 40 摄氏度以上的日子也有，但毕竟不多。今年不同，雨水都下到重庆相邻的四川去了，那边闹水灾，这边闹旱灾，一涝一旱，老天爷也耍起了任性的小脾气，毫不讲规矩，这不，今年的重庆就比往年热多了，"高烧"不止，没得雨下，持续 40 摄氏度以上，热你没商量的，也不管你受不受得了！

　　好在水库边有风，太阳也慢慢西沉了，我们到的时候倒不是很热。

　　正摘葡萄时，我收到远恒佳公学一位老师发来的微信，她对我说："但先生，这几天虽然有培训任务，闲下来读到您的文章，所有的累都不见了，真是给了我丰富的精神食粮。这几天我都没有吃晚饭，但却不能不拜读您的大作。每晚躺在床上就会想：但大作家明天会带给我们什么大作呢？期待哦！"这是她的原话，别的我不反对，称我"但大作家"我反对，用词不当，我只是一个写了些作品、浪得一些虚名的小城小文人罢了！不过人家这么抬举我，我总不至于立马翻脸不认人纠正回去吧！于是，"大作家"就"大作家"呗，默认了，反正这"头衔"别人封的，没要我拿钱去买，何乐而不为呢？

我回复说正在红旗水库边的果园里摘葡萄。

她是重庆渝北人，最近才应聘到远恒佳来，不知道"红旗水库"在哪儿，因此立马网上查，居然查到了，对我说："呀，离长寿湖很近的！"

我回答："是的，很近！"

恰在这个时候，程总在朋友圈里发了一首诗，题目是"总有几朵祥云为你缭绕"，是有感于前几天的首届学生、家长开放日取得圆满成功而写的吧！程总是个才女，诗写得非常好，一发进朋友圈，远恒佳的老师们便纷纷点赞转载：

> 在辽阔旷野的生命里，
> 总有，几朵祥云为你缭绕。
>
> 2018年7月的仲夏，
> 阳光普照蓝天白云。
> 万众瞩目的远恒佳重庆公学，
> 迎来了它第一届学子与家长，
> 那华丽亮身的典雅高华的气质，
> 那惊艳世人的曼妙灵动的身姿，
> 是如此容色绝丽与粲然生光，
> 是如此娇美无比与不可逼视，
> 让所有辛劳变得骄傲自豪荣光，
> 让所有思绪变得简单无尘清晰。
> 只想，采一米阳光沿湖畔起舞，
> 只想，牵几朵祥云随校园漫步。

2018 年 7 月的盛夏，

碧空如洗朵朵白云。

承载使命的远恒佳重庆公学，

诞生于草长莺飞的长寿湖畔，

一个人一群人为初心梦想而来，

用匠心开拓关于未来的新蓝图，

以精英人才育未来精英的思想，

为未来成长空间注入一道灵魂，

也成为美好教育一种深邃表达，

也成为风雨烈日下的奔跑力量，

只想，攀一种精神让心旌摇曳，

只想，唱一曲心音让信仰生辉。

在不可辜负的生命里，

总有，几朵祥云为你缭绕。

　　这诗的确写得大气华美，我读了，想起她和宋总、麦总、美女郑部长等几个朋友来，因此我对妻子说："多摘点葡萄，回城时带给宋总他们，他们在长寿人生地不熟，很难吃到这种无污染的原生态葡萄的！"

　　妻子赞同，便叫我兄弟和兄弟媳妇多取了几个袋子来，采摘好，也分装好！

　　到远恒佳，本是说把葡萄拿给郑老师然后由她分别转交就回城的，大热天，不习惯在外面吃饭，没有停留的打算。可到学校，郑部长坚决要留我和妻子吃晚饭！她说深圳总部过来了十多个一线的老师，务必要我见见她们。她还说："机会难得，你一定要和她们聊聊，她们告诉你的远恒佳更接地气，离学生最近，听听她们的想法，你会有新的创作灵感！"

　　我们在快乐岛的"湖畔人家"吃鱼，那里的老板是我一位高中同学的大哥，有这层关系，我也是常去吃的，店里做的剁椒鳊鱼特别合我的口味，因此我叫郑老师在点好的菜单上加了这道菜！

　　一起就餐的都是深圳总部那边各所幼儿园的精英教师和负责人，其中有几个还是咱们重庆的老乡，云阳的、奉节的。她们有的去深圳多年了，一直跟随着宋总搞幼儿教育，有的去的时间虽然不长，也是干得非常出色。因为有乐观开朗随性的郑部长在，又有咱们重庆的老乡在，聊起天来彼此便没有陌生感和拘谨感。她们各自做了自我介绍，我这人记性特别不好，因此谁到底姓甚名啥和具体从事什么工作，听来听去，稀里糊涂的，一个也记不住！倒是年龄稍大一点那位美女老师，好像是集团幼儿教育拓展部负责人吧，她讲的一席话我还记得。她说她们跟随宋总，和跟随别的老总最大的不同是安心。虽然集团也有严格细致的规章制度，但只要你不去踩"雷区"，你的饭碗就是稳当的，端得踏踏实实，一点也不担心哪儿不对劲被炒了鱿鱼！

我问她："有被炒鱿鱼的吗？"她想了想，摇头说："我在集团干了将近20年，从集团的第一所幼儿园干起，干到今天行政的位置上，还没见谁被炒过鱿鱼……当然啦，大家都很敬业，没人踩雷区的，比方说，我们所有老师，不允许披肩散发进教室，不允许羞辱体罚学生，甚至还不允许穿露肩膀的吊带衣裙……你知道我们集团第一所幼儿园建在哪儿吗？建在华为集团总部后面，所收的孩子，大多是华为集团高管们的，他们对孩子教育的要求特别高，我们不敢有半点闪失，正是这样严格得近于苛刻的环境锻炼了我们，使我们从踏上幼儿教育这条路的那一天起，就知道孩子是父母心头的宝，我们要替他们照看好，不能有一点怠慢！高要求，严作风已然形成了习惯，后来我们办的所有幼儿园都复制这一模式，结果呢，走一处火一处，家长很是欢迎，只要是远恒佳办的幼儿园，无不争着来报名。我们都把远恒佳办成品牌了！在长寿目前还不特别明显，在深圳，咱们远恒佳的幼儿园没有一所不是爆满。人家爆满了是多多益善，来者不拒；我们爆满了是只要质量不要数量，该收多少收多少，收满为止，大班35个孩子，小班25个孩子，谁也不例外……"

我打断她问："万一宋总批条子呢，也不加收？"

她笑，摇头："宋总不会批这样的条子的，他不会给我们施加压力……我们第一所幼儿园形成了良好的管理制度和规矩，后来无人破坏，便再也没人来破坏了！"

有位小女孩，挨着郑部长坐，姓什么记不得了，只记得她名字里有个"妙"字，郑部长叫她"妙妙"。人长得十分伶俐乖巧。我问她在集团干多久了，她说也是干十来年了！她18岁从汕头幼师毕业后就去了远恒佳，如今是远恒佳深圳总部一所幼儿园的园长了！那幼儿园规模较大，教职员工七八十人，学生好几百人。我瞧她那乖巧伶俐的模样儿，问她："这么大的一个团队，你管得过来吗？"在我心目中，七八十个教职员工、几百学生的幼儿园，没有几把"刷子"，就眼前这小女孩，是很难管理过来的。可她腼腆地笑，点头说："大家的素质都高，十分自觉，用不着谁去管谁！"

我们还聊了很多，主要是关于幼教和团队管理方面的。要散席的时候，郑部长打开手机看时间，估计是又看到谁转发程总写的诗了吧，对我和其他人说："远恒佳成就大家，大家成就远恒佳！程总的诗写得好，总有几朵祥云在我们身边缭绕！到了远恒佳，就像吃了定心丸，只要你素质高，用不着去担心收入低、饭碗保不住！没有的事，铁打的老师，流水的学生，远恒佳的教师队伍是稳定的，大家来了就不想离开，因为这是一个温暖的家；学生们是流动的，从幼儿园到小学，再从小学到中学，送走一批批学生，都舍不得呢，但必须得送走呀，你不送走，不让学生流动起来，可能吗？"

总有几朵祥云在身边缭绕！那些美好的梦想是祥云，那些美好的时光是祥云，那些来了又送走的学生也是祥云……这些祥云，一朵一朵缭绕在身边，装扮了生活的梦，装扮了生活的甜酸苦辣，也装扮了老师们案头不灭的灯火……一朵朵祥云，如彩带，悄无声息地漫卷出了远恒佳人亮丽青春的美好年华！

换一种方式活着

生活，有时会给我们带来太多的无奈、压抑和委屈，比如亲人的误解、朋友的疏远，以及同事、邻里之间的隔阂、不愉快……这些都会深深地刺伤我们，甚至把一个坚强的人打垮！

人活着，往往不惧怕前行中的艰难困苦，而是惧怕与自己朝夕相处、伴自己经年前行的那双鞋子穿了孔，破了洞，进入一些细小的沙子来，使你伤痛不起，最后只能决定放弃了！

成功的人不是没遇到过磨难和苦难，他们有的所经历过的磨难和苦难甚至非常人能够想象。但是，你看得出吗？你体会得到吗？你看不出也体会不到。因为人家早已习惯了在无奈、压抑和委屈面前换一种方式活着，方式一换，万事变了面孔，无不云淡风轻，有的说不定原本看上去非常痛苦的事情，也带给了自己满心的欢喜！这样的"转换"，你哪里还能从他们的脸上读出他们所经历的那些苦难和磨难来呢！

你绝对体会不到下田插秧之苦。下田插秧是乡下农活中的苦中之苦。梅雨季节，天气乍暖还寒，那样的时光，人们戴着斗笠，背着蓑衣，撸着衣袖，高高挽起裤腿，去稻田里插秧，腰不能伸展，腿也不能打直，说实在的，乡下人倒忍受得了，像我这种城里人，城里的读书人，坚持不到半小时必定是要喊受不了的！腰酸背痛、精疲力竭，那份苦，谁人愿去受？过去大户人家杀年猪，最肥的几块肉务必要留到来年的插秧季节，专门煮给插秧的"长年"吃！"长年"有点像现在的"丘二"，只是专门替"东家"打的长工，不是打的短工。把最肥的肉留到插秧那几天煮给长工吃，可想而知，插秧那活儿是何等的苦、何等的累！

可是，今年开春后，我就回乡下去插了两次秧。虽然每一次时间不长，也没插多少秧苗，但我去了。我脱下鞋子打着光脚下到了田里去。我不是去"打工"干农活的，我只是写书写累了，换一种方式过日子罢了！换一种方式，脑力劳动换成体力劳动，体力劳动动换成脑力劳动，即使同是脑力劳动，写书跟文字打交道的，偶尔换成弹琴、唱歌跟音符和旋律打交道，犁田耙田的，偶尔上岸去锄锄地、育育苗！这样的事儿我常干，我不会在一件事情上把注意力长时间集中，那对身体健康和思维敏捷有害。像幼儿园孩子，一般注意力保持集中的时间不超过半小时，小学孩子不超过 40 分钟，初中和高中学生不超过 45 分钟；所以，中小学校每节课的时间都在 40—45 分钟之间，这是有科学道理的。连续专注 45 分钟，除有特别的兴趣和爱好外，人都容易疲惫和精力分散，因此，善于利用时间并恰到好处地追求时间效率的人，多半会学得有一手到了点便选择转移注意力的方法！像某些企事业机关办公区域设有乒乓室、台球室、跆拳道室、瑜伽室，以便供员工持续工作一小时、两小时后去换一种方式放松放松、休息休息，也就是这个道理！

工作如此，生活亦如此。月有阴晴圆缺，人有情绪和运势的潮起潮落，此事依然也是"古难全"的。人在运势好的时候，高歌猛进固然可以，但一定要切记不断换一种方式调剂情绪，不能让自己的情绪老是处在亢奋中，否则如满弦的箭，一旦崩溃就前功尽弃；人在运势不好的时候，也不要过于颓废和情绪低落，不妨换一种方式，远离让自己运背沮丧的人和物，去干点别的事情，结交一些生活观念不一样的新朋友，老是沉浸在旧生活、旧圈子里，走不出来，你会越活越累，运势也会越走越背。所以，有智慧的人，一旦哪个行道运势背了，长时间亏损，长时间不顺利，破不了所谓的"局"，就一定要全盘抛弃，另辟蹊径，去干别的事情。我们写书也有类似情况。一部书，构思好了，本是要写 30 万字的，但如果 3 万字时破不了题，5 万字时入不了题，都 10 万字了，还不知道后面该咋写，那么这书你就最好别写了，放下它吧，跟我一样，回乡下种地去，换一种方式生活，说不定过不了多久你就会知道这书该朝什么方向继续写了！

远恒佳的老师们，持续一段时间的辛苦，也学会了换一种方式释放压力和缓解疲劳。昨天，他们有的做清洁，有的三五成群跑湖边去捡鹅卵石……捡那石头来干啥？做彩绘呀！我在公学工作群里偷看他们晒"快乐"，有时候都忍不住要笑出声来。这些人，特别是80后、90后的年轻老师，原本在家里都疏于做家务活的，来了远恒佳，你叫他们拖拖地、抹抹桌子，看逗趣不逗趣？教室的清洁工作是分了组的，本来这活儿可以交给保洁公司来做，但远恒佳注重学生动手能力的培养，既是要教学生学"动手"，那么老师总不至于四体不勤"甩手"吧，因此，学校提议新校园搬进去的第一次清洁卫生由大家来做，也算是换一种生活方式，培养大家的动手能力。做清洁时，还有人专门拍了视频分享到网上，看着她们认真干活，逗趣表演的样子，真是既可笑又可爱呢！

下午，几十个教师聚在学生餐厅的桌子边，给从湖畔捡回来的鹅卵石"美容"，做"穿衣戴帽"的手绘。这些老师都不是做手绘的专业美术老师，是不同科目的任课老师，可是，居然那么多老师都能绘画，还都绘得相当不错，那就不能不令人刮目相看了！美女龚朝莲老师在晒这些美图的时候感叹说："你绝对想不到，栩栩如生的石头手绘作品竟然出自教语文、数学、英语、物理、政治等学科的老师之手。进入远恒佳，你就成为有跨界能力的复合型人才！"

跨界能力和复合型人才，的确是远恒佳重庆公学老师们与众不同的一大特色，走进远恒佳教师队伍，你就几乎见不到一个除了专业而没有其他特长和爱好的老师！比如学校好几个数学老师，他们的文章都写得一流的好！

时代不同了，时代真的不同了，我们的知识结构不可太单一，我们的生活方式也不可太单一。我们要学会用多方位的知识储备来适应瞬息万变的时代，同时也要学会用多方位、多渠道、多乐趣的生活方式来适应我们当下快节奏的生活！节奏快、压力大，不使点小情趣来改善心情、缓解压力，早早地被打垮的终究会是你的身体，当然还有你的意志！

我很羡慕黄永玉的生活方式，那长不大也长不老的老顽童，都90多岁了，还成天活得"嬉皮笑脸""老不正经"，人活到这份上呀，傻也乐，疯也乐，傻傻疯疯，疯疯傻傻，无时无刻不快乐，那也是一种可贵的生活方式和一种幸福呢！

礼貌也是你的一张名片

到孩子们这来，为了照顾小孙孙，空调的温度适当调得有点高，不像在自己家里，除了自己，没有人需要照顾的，温度想开多低开多低，因此，喉咙有些不舒服了，咳嗽得厉害。也不像是感冒的样子，应该是呼吸道感染吧，妻子和闺女便叫我去小区附近的诊所做雾化。闺女说："只要给医生报上我的名，说你是我老爸，她们都会细心照顾的！"孩子担心我被"刁难"，知道我只要遭遇"刁难"，就特别反感和心烦，所以强调了"细心照顾"几个字。

我都好多年不曾感冒了！喉咙不舒服的时候倒是有，不过多喝水，或者含点润喉片，不会有啥大碍的，因此还从没有为了喉咙不舒服而去做过雾化。不过这次是去了，一来想验证闺女的"脸面"到底有多大，是不是报上她的名，人家就真要给脸面子；二来喉咙痛或痒起来的确让人很不爽，有时干咳得气都喘不过来，这岁数，该看医生还得去看，别像年轻那阵，大病小病都拖着、扛着，不能再任性的！

我按闺女的吩咐，去诊所时把她的名报上了，那医生立即抬起头朝我上下打量。她说："是像……你那孩子，特别有礼貌，都咋教育的呢？"

我以为她要和我谈"病情"，结果却和我谈起了孩子的"教育"，你说这医生是不是有点儿"不务正业"嘛！我不好回答她，保持了"高贵的沉默"。她见我不回答，又自顾自地说了："现在的年轻人，啥都不缺，就缺礼貌，你闺女恰好这点不缺，所以很容易让人记住！"

原来闺女的"脸面"是靠她待人时的礼貌攒来的，我还以为是啥闺蜜、姐妹关系呢！

上周，妻子带小狗狗去宠物店接种疫苗和做"美容"，以往都是两闺女带小狗狗去。天热了，闺女们各忙各的事情，较少回长寿，因此，等不得，妻子自个儿带上小狗狗去了宠物店。那店主人看了小狗狗的免疫登记记录，问是不是某某家的狗？"某某"是两个闺女的名字。妻子回答："是的，她俩是我的闺女！"店老板也是立刻抬起了头来，朝我妻子打量："哎呀，你那对闺女，太有礼貌了……你好有福哟！"

妻子回来，将这事反反复复念叨了好多次，有时，她还拿邻居和同事对俩孩子的夸赞来做补充。她说："孩子有礼貌，就那么容易让人记住，说明现在'礼貌'真是稀有之物了，特别是年轻人！好多家长教孩子，从小就是这特长班那特长班，又是学奥数，又是背唐诗宋词，又是学绘画、唱歌跳舞、弹这琴那琴，却从不关心孩子有没有礼貌，有的家长，甚至孩子对人越没有礼貌他们反倒还越高兴，说那是'狼性教育'，有狼性的孩子长大后才不被人欺负……"

前天晚上，远恒佳的几个朋友到我的青藤小院来摘葡萄。今年的葡萄丰收了，咋吃也吃不过来，便叫她们过来帮忙吃！这几个"疯子"，来摘葡萄也就罢了，居然扛了大箱的蜡烛和烛台来，要在俺的小院里搞一个"葡萄美酒烛光聚"！她们把一盏盏精美的烛光点燃摆放在小院不同的角落里，然后借着那灯光读我小说里某些动情的片段，的确带给了我不一样的感受——原来写书的日子也可以过得如此诗情画意。她们走后，我随即写了简短的文字发进朋友圈里，说明我真的是意犹未尽呢！我是这样写的："青藤小院的葡萄熟了，感谢远恒佳的朋友们，感谢宋总托程总和家琼、吴校长、玉美部长带来的美酒。宋总说：'烟是点燃激情的火花，酒是碰撞智慧的源泉，茶是泡出灵感的甘露，谈笑人生几百回，唯美酒和灵感不可错过！'对于搞创作的人来说，灵感的确是十分重要且珍贵的，如小偷进家，来时不觉得，走了才晓得损失惨重！有烟有茶有酒有灵感，来个葡萄美酒闲读书如何？"在文字的最后，我还附了几句古诗，以冒充风雅："笑谈人生千百回，不待春风卧万里。邀得明月长空照，无须雨来无须晴。"写古诗，我是外行，并且不是一般的外行，怕丢人现眼"脏班子"，所以我是很少去碰"古诗"那高大上的玩意儿的，前天晚上深更半夜写了，事实证明，我是真有创作的"冲动"！

朋友圈发完，收拾小院，发现程总的包忘拿走了，怕她着急，于是留言给她，说次日一早给她送学校去。

昨天上午去远恒佳学校，程总和郑老师忙着舞蹈老师的招聘面试，反正脱不开身，因此我就将包交给阿萍，托她转交。阿萍是深圳总部派过来的，以前见过面，但记忆实在是差，若不是阿萍自己再次介绍，我也是只认其人却不知其名的。阿萍拿了包，电话告诉程总，说包在她那里。程总知道我和阿萍在一起，立马叫阿萍去什么地方取一份什么礼品给我，说那是宋总和麦总托她转交我的，她一直放着，都放很久几乎快遗忘了！阿萍去取来，其实不重，也不大，就一般的礼品盒大小。我的车停在校门外的公路边，没开进学校里来。从见到阿萍的地方到停车的地方，是有一段距离，加之那时已临近中午时分了，太阳大得不得了，气温直逼42摄氏度，所以阿萍叫开车的师傅开车送我到校门口处去。从那儿再到我车上已经很近了，大不过一二十米吧！阿萍陪我到校门口处，她完全没必要下车送我，天那么热，车里车外的温差太大了！可是，我预料不到也绝对想不到的一幕发生了！到了校门口处，阿萍叫开车的师傅等一等，然后无论我怎么劝阻，都固执地拿着宋总和麦总送我的礼品，将我送到我的车跟前，等我打开车的后备厢，她亲自将礼品放进车里去了，再等我上车发动车子，向前驶出，才挥挥手，返身回到校门口处的车上去。

这样的举动和礼貌是完全超出了我的想象和颠覆了我关于"礼貌"的认知的！那么近的距离，那么热的天，第一，她没必要下车，能够叫师傅开车送我到校门口，已是对我极大的尊重了！到了校门口，校门关着，开不出去，我自个儿下车走出去就好了。换无数的人和朋友都会这么做，无任何的不妥；第二，她完全没必要亲自送我出校门、到车上，且等我离去。校门到我停车处那么近，当时的太阳又那么大，何必呢？可是，远恒佳就是远恒佳，他们的老师、员工和所教出来的学生，无不都是待人礼貌有加的，特别是深圳总部那支团队，每一个人，上至宋总、麦总，下至食堂里的师傅、校园里的清洁工，和他们打交道，没有一个不给你留下礼貌有加的深刻印象。他们待人诚恳，不骄不躁，不欺不诈，你对他三分尊重，他必还你七分尊严。之前对远恒佳朋友们的良好印象加之这次阿萍非要送我到车上这一细节，让我更加真切地感知到了远恒佳与众不同的"不一样"，感知到了他们"不一样"的背后是深厚的传统礼仪文化的浸润和熏陶！

我们的一生有许多的"名片"，不同的时期，我们拿出来展示给人的名片也大抵是不完全相同的。名片上面的头衔、住址和身份，都在随着我们地位的变化而变化，但有一张名片，它不表明你的财富、地位和身份，它只表明你的文化素养和文化教养，这张名片就是你待人接物时候的一言一行！有了这张名片，人们容易记住你，你的运气和机遇也说不定要比没有这张名片的人强十倍、百倍！

要让健康支撑得起你的情怀

诺贝尔文学奖得主莫言告诫年轻人，要多读书，要让学识支撑起自己的梦想。梦想人人有，但能否有支撑起梦想的学识却另当别论。如今是一个知识爆炸的时代，获取知识和学问的渠道多而广阔，你只要上点心，踏踏实实地读书，读上10年、20年，你的学识应当是能够支撑起你的梦想。不过，光有学识，而没有健康的身体，你的梦想也同样难以为继。这里我不说梦想，只说情怀。梦想人人有，但大多数人觉得带了一个"梦"字的"想"，是不切实际的，遥遥无期，还是"情怀"来得实在！情怀嘛，可大可小，可远可近，跟自己的情感和期待有关，实现起来或许不会那么难！

但是，我要给你泼冷水了！有情怀，没有健康，依然是纸上谈兵，空怀一腔热血！

"廉颇老矣，尚能饭否？"《史记·廉颇蔺相如列传》记载，廉颇被免职后，跑到魏国，赵王想再用他，派人去看他的身体状况，廉颇的仇人郭开贿赂使者，使者看到廉颇，廉颇为之一饭斗米，肉十斤，被甲上马，以示尚可用。而赵使回来却报告赵王说："廉颇将军虽老，尚善饭，然与臣坐，顷之三遗矢矣。"意思是啥？意思是廉颇虽老，饭还是吃得，只不过与我坐的那会儿上了三次厕所！短暂的工夫，你上了三次厕所，饭吃得又怎样？于是赵王没再起用廉老将军。赵国在战国七雄中，那时也是强国吧，但奸佞当道、大将流失，很快走向了衰落，最终被秦吞并！

"尚能饭否？"是衡量一个人身体健康与否的标致，虽然现在营养过剩和超标的人多得数都数不过来，尚能饭否似乎不能再用来去衡量一个人的健康状况了，但尚能饭否依然重要，只是你未必吃的是大米饭，吃别的东西也可以，比如我常年喝粥，几乎不吃一顿米饭的，可我的身体还算健康，马上"奔六"了，居然没有任何毛病！

我们搞写作的，好像前面讲到过，有健康的身体仍是十分重要的！这些年，我见证了好多才华横溢的作家倒在了成功的路上。论学识和才华，他们不逊色于若干当代驰骋文坛的大作家。但是他们身体状况不行，像《散步》那篇收入中学语文课本文章的作者莫怀戚，咱们熟呀，熟得不得了，每年市作协开全委员都要见面和一起吃饭的，在重庆的作家圈子中，莫怀戚是特立独行的才子，要口才有口才，要文采有文采，可是他 60 岁出头就被病魔收了去！还有市作协副主席陆大献，也如此，倒在 60 岁的门槛上！咱来一个设想，如果生命能再给他们 20 年、30 年时光，不知他们会创造出怎样的文学辉煌，不管咋说，写几部长篇小说是不成问题的吧！

长寿区作协一位荣誉主席，年轻时是耕读教师，因短篇小说写得好，调到文化馆做文学干事。我任职区作协主席那阵他先是秘书长，后是副主席。他比我大几岁，一生勤奋得不得了，他的妻子没有工作，他硬是凭辛勤的笔耕换回的稿费收入养大了两个女儿，这两个女儿都考入好大学、读了研究生。几年前我决定不再担任区作协主席时，给区文联和区委宣传部领导汇报，他们叫我推荐新的主席人选，我在推荐了主席、副主席和秘书长人选后，特地提了个要求，我说："这位作家老了，马上退休，辛劳了一辈子，为文学苦苦打拼了一辈子，现在他病倒了，还不到退休年龄就脑出血留下后遗症，半身不遂，手脚几乎都不能正常使唤，这样的作家，我们要记住他，因此，我建议区作协设个名誉主席，不由我来当，由这位作家来当！"组织采纳了我的建议，所以他现在仍是区作协名誉主席！他是 56 岁那年去外地出差跌倒后得病的。他曾无数次对我说："但主席，等我退休了，没有那么多杂活了，我也要像你一样，写大部头的作品！"写大部头作品，他不是没那能力，如今是没那健康的身体。若有健康的身体，凭现在退休后的闲暇自由时间，怕是早写了好几部大部头作品出来了呢！

我今天身体尚健康，无病无恙的身体尚能支持起我的情怀和梦想，完全得益于年轻时的体育运动。当年复读时，只要不下雨，我在长寿龙溪中学那个纯泥土操场上，每天早上必定要去跑 25 圈的。住校生早操前要跑步，每人跑 5 圈。我跑 25 圈，肯定就要比别人早起大半个小时了。我不偷懒，别人跑 5 圈还偷奸耍滑，借上厕所溜进去了就不出来，我跑 25 圈是实打实的，从不搞虚的，因为我明白，我未来的路还很漫长，我必须要有一个健康的身体来支撑我的梦想。后来考上大学，连续几年在重庆市大学生运动会上我都拿了一万米长跑的名次！因为练长跑，如今，我的腿脚十分灵便，我的心脑血管十分畅通，无任何病变！

除了长跑，我还很喜欢游泳。我们村东头有座水库，很大的，小时候常在水库里游泳玩耍，以至于上大学，依然数次在重庆市大学生运动会上拿了名次。像长寿湖，到目前为止，我仍能从湖畔轻松自如地游到湖里面的好几个岛上去！

远恒佳公学的运动场很大很美，铺的塑胶跑道是从意大利进口的，质量好，环保。这运动场大概是 400 米环形跑道吧，铺地毯胶的时候去细看过，那地毯胶确实质量好，无任何的异味！即使这样大热的天去，也不会有任何的异味散发出来！

学校还修建了恒温游泳馆，向全校师生开放。在重庆，能建恒温游泳馆的中小学校除了远恒佳重庆公学，目前大概是没有第二家的！事实再次证明，远恒佳就是不一样，打造一流的教学环境，他们的确是拼得"与众不同"！

学校有封闭式的体育场馆，有体操室、舞蹈室和高尔夫球场，总之，用于健身和锻炼身体的运动场、所、馆、器材，应有尽有！在这样的学校里读书的学生和教书的老师，若不好好珍惜，多多锻炼，我想或多或少有些对不住办学者的"良苦用心"呢！

别说你有多忙，别说你忙得都顾不上你的身体来了，人生短暂，健康地活着才是王道。20 岁早早进了医院，30 岁身体早早地发胖了，40 岁啥都高就是工资不高，50 岁心开始发慌，60 岁头顶开始发光，70 岁不到已是白发苍苍，80 岁不到你已"挂在墙上"，90 岁诞辰，对不起，这世界早把你忘掉……想想，这样的一生，到底有什么生存质量和生存价值可言呢！

如今生活好了，大多数的人也吃穿不愁了，在这诱惑多多的时代，千万要学会爱惜和保护好身体。除了学识，还得有健康的身体才能支撑起你的情怀。我见过不少美女帅哥，30 来岁呀，就大腹便便成了"肥胖姐""油腻男"，把自己的形体搞得一塌糊涂，我真不知道他们是怎么"忙"的！说句不中听的话，你留心看看，真正成功的人士，有几个是不注重身体健康的？华人首富李嘉诚大腹便便吗？马云大腹便便吗？连自己形体都管控不好的人，还谈什么管控自己的情怀和梦想？除非你是天才又运气特别好，否则你还是躺着做梦去吧！人这辈子，健康才是最重要的，没有了健康，你的情怀和梦想一概落不了地生不了根！

吃亏未必不是福

　　人与人的交往，总有人会占便宜，总有人会吃亏，交往的双方不可能有绝对的公平。我们不拒绝吃亏，也不害怕吃亏，只是吃亏的时候多了，心里就有了本能的抵触情绪，再遇上喜欢占别人便宜的人，就敬而远之了！

　　我不占人便宜，3分利摆在面前，我必只取1分，另2分让给朋友。去菜市场买菜，我多半专挑乡下老农担来的买，越是卖相不好看的越要买。老农担来的菜，一般都是自己种的，很少施农药和化肥，这样种出来的菜，卖相固然是不好看，但环保。乡下老农朴实厚道，卖菜，一是一，二是二，不会海阔天空地吹得天花乱坠，喊出来的价也不大可能太离谱。但专做菜生意的菜贩子不同，他们把卖相好的摆在上面，卖相不好甚至腐烂变质的夹杂在中间和下面；他们喊价也是因人而异，见你是个读书人、老实人，不太熟悉行情，便把价格喊得出奇高，有的甚至还在过秤时短斤少两！这样的事，我见多了，也吃了一些亏，所以如今到菜市场买菜是多不买菜贩子的！

　　好在人生是漫长的，并非一朝一夕，因此，时间长了，过上10年、20年、30年，或者更长一点，回过头去看，那些曾经处处占人便宜的聪明人好像这辈子也不咋的，绝大多数不仅没有活出他们臆想的那种春风得意，反倒是活得蓬头垢面，连真正的朋友也没有几个。我总是吃亏呀，可我多少还有几个同样吃得亏的朋友，多少还有点真正属于自己的傻傻的幸福，比如家人和睦、同事尊重、领导信任、朋友真诚、邻里之间不争不吵不相互提防！

　　和远恒佳的人打交道，我觉得他们和我差不多，没啥小心眼，没啥小聪明，直来直去，一个个都坦率真诚得不得了！也许都是读书人的缘故吧，脑子都用在做学问上去了，少于也懒得去学"聪明"，所以你把他们当朋友了，他们也必定把你当朋友！当然，若你把他们当傻瓜了，他们也必定会把你当傻瓜。

我这人不怕吃亏，我总认为吃亏未必不是福，特别是在亲戚、朋友、熟人、同事之间，我从不去抢占好处和占人便宜的。但是，若谁存了心搞算计，专门设了套来占我的便宜，那么，一次我笑一笑，二次我忍一忍，三次四次则是掉头就走，从此让你终生从我的世界出局，不再与之交往。

吃亏是福，人与人交往吃点亏没啥大不了的，只要人家不是存心坑你、蒙你、忽悠你、算计你，能吃亏才能长期交往。乡下人说："吃得亏，打得堆！"你亏都吃不得，谁还愿和你"打堆"呢！

早上起床，读到麦总在学校工作群里发的一段话，她说："我献给深圳的远恒佳人：一个大家期盼已久的假期，一个本来可以放松浪漫的日子，一份期望与家人相聚的温暖……就算是一个理由就足以让大家拒绝来这个艰苦炎热的重庆，然而，你们都来了，每天看到大家奋战在高温下依然热情高涨……一个个温柔可爱的兄弟姐妹们，我代表重庆公学的远恒佳人感谢你们，是你们的智慧巧手让公学变得如此温馨而又美丽！爱，是如此的伟大！爱教育，无怨无悔！爱远恒佳，不离不弃！为了别人的孩子，我们倾注了所有！亲爱的所有远恒佳人，家人同样期待我们的假期，别忘了给家人汇报：我在重庆一切都很好，我们在创造教育的奇迹，我们将在重庆公学建造一项伟大的工程，我们在这里虽然很辛苦但是很快乐，我们为自己的无悔选择再次让自己人生走向一个新的辉煌！告诉你们的家人们：感谢家人们的理解和支持！等我们把学校都完善了，等公学的孩子们能正常上学了，你们就会回去看望他们，再邀请他们来学校看看，给他们讲讲公学的故事，他们一定会为你而骄傲！幸福很简单！忙碌中人与人之间的点滴相助，一个会意的眼神，一句温馨的问候，或者快乐时开怀的分享、困难时无声的付出……心在一起就总会有奇迹发生！每一个人都敢于担当，愿我们再努力一把，尽快完成最艰巨的任务！亲爱的远恒佳人，我代表公学的家长们、孩子们以及远恒佳办学董事会对你们表示最诚挚的感谢！炎热的天气，繁重的工作，敬请大家照顾好自己，工作越多就越需要我们调整好作息时间和合理安排作息。我们不仅要有效地工作，更要智慧地工作！感谢大家！"

　　这段话估计是麦总看到大家辛苦却无任何怨言而发的吧，真正出自内心的！有多重意思，但主要还是感谢大家的无私奉献！是呀，50多摄氏度高温，昨天公学老师贤俊在朋友圈里还晒了实测的地表温度，最高处达87摄氏度，一般的地头儿只要是太阳晒得着的地方，也在60摄氏度左右。重庆罕见的持续40摄氏度以上的高温天气，在这样酷热难当的日子里，公学的老师们，为了把新建成的学校布置好、装扮得漂漂亮亮，以便迎接第一批学子的入校学习，他们真是太拼了！在一般人眼里，这群人都是"傻"得出奇，何必那么拼、那么赶呢？慢慢来不行吗？毕竟离秋季开学还有一个多月的时间呀！可是，读书人就自带一份傻气，他们认准了学校是大家的，你不干我不干谁来干的理儿，便吃亏在前、任劳任怨地干了！他们不怕吃亏，也不觉得这样子干是在吃亏，他们相信只要大家精诚合作、不计较个人得失，不久的将来，学校走上正轨了，学校的教学质量上去了，学校创下了专属于自己独一无二的教学品牌，得到的回报，会让今天的付出焕发出璀璨夺目的光彩！

　　不要怕吃亏，不要太计较得失，天道酬勤，你的每一份真实的付出都会得到真实的回报，不在当下回报，也必定要在将来回报，不可能没有回报的！像我，买老农的菜，不讨价还价，只要不是太离谱，就买了，表面上看，我吃亏了，其实我没吃亏。我从乡下出来，深知乡下老农种菜苦，买他们的菜，不讨价还价，或许多给了几角块把钱，但我买到了心安，买到了对曾是乡下种菜人的父母辛劳的体恤和理解。像我在单位，也是不和同事计较的，分到手里的活儿，我努力干好，不留烂摊子。每年评优评先进，我都让了，一再表明我只要个称职就行了。表面上看，我也吃了亏，其实把格局和视野放大点，我依然没吃亏，因为我不占便宜、吃得亏，大家对我都很好，都非常支持我的写作，如今全脱产，以前没脱产的时候同事也是多多照顾我写作的，能不叫我去执勤的地方，一定不会叫我去！

　　吃亏好，只要不是吃那种毫无厘头的哑巴亏，莫名其妙地让人坑了整了，吃点亏又有什么呢？我总认为，不管这个社会怎么变，不管社会的风尚向着哪个方向发展，做本分人，干老实事，少玩一些小聪明、多有一些大智慧，不怕吃亏，你一定是会得到福报的，因此，我完全有理由相信：吃亏就未必不是福！

立德立公龙行天下

　　有人曾问我，为什么"远恒佳重庆公学"要带一个"公"字，分明是私立学校，带一个"公"字，是不是想借"公立"的光，给人一种"公办"的表象？

　　我笑笑，不便回答。不便回答，主要还是因为说来话长，不了解"公学"二字的来龙去脉和发展历史，说也白说，你说得再多，人家未必听得进去！

　　"公学"一词起源于英国。1572 年，英国农民约翰·莱恩见于贫苦家庭的孩子读不起书，立意办一所学校，专门教育贫困子弟。他的想法得到英国女王伊丽莎白一世特许，遂建立学校，成立了哈罗公学。费用部分由王室资助，部分由社会募集。当时英国等级分明，贵族子弟和平民子弟接受的教育差距很大，特别是在礼仪方面。莱恩发誓要让贫民子弟也要像贵族子弟一样学得有礼貌、教养和尊严，因此，在这方面他不遗余力，以至于着贵族子弟服装却戴一顶贫民硬草帽成了学校学生留传至今的"标配"。因为教育得方，贫民或平民子弟大多学有所成且有社会责任担当，后来许多贵族也把子弟送到了这所学校来，到 19 世纪，哈罗公学已是大英帝国 4 大私立名校之一，像著名诗人拜伦以及二战时的英国首相温斯顿·丘吉尔都是哈罗公学的校友。因此，从这个角度讲，"公学"并不是"公立学校"的意思，它只代表学生有"公共情怀"和"公众责任担当"！

　　中国最早的公学创办于 1906 年。

　　1905 年（光绪三十一年）11 月，为反对日本文部省颁布的《取缔清国留日学生规则》，东京 8000 余名中国留日学生罢课抗议，3000 余名留日学生退学回国。1906 年 2 月，大批留日学生返抵上海，没有着落，留学生中的姚洪业、孙镜清等各方奔走，募集经费，在上海北四川路横浜桥租民房为校舍，开始筹办中国公学，后迁至吴淞（今吴淞中学）。两江总督端方每月拨银 1000 两，派四品京堂郑孝胥为监督。校务由执行、评议两部负责，革命党人于右任、马君武、陈伯平、李登辉等任教员。1906 年 4 月 10 日，中国公学在上海正式开学。共招学生 318 人，来自 13 个省。分大学班、中学班、师范速成班、理化专修班。胡适当时是公学学生。1908 年 9 月，因闹学潮，胡适随一些激进同学离开公学，自办新公学继续学业，同时又兼了新公学低级班的英语教师、兼批改作文。退出老公学的学生自动捐款，加上社会资助、支持，租赁庆祥里作校舍，学生自己管理，兢兢业业办校。艰苦悲壮地支撑了一年多时间，终因经费拮据，难以为继，于是又与老公学谈判合并，160 多人的新公学大部分学生回去了。1909 年 10 月，中国新公学与中国公学合并。合并后不久，经费依然不足，公学几将解散。为唤起国人对公学的关注，姚宏业愤投黄浦江自尽。民国成立后，得到孙中山、黄兴扶持。此后，吴淞中国公学逐渐发展成包括文、法、商、理四院 17 系的综合型大学，并增设了中学部。1915 年，梁启超任董事长。因为孙中山、黄兴的扶持，所以中国公学的"公"字始融入孙中山"天下为公"的教育理念。

1915 年，北京国民大学与上海吴淞中国公学合并，称中国公学大学部。

1917 年 3 月 5 日，北京中国公学大学部改名中国大学，学校迁入北京西单二龙坑郑王府新址。同年，上海吴淞中国公学停办。

1919 年中学部恢复，王家襄任校长，1922 年升为大学。

中国公学当时不用高中文凭就可以投考，录取新生条件较宽，教学当中新开的选修课目也很多，可谓学术相当自由，德日派、英美派都有一席之地。讲授资本主义、社会主义、国家主义和无政府主义学说的也都有，没有什么顾忌。这在当时的大学里是别开生面的。但思想活跃的地方，容易发生纷争，终于酿成冲突。

1931 年，"一·二八"淞沪抗战之前，为了中国应不应反对日本帝国主义侵略的问题，一年中就发生了四次风潮，学校接连换了四个校长。1932 年，"一·二八"之役，学校毁于日军炮火，被迫停办。

1933 年，公学师生撤退到法租界赵主教路（今五原路），借褚辅成办的上海法学院教室复课，重新开办，由熊克武任校长。

1936 年，由国民党政府教育部勒令停办。

1937年，抗日战争期间，中国公学名存实亡，仅在重庆开设有中学部。

1940年，重庆中国公学（中学部，即中国公学附属中学）亦停办。

1949年2月，熊克武、但懋辛（辛亥革命运动四川领导人）等在重庆重新组建中国公学。

1951年，中国公学与正阳法商学院等合并为重庆财经学院，次年并入西南人民革命大学，刘伯承任校长。1953年，以西南人民革命大学为基础，合并重庆大学、四川大学、贵州大学、云南大学、重庆财经学院的法律院（系）又成立西南政法学院，即今天的西南政法大学前身。

中国公学从创办之日起，就命运多舛，莘莘学子的求学之路和中国旧民主主义革命、新民主主义革命的命运相连，虽然时起时伏、时兴时衰，不断关停、迁徙，历尽坎坷和千辛万苦，但是，它却为苦难中的中华民族培养出了大批的优秀人才，如胡适、冯友兰、罗尔纲、吴晗、何其芳等著名学者，以及江姐这样的革命志士，都曾是中国公学的学生。江姐于1936年考入重庆南岸中学，1938年12月又考入重庆中国公学附属中学读高中。在中国公学停办后，江姐才按上级指示于1940年秋考入重庆中华职业学校会计班学习。通过对这些有关公学的资料的查阅和梳理，公学的丰富内涵才逐渐展现在我们面前。

我想远恒佳重庆公学自然多少是本着对中外公学历史的敬畏和传承而创办。远恒佳重庆公学的"公"字与"公立"的"公"字无关，只与"天下为公""立德立公"有关。其教育理念就是兼容并蓄，培养出"不仅具有自信的文化素养、自立的个性品质、自强的独立人格，而且还要具有爱阅读、爱创造、会思考、会交往、敢负责、敢为先的创新型人才。"

远恒佳重庆公学有个关于"美好教育"的愿景表述："焕发美好的人性，培养美好的人格，拥有美好的人生，建设美好的教育。"不多，只4句话，但4句话的内涵容量却是相当大的。而对"美好教育"，学校也有十分具体的指向："美好学校：这里给你支点，让孩子走向世界；美好学生：习惯好，能力强，成绩优；美好教师：有愿景，重文化，懂浪漫；美好家长：有共识，爱参与，乐分享；美好管理：聚智慧，能知行，敢担当；美好课堂：三三四大课堂。"

我在这里不对这所学校的将来做过多的期待和评判，毕竟才刚刚建好，许多的东西还存在着诸多不确定性，正如计划再好也不如变化太快一样，有些事情往往是不以人的意志为转移的。我仔细翻阅过学校的一些资料，客观地说，他们的某些理念和观念尚停留在"愿景"的层面，有待在今后的教学实践中不断完善和补充。不过，学校建好了，实质性的步伐已经迈出了，这所公学，将来就必定要努力往前走，并且还要走得"与众不同"，还要走得有自己的特色，才不至于辜负了一批热心于教育事业的办学人的初衷，才不至于辜负了那么多老师和员工在建校之始所付出的艰辛的劳动。

我是这所学校建校之始的"见证者"，我之所以要用笔来记录下自己的点滴感受，就在于我也热爱教育事业，我也希望自己能为这所学校的"美好教育"做一点什么。立德立公，龙行天下！所有的教育，都应当"德"字当先、"公"字当头，时刻把学生"德"的培养和"公道、公正、公平"的"公性"培养放在首要位置，才能培养出真正对社会有用和有益的人才。国家正处在蓬勃发展的上升时期，这样的时期是需要大量复合型和创新型人才的，我相信远恒佳重庆公学乘了这一东风，不久的将来，一定会开创出平民精英教育的崭新局面来。

过点精细的慢生活

最近持续高热，今天终于降了一点温。重庆的夏天是很难熬的，动不动40摄氏度以上高温，老是不下雨，又因为地形山壑纵横，空气很难流通，身处这样的气候环境，好多外地人来了都直呼"遭不住"！

大概是周边区县下了一点零星的雨吧，气温的确是降了一些。往日这小院里，是坐不住人的，稍坐一会儿，尽管风扇吹着，依然热得人汗水大颗大颗地淌。今天，我给庭院洒过水，风扇一吹，不一会儿就凉爽下来了！于是，我收拾干净，坐在小院里的椅子上，开始漫不经心地沏茶、听音乐，也算是难得享受一下夏日夜晚的清凉了！

像这样舒适的日子，对于我和我的小院来说，只有春天和秋天才会有，夏天太热，冬天太冷，都是不会有的。所以，我写过《小院的春色》《小院的秋色》，就是没写过《小院的夏色》和《小院的冬色》。它们用酷热和严寒伤害了我深爱的小院和我深爱自己小院的心，我都发誓不喜欢它们了！

白天，麦总在学校工作群里叫大家做事细心一点，离开办公室的时候记住要关好门窗；还有一些东西，能用的尽量用，不要浪费了！麦总属于我们那一代人，从贫穷和苦难里走出来，深知一切都来之不易。门窗不关好，万一下一场暴雨，雨水飘进房间里来，刚装修好的房屋，墙壁弄花了，木地板坏了，不是损失几个钱的事情，是大家的心血被白白糟蹋了，可惜呀，心疼呀！还有能用的东西，只图方便和使用起来快意，动不动就扔了，没有又换新的来，也是浪费起来非常可惜和心疼的！

她的心情我十分理解。如今很多年轻人没经历过苦难，对"贫穷"的含义没有切身的感受，因此，你咋给他讲他都不当一回事儿。不当家不知油盐柴米贵，只有自己当家了，才知道生活在城里，吃要吃的钱，喝要喝的钱，连丢个垃圾你也是要给钱的！

做事要细心，过日子要精打细算，有钱节约，没钱更要节约，这些道理放在任何时候任何地方都不会有错！

精致的利己主义者，此话不是我"发明的"，我没那能耐。这话出自北京大学钱理群教授之口，他说："我们的一些大学，包括北京大学，正在培养一些'精致的利己主义者'，他们高智商，世俗，老到，善于表演，懂得配合，更善于利用体制达到自己的目的。这种人一旦掌握权力，比一般的贪官污吏危害更大。"我们先不说钱教授此话对不对，我们只管看看身边的年轻人，只管看看那些处处只要别人将就自己而自己却从不会去将就别人的年轻人，你就知道我们的传统文化教育真的"断代"了！我们传承了几千年的文化脉络到了这一代人身上真的开始发生了"基因"的突变，他们已经变得不仅我们认不得，连他们自己的父母也未必认得了！

当然，不是所有的这一代都是这样的，过去有"垮掉的一代"之说，不公允，客观地讲，这代人还是有无数的佼佼者，有无数好学上进又能吃苦耐劳的有为青年。如今这些人融入社会，通过摸爬滚打，已慢慢成为社会和家庭的中坚力量，不远的将来，他们是必定还会成为我们社会和家庭的顶梁柱而撑起生活的大厦的。

于是，我就又想到了教育，想到了远恒佳重庆公学提倡的先做人、后做事的教育理念。我们教育孩子要做一个细心的人，不要铺张浪费，那么我们给孩子做出什么样的表率呢？我们提倡美好生活、美好教育，要有诗和远方，要把平淡的日子过出诗情画意来，那么我们又该怎样给孩子们做出示范的呢？

我想起"工匠精神"一词，这词我最早是从我一位朋友那里听来的。他曾留学美国，在美国拿绿卡居住了20年，然后回国创办德胜集团、四川大学苏州研究院和长江平民教育基金会。他的《德胜集团员工管理手册》一书发行量就达几十万册，一版再版，好多公司拿去做员工管理的范本。圣哲兄早年在四川大学学物理，后又去清华大学学化学，然后再去美国读博，如今他经商做大老板，但他另一个响当当的身份却是"文化人"。他写过一本书《旅美小事》，2008 年秋天，我去苏州参加全国公安作家笔会，他接我去他的全木别墅里吃"菜板肉"，送了我 3 本，我和两个闺女一人一本。我拿到的那书，就已经是第二版第 4 次印刷了，总印数 10 万册以上。若今天去，他再送我，不知会是几版几次印刷呢！

那次去苏州，他带我去看他的全木别墅。他告诉我，他在苏州有这样的别墅 50 套，全部是他自己公司修的，供公司有杰出贡献的员工免费居住。他说他的四川大学苏州研究院有个"鲁班班"，专门学习和研究"木工活"，他们德胜集团做得最好的业务就是修全木别墅，业务遍及全国 10 多个省市。他挺逗，他和我聊天，聊到高兴处，衣袖一撸，双拳一抱，大声嚷嚷："但兄，咱怪脾气，你信吗，咱四川大学苏州研究院给学生颁发有一个全中国独一无二的文凭，'匠士文凭'，听说过没？等同于硕士研究生。我们德胜集团，啥文凭我不看重，但看重'匠士文凭'，我要打造匠士文化，并把它推广出去。"聂圣哲是知识分子、读书人，他一直致力于中国的教育事业，他创建的长江平民教育基金会每年都要向全国平民子弟捐款数千万元，以帮助他们完成学业！

如今，工匠精神被越来越多地提及，但是我们还是缺乏这种可贵的精神品质。很多时候，我们做不到事事仔细、事事认真，因为形势发展太快、时间过得太快。还别说做事，就是居家过日子，我们也丝毫慢不下来。我们被生活逼迫着，天不亮出门，深更半夜才落屋，我们没有时间看日出、日落和灿烂的朝霞、晚霞，也没有一点儿心情去欣赏一朵白云从头顶飘过、去注视一朵小花开放的美好，除了工作，除了挣钱养家，似乎什么都是多余的，无足轻重，可有可无，我们成了一架工作和挣钱的机器了。我们疏远了读书，我们遗忘了音乐，我们买了昂贵的茶具和上好的茶，却从没有坐下来不紧不慢地烧水沏茶品味；我们买了很多盆花回家，开呀开呀，慢慢开败了，枯萎了，也不曾去浇过水、施过肥……总是，是生活绑架了我们，使我们越过越力不从心，越过越没了诗意和远方！

不过，远恒佳重庆公学说了，他们要搞美好教育。他们要让学生从小学会做事如"工匠"般精细，不粗糙；过日子，如艺术家般精致，不浮躁。做事精细，过日子精致，这样的教育，难道还怕教育不出既能挣钱又会过日子的下一代吗？

我年轻时性子也很急躁，什么事情总想立马做完，因为急躁，所以时常丢三落四。如今不了，我做啥事都不急不赶。出门，我会把水电气检查一遍，再把门窗关好；开车上路，别人怎样超车、塞车、飙车是别人的事，我概不理会，更不会去赌气追逐，我觉得没那必要的，又不是三两岁小孩，赌那气干啥呢？每天晚上睡觉前，我都会打开手机看看是不是有漏接了的电话和没有回复的信息，该回的电话要回，该回的信息也必定要回，我不会大大咧咧不在乎。再忙，我每天都要沏壶茶，独自品，独自饮；再没有时间，该给花浇的水必定要浇，该在"但家小院"里和孩子们聊聊天的一定要聊聊天。世事无常，活着才是王道，今天能够静下心来喝杯茶是今天的快乐，今天能和孩子们一起说说话是今天的福分……年轻时喜欢玩"派头"、比"阔气"，如今连那也不讲了，穿得舒服，吃得合胃口，睡得踏实，坐的车安全，才是最大的富有。我不会浪费，不会这样东西扔了那样东西扔了。早些年自己买穿的，尺寸和样式好不好怨不得谁，现在孩子们常给我买，动不动千八百，有时自己还不一定喜欢，因此，给孩子们说了，不要给我买，别说几百，就几千几万，穿着不合身，反倒还不如我这几十元一件的。吃了不可惜，用了不可惜，白白浪费了才可惜，所以出门吃饭，吃不完的我一定要打包带回家，自己吃不了，有小狗狗要吃的，总之不能浪费，至于别人怎么看，那是别人的事！

事情慢慢做，日子慢慢过，一辈子不长，没必要太赶的。如果不是生活所迫，就不要太难为了自己。起早贪黑，累得像个赶路狗，何苦呢？慢慢做的事情不容易出差错，才叫做事情，否则只叫"干活儿"；慢慢过的日子有滋有味，有无数的感动、感慨和所思、所悟，才叫生活，否则只叫"活着"——活着和生活是有区别的，你难道不懂吗？

"契约精神"随想

　　程总在公学工作群里转发了一篇题为"无人看管的冰箱放在 39 摄氏度高温的上海街头，我们看到了上海人的另一面……"的文章。文章讲述的是在这大热的天，有人把一台冰箱放在上海街头，里面盛满免费的冷饮，路人可以随便自取。但是，去自取的上海人都很自律，没有一个人浪费和取得过多。一个小女孩和母亲一起路过，小女孩要去取，母亲制止了，将小女孩带进旁边的超市，掏钱买。这个母亲告诉小女孩："那是免费的，我们把它留给更需要的人！"旁边开超市的老板，最初以为是有人抢她的生意，将冰箱摆放到了店门前，待看清说明告示明白人家不是来抢生意的后，毅然进自己的店，抱了一整箱雪碧出来添加进冰箱里。一个环卫工阿姨，下午 2 点时走近冰箱，她汗流浃背，应是渴得不得了，朝冰箱里的冷饮打量，有人告诉她，里面的饮品都是可以免费自取的。她犹豫片刻，摇摇头走开了，说："有人比我更需要！"一个快递小哥路过，发现了"秘密"，立即用微信告诉伙伴们这儿有免费自取的冷饮，不一会儿，陆续的有快递小哥路过，但都是只取一瓶，没人多取，甚至有的还将几枚硬币扔进了冰箱，做所取冷饮的费用……

　　程总转发这篇文章，正如她所说的那样："契约精神，让人如此感动，人间处处有真情，不以善小而不为！很感人，眼泪都在打转！为上海点赞，炎炎夏日，高温难耐，但是人心的火热让我们为之骄傲！一份小小的爱心，温暖一座城市、温暖一个世界！好人一生平安！"

　　麦总说："就像远恒佳深圳的幼儿园一样，门口也有一些开放的书架，书不断被更换，还有家长带着孩子给图书修补装订，这就是教育，让每一个人都行动起来，孩子是会被感染的，无声无息的爱都在传递。我们在一起，一起努力！"

这一刻，大家都有一种向善的想法和感动。那么热的天，在得知是免费自取后，没人乱取，这固然是"贵族精神"了，没人多取，这固然也是遵守"游戏规则"的"契约精神"了，能在取后扔几枚硬币进去，或者像超市老板那样，进自己店里拿些雪碧出来补充，这在贵族精神和契约精神的基础上更进一步，演变成了"爱心"。这样的场面的确是让人感动也让人感慨的。

我们这时代，真有一些东西与大家渐行渐远，比如贵族精神，比如契约精神。贵族精神过去是有的，且常见。君子不食嗟来之食；君子不夺人之美、乘人之危；君子己所不欲、勿施于人……在中国的传统文化中，中国的读书人从来都不缺少贵族精神，但是契约精神却缺少。契约精神是舶来品，来到中国的时间不长，加之也没怎么给百姓"启蒙"和"传导"，所以，仅仅只是限于一定的圈子和范围罢了，真正懂得契约精神含义的人少之又少。不过，仅这少之又少的人，现在好像也在离契约精神渐行渐远了。没有契约精神，只有丛林法则，这是法制和文明缺失的表现，如果法制和文明跟不上、推进不了，弱者恒弱、强者恒强的丛林法则依然是会继续大行其道的。

由此，我想到了法国启蒙思想家、作家卢梭，想到了他的《社会契约论》。卢梭是契约精神的提出者和奠基者。是他的"契约论"奠基了整个西方资本主义社会的契约理论基础。毫不夸张地说，所有资本主义国家的宪法、法律和规章制度的制定，无不都在"契约"的基础上进行，离开了"契约"，就没有今天资本主义国家的法律体系和构架。

上周，我接到某保险公司工作人员电话，回访我的车为啥不在他们公司续保了。对这个问题，我不知咋回答是好。讲真话，伤害了别人回访的一片诚心和好意；不讲真话呢，又委屈了自己的心情。于是，我说："我可以不回答吗？"工作人员说："我们想知道，因为你是我们的优质客户，我们想了解真实情况，然后努力做好……你的真实想法有益于无数的客户！"听，此话还是蛮有道理的！

是的，我是他们优质客户，自从买了那辆牌照为8366的车，我就一直在他们公司投保，并且一直没报过险，直到第8年的那个夏天，深夜突遇瓢泼大雨，视线不好，处置不当，被一辆飞驰而来的出租车撞坏了车门。因为涉及出租车，担心扯皮事情多，因此我第一次报险要求保险理赔。客观地说，保险公司也是认真负责的，他们没有不对，硬要说不对的话，是我深扎在骨子底里的"契约精神"在作祟，较真的是凡事讲个公平公道。因为我开车从未出过险，所以经验不足，在递上若干手续材料后，我对工作人员说："你们不那么麻烦客户好吗，不就几千块钱吗？跑这么多趟，为几千块钱，还要看你们脸色，还要一次次排长长的队，值吗？"那工作人员爱理不理地回答："谁叫你出事故呢？"

谁叫我出事故？没人叫我出事故，是我自个儿不小心惹出来的麻烦，好吧，今后不给你们添麻烦了，于是买新车到别的保险公司投保了，那辆旧车，虽然用的时候极少，几乎没用，就停放着——9年，不，如今已是10年了，10年带给我出行的方便和安全；10年，陪着我风雨兼程，从一个默默无闻的作者浪得了"作家"的虚名，到底还是有些感情的。因此，没卖，也不卖，就那么让它停着，偶尔开一开，偶尔放它出来遛遛弯儿，于自己的怀旧情绪无不是一种抚慰。我给这辆车买保险，买了另一家公司的！

我以前提保的那家保险公司，尽职尽责了吗？我投保，是双方的约定，是契约，你再大的公司，我再小的平民，在契约的天平上咱们是平等的！我花了钱投的就是要保平安，一旦不平安了，你收了我钱就该按约定给我提供服务——不是我求你，是我来找你履行契约了！

十八世纪，法国启蒙思想家、作家卢梭写下了《社会契约论》那部书，一个饱经沧桑的孤儿，在社会底层苦熬、打拼、挣扎，深深地体会着封建王朝契约精神缺失所带来的不平、不公，于是发出如此的呼喊：人人生而平等，社会是以契约的方式存在的！

卢梭的命运很坎坷，他留下的重要作品一是《忏悔录》、二是《爱弥儿》、三是《社会契约论》，有时间，读书人都应当去找来读一读。

在传记文学作品中，没有哪个作者写得有卢梭的《忏悔录》那么真实和激情澎湃。他敢于揭露自己的丑陋和肮脏，也敢于把自己邪恶的灵魂用自己的笔解剖给世人看。他在《忏悔录》开篇的第一章里说："不管末日审判的号角什么时候吹响，我都敢拿着这本书走到至高无上的审判者面前，果敢地大声说：请看！这就是我所做过的，这就是我所想过的，我当时就是那样的人。不论善和恶，我都同样坦率地写了出来。我既没有隐瞒丝毫坏事，也没有增添任何好事；假如在某些地方作了一些无关紧要的修饰，那也只是用来填补我记性不好而留下的空白。其中可能把自己以为是真的东西当真的说了，但绝没有把明知是假的硬说成真的。当时我是什么样的人，我就写成什么样的人：当时我是卑鄙龌龊的，就写我的卑鄙龌龊；当时我是善良忠厚、道德高尚的，就写我的善良忠厚和道德高尚。万能的上帝啊！我的内心完全暴露出来了，和你亲自看到的完全一样，请你把那无数的众生叫到我跟前来！让他们听听我的忏悔，让他们为我的种种堕落而叹息，让他们为我的种种恶行而羞愧。然后，让他们每一个人在您的宝座前面，同样真诚地披露自己的心灵，看看有谁敢于对您说：'我比这个人好！'"

这部书是卢梭在被迫害时于流亡途中写出来的，那时他正受到通缉和追捕，上层封建统治者控制了社会舆论工具，将敢于提出"社会契约"之说的卢梭贬损得一钱不值。在此之前，统治者一直宣称说"皇权神授""君权神授"，平民都必须绝对服从皇权的奴役的驱使，但卢梭站出来了，他以《社会契约论》一书告诉大家，不是那样的，皇权、君权都来自我们的授予，是全体国民授予统治者这个权力，他们和我们签得有"契约"，他们必须接受我们的监督！瞧，这小子太狂了吧？在那样的时代居然敢这样大喊大叫，于是，所有的封建统治者都联合起来收拾他了，他走投无路，最后死在流亡的路上……他死了，10年后，法国暴发了资产阶级大革命，这个时候，大家才知道他是一个"宝"，他的思想和学说引领了一个时代，于是，他被大家找到，并迁葬到了巴黎的伟人公墓。这部书的价值不仅仅是文学的，里面的景物描写、心理描写的确可圈可点，但其最大的价值还在于思想性——平民的思想、自由平等和博爱的思想。

作为老师，我想，远恒佳的朋友们，如果不是那么时间窘迫，最好也去找《爱弥儿》来读书，这是一部讲孩子教育的书，我上大学时买得有一部，商务印书馆出版的，两卷本。在书的开篇处，有这么一句话："我们身患一种可以治好的病；我们生来是向善的，如果我们愿意改正，我们就得到自然的帮助！"卢梭所推崇和提倡的"自然教育法"，时至今日，依然是西方资本主义社会最基本的教育方式。

此外，卢梭还发明了简谱。这一点，很少有人知道，现在大家熟悉的简谱来自卢梭的发明。

一个孤儿，靠自身的打拼，走到西方资本主义社会启蒙运动的塔尖上，与当时说出了"我不赞成你的观点，但我誓死捍卫你说话的权利"的伏尔泰等著名启蒙思想家并称为顶尖级人物，那是何等的了不起，单凭这，卢梭本就是一部厚重的书，何况还要弄出个"社会契约论"来呢！

我们的教育，要重视孩子"向善"本性的引导，要注重孩子自然天性的培育，要让孩子们从小接受一些本性和人性的东西，要让他们学会有独立思考的能力和独立完善的人格。我觉得中国知识分子最致命的弱点是没有独立的人格和独立的精神。从知识分子诞生的那一天起，就依附于权贵，不敢奢谈独立，漫长的封建社会，给了知识分子太多的桎梏，所以，相比起西方的知识分子来，中国知识分子是站不起、坐不直的。如今的教育和过去不同了，要面向世界，面向未来，如果没有走向未来和融入世界的前瞻性，还依着老一套去给孩子们灌输一些早就被人家摒弃了的东西，这会害了孩子们，真的是会误人子弟的。这样的孩子教出来，只有低三下四、讨好卖乖于权贵的今天，不可能有昂首挺胸、迎接人生挑战的明天。给孩子房子、车子、票子，不如给孩子独立的思想、健全的人格和一技之长。这一点，从事教育的工作者们要看到，做孩子监护人的父母们也要看到，滚滚长江东逝水，浪花淘尽英雄，此一时，彼一时，你留给孩子再多的东西，都不如教会他们做一个大写的"人"。

卢梭虽然离世久远了，但他的学说和思想依然闪耀着光辉，他的"契约精神"，不论现在，还是将来，都将被热爱平等、和平和法制的人们牢牢记住！

陈丹青先生这样说过："一个社会有三大底线行业：一教育，二医疗，三法律。无论社会多么不堪，只要教育优秀公平，底层就会有上升希望；只要医疗不黑暗堕落，生命就会得到起码的尊重；只要法律秉持正义，社会不良现象就能被压缩到最小……"卢梭的思想和学说，至少与这三大底线行业中的两大行业有关系，一、教育的优秀公平，二、法律的契约公正。所以，为什么说卢梭伟大，卢梭的伟大就在于他的思想和学说与人类社会的文明进步息息相关！

人生的窗

2018 年 7 月 15 日，随着暑假的到来，远恒佳公学组织的孩子们美国加州微留学之旅正式开始了。

15 日上午，爸爸妈妈们和同学们齐聚学校，送别即将踏上远方的孩子们。

接下来，同学们将飞往美国西部的著名城市——加利福尼亚州的洛杉矶，开启为期一周的微留学活动。

同学们的航班由香港起飞，经历十三小时的飞行，终于抵达天使之城洛杉矶的汤姆布拉德利国际机场。出关后大家异常兴奋，不断地感叹着："终于来到美国了呀。"

抵达机场后，同学们随即乘坐大巴前往我们就读的两所学校——桑瑞斯学校及索斯兰学校，在这里等待他们的是寄宿家庭的爸爸妈妈们。接下来的一周，他们将在这里学习和生活，了解异国的文化，学会独立和成长。

一天晚上的休息和调整以后，孩子们早早地来到学校报道，迎接他们在美国学校的第一天。桑瑞斯学校和南岸学校的老师们，都给同学们做了一场入学培训会，为他们讲解课程计划、活动安排、校园的设施、主要场所。

随后校长带领孩子们游览校园，同学们都被学校及周边优美的环境深深地吸引了。

接下来同学们分班进入各个班级学习，在这里他们认识了许多美国的小伙伴。刚开始还有点胆怯，但慢慢地就被美国同学的热情所感染，迅速地融入其中交流了起来。

下午，桑瑞斯学校的同学们前往泳池游泳，为炎炎夏日带来一丝丝的凉意。

索斯兰学校的同学们第一天也被分到了各自的班级开始了第一天的课程，有英语、西班牙语、美术、地理、历史等。

……

上面这些文字，是远恒佳公学公众号推出的"孩子们美国加州微留学之旅夏令营活动"的文案，随文案贴出的还有很多图片，图文并茂，看后每一个孩子的家长估计心里都会痒痒的，恨不能将自己的孩子也送到这样的夏令营去，让他们体验异国的求学生活和不一样的社会风情、自然风景！

我的孩子早已过了"微留学体验"的年龄，从某种意义上说，这样的活动与我是没有多大关系的！不过，瞧着孩子们快乐满满的笑脸，瞧着异国风光和知名校园，我仍是怦然心动，有无恨的向往和感慨的！向往自己有机会了，也像快乐的孩子们一样，踏上异国土地，感受不一样的人文情怀和生活；感慨如今的孩子们真是幸福，幸福得就像花儿开放在他们人生的旅途上一样，无处不是亮丽的色彩和缤纷的花朵儿！

其实，我读到这些图文的时候，除了向往和感慨，我的脑海里还浮现出了一个字，这个字叫"窗"。或许它是已故著名作家巴金笔下的情感之窗，或许它是琼瑶的《窗外》那部书里描写的爱情之窗，或许他又是无数孩子们求学路上打开的每一本书所展现出来的知识之窗、学问之窗，当然，或许也可能是我小时候睡觉的床头那扇可以打开来在深夜里偷窥清丽月色的窗……总之，它是一扇窗，不是门。它让我们透过那么一点狭小的空间瞭望外面的世界，进而平添我们无尽的向往和有限的感知！

窗带给人们的情感是丰盈的。窗留给人们的遐想有时完全可以用"无边无际"几个字来形容。人们喜欢窗，人们离不开窗，乡下人修造房屋，不论房屋豪奢还是简陋，墙壁上必定有窗；城里人买商品房，不管你是别墅房还是普通的小区房，若屋子里没有窗，也绝对是不会有人愿去买的！

杨绛先生是《围城》作者钱钟书的夫人，活了105岁。她活着的时候，不许别人把她和钱钟书的名字以"夫人"二字为绳索捆绑在一起。她说："他是他，我是我！"从文学角度来说，钱钟书的名气和影响力可能比杨绛大，但终其一生，在其他领域，各自的成就又未必。百度百科这样介绍杨绛："杨绛通晓英语、法语、西班牙语，由她翻译的《堂·吉诃德》被公认为最优秀的翻译佳作，到2014年已累计发行70多万册；她早年创作的剧本《称心如意》，被搬上舞台长达六十多年，2014年还在公演；杨绛93岁出版散文随笔《我们仨》，风靡海内外，再版达一百多万册，96岁时出版哲理散文集《走到人生边上》，102岁出版250万字的《杨绛文集》八卷。2016年5月25日，杨绛逝世，享年105岁。"看，就这些实实在在的数据，已证明杨绛是相当的了不起了！除此之外，她还留下了无数经典的名言，比如："惟有身处卑微的人，最有机缘看到世态人情的真相。一个人不想攀高就不怕下跌，也不用倾轧排挤，可以保其天真，成其自然，潜心一志完成自己能做的事。""你的问题主要在于读书不多而想得太多！""走好选择的路，别选择好走的路，你才能拥有真正的自己。""在这物欲横流的人世间，人生一世实在是够苦。你存心做一个与世无争的老实人吧，人家就利用你欺侮你。你稍有才德品貌，人家就嫉妒你排挤你。你大度退让，人家就侵犯你损害你。你要不与人争，就得与世无求，同时还要维持实力准备斗争。你要和别人和平共处，就先得和他们周旋，还得准备随时吃亏。""我不与人争，谁与我争我都不屑！"等等，多的是。这些穿透漫长人生岁月的透彻感悟，哪一句不能入你心里去，直戳着你内心深处的痛点和泪点呢！

钱钟书和他们唯一的女儿钱瑗相继离世，"这人世间只留下了孤零零的我一个人！"晚年她几乎不参加外界的活动，足不出户，她每天最快乐的时光是坐在窗台边的椅子上透过窗户向天空凝望。她居住的那栋楼，北方的冬天风大，阳台都用玻璃密封了，她的家，是唯一没有用玻璃密封的。邻居都劝她还是装上玻璃，防风沙，她说："那是我人生的一扇窗，我要透过它看外面的世界，封闭了，我的人生也就走到尽头了！"

直至她去世，她的阳台也没封闭！

人生有许多的窗，不同的时期有不同的窗。我们不停地往前走啊，不停地期待着有那么一扇窗为我们打开。小时候，我们透过简陋的窗看房屋外面的惊奇，慢慢上学读书了，我们又透过书本、老师的讲解、父母的教导，打开认知的窗，了解学问，了解生活。我们昼夜不停地奔向未知的世界，我们孜孜不倦地一路打开一扇一扇的窗户，从窗户外面获得新奇的视野、新鲜的空气和新鲜的情感体验，渐渐长大了，渐渐到了我这知天命的年龄了，回过头看细细打量和思量，才知道人生的窗是多么的重要！

我不知道远恒佳公学组织这样的"微留学"活动申报程序是什么，有啥条件，费用多少和费用怎么个出法？这些细节我一概不知，也没去打听过。但我知道，学校以这样的方式为孩子们打开了一扇窗，这扇窗呈现给孩子们的新奇天地和生活的不同体验，说不定就会影响孩子们的未来，或者大一点，说不定影响的会是整个人生！

人在年轻时，对外界是充满了好奇的，不过也有一些人，他们似乎不大愿意走出身边的小天地，他们只跟熟人打交道、只跟认识的人往来，他们的所知所思所悟都离不开"身边的"两亩三分地。这样的年轻人，其生活方式是很不好的，说到底，他们没在自己人生应当开扇窗的路段适时地开扇窗，从而让外面的清风吹进来，让里面房间的浊气透出去。他们把自己关闭得死死的、封闭得严严的，久而久之，就融入不了外面的天地了！

我们要给人生开扇窗，要站在空间有限的房间里透过敞开的窗户看见外面的博大、辽阔和美，不要把所有的窗户都关闭死了，连一点新鲜的空气也透不进来，连一点外面的风声和雨声也传不进来！封闭得太死不好，容易夜郎自大成井底之蛙！大清帝国不是如此关闭着国门和窗户最终因看不到外面世界的变化而一步步走向没落的吗？温水煮青蛙，生活也是如此，当你把青蛙丢进温水里，最初它觉得舒服极了，等到水温慢慢升高，它感知到了不舒服的时候，已经没有能力跳出温水锅了！纵观人生，我们有多少曾经的才子佳人不是因为关闭了人生的窗，看不见外面世界的变化，如温水煮青蛙般，最终死在了自以为舒服的小天地里的！是的，你不承认，你说你还活着，没死！但是，你把人生的窗一扇扇都给关闭了，你不读书，不接受新思想、新观念，不出门走走，也不与比自己优秀的人交往而只与比自己不优秀的人交往，在我看来，那就等于是死了呀！

细节决定着你的未来

美国有个"福特公司"。福特是一个人，他大学毕业后，去一家汽车公司应聘。和他同应聘的三四个人都比他学历高，当前面几个人面试之后，他觉得自己没有什么希望了。但既来之，则安之。他敲门走进了董事长办公室，一进办公室，他发现门口地上有一张纸，弯腰捡了起来，发现是一张渍纸，便顺手把它扔进了废纸篓里。然后才走到董事长的办公桌前，说："我是来应聘的福特。"董事长说："很好，很好！福特先生，你已被我们录用了。"福特惊讶地说："董事长，我觉得前几位都比我好，你怎么把我录用了？"董事长说："福特先生，前面三位的确学历比你高，且仪表堂堂，但是他们眼睛只能看见大事，而看不见小事。你的眼睛能看见小事，我认为能看见小事的人，将来自然能看到大事，一个只能看见大事的人，他会忽略很多小事，他是不会成功的。所以，我才录用你。"福特就这样进了这个公司，这个公司不久就扬名天下，福特把这个公司改为"福特公司"，也相应改变了整个美国国民经济状况，使美国汽车产业在世界占据鳌头，这就是今天"美国福特公司"的创造人福特。大家说，这张废纸重要不重要？看见小事的人能看见大事，但只能看见大事的人，不一定能看见小事，这是很重要的教训。

正如远恒佳公学麦总在我已知她的几次较真，她好像有些超乎常理、不近人情。那天麦总在学校工作群里叫大家离开办公室要记住关好门窗、空调和灯具，她还讲到她曾去一个很有钱的大公司参观，那公司的员工都是惜纸如金，一张打印纸，用了正面用反面，物尽其用，没有丝毫浪费的，她说那不是抠门，是该节约的要节约。随后我把此事写进文章里，麦总读了，怕引起我误解，发微信解释说："但作家，我真不是抠门的，办学校，该咋开支，我从不吝啬，我们的教学用具、办公用品，无不都是一流的，我们不抠门，不吝啬，我那样说，只是想大家都懂得节约是美德。不白白浪费资源，要从我们老师做起，然后才能教育好学生！钱再多，也不能浪费！"

麦总的心情我理解呀，节约和抠门是两码子事情，不能混在一起谈的。乔布斯有钱吧，就造出苹果手机来的那个乔布斯，可人家一辆几万美金的私家车一开20多年，70多平方米的住宅一住也是10多年！

注重细节，把身边的小事做好，你连身边的小事都做不好，啥事得过且过，马马虎虎，还谈什么做大事呢！像远恒佳集团，那么大一个团队，办学实体39个，教职员工将近3000人，在校学生30000多人，管理能粗糙吗？老板能不"抠门"一点吗？千里之堤溃于蚁穴，天下所有大事都是由小事引起的，没有小事，哪来啥大事？

本来前面已有章节讲到此事了，临近一书的终稿，我还来提此，是不是显得有些多余？不是的，不多余！再过几天学生就要入住到学校里来了，学生一来，学校就要完全步入了教学的正轨。在有学生的环境里，老师们的言谈举止太重要！穿着打扮的雅俗、说话声音的大小，甚至走路的姿势，都容不得你施展"个性"的，因为有那么多学生瞧着你，他们不一定叫得出你的名字，但知道你是远恒佳的老师！老师是知识的象征、道德的表率、仪表的楷模，总之，为人师表，你在校园里展示给学生的无不都是他们有可能要模仿和学习的！

这部书马上就要结尾，在结尾之前还来讲细节的重要，讲细心和细致的重要，作为一个热爱教育事业的"师范生"，不是我找不到写的了，是我有真切的期待。我期待远恒佳的朋友们，把他们在深圳那边取得的办教育的成功经验复制到长寿湖重庆远恒佳公学来，并且更加发扬光大，特别是在学生传统礼仪和动手能力方面，要花大力气培养。

30年不远，假如健康，我还能活30年的话，希望那时能参加远恒佳长寿湖重庆公学的庆典，见证和分享他们"30年以道德教育为本"的成果，培养出来的学生个个品学兼优。他们的老师走在大街上，一眼便能让人认出来那是远恒佳长寿湖重庆公学的老师，知礼、懂礼、习礼，不仅穿着得体和举止优雅，而且更具有自觉的礼仪规则和蕴含深厚的文化内涵。他们的学生走上工作岗位后，不提自己毕业于某某名牌大学，而是自豪满满地说："我曾就读于远恒佳长寿湖重庆公学！"

平凡的生活也可以过得如此"臭美"

下过一场雨，气温陡降了不少，我回乡下摘葡萄和西瓜，路过长寿湖，给远恒佳的朋友们捎了一些去。

校园变得非常美丽漂亮了，四处收拾得干净整洁。红彤彤的夕阳搁浅在远山黛灰色的山峦上，碧天里的晚霞投下缤纷的色彩，倒映在波光粼粼的湖水中，那景致，迷人得不得了！事实上，雨后天晴的傍晚，长寿湖畔的景色没有不美过。天是蔚蓝的，云朵儿是洁白的，晚霞只在天边燃烧，不会蹿到头顶来和蔚蓝的天空、洁白的云朵儿争美。它们仿佛约定了一般，各自在各自的地盘儿上绽放各自的美，互不干扰，你展示你的纯净，我展示我的妩媚。

正是吃晚饭的时候，不，大多老师已经吃过了，只有麦总、程总和几个师傅在忙恒温游泳馆的最后试水，没来得及吃。麦总和程总叫我就在学校员工食堂吃便饭，也算是体验学校老师的饮食生活，我爽快地答应了。食堂里熬得有粥，那玩意儿正合我心意呢！

吃完晚饭，去老师们的办公室坐坐，有的老师回家了，有的老师还在加班。正好遇见两位年轻老师，他们俩在聊校园歌曲的事情。这之前，我对他俩的名字熟悉，但没见过面，所以对不上号。程总给我介绍，我才知道他俩都是咱们重庆老乡，一个重庆南岸的，一个是咱们长寿的。他们俩大学毕业后都去温州教书。上学期看见远恒佳招聘教师的广告，觉得还是回老家好，便回来应聘了。他们以前是否认识我不知道，但到了新的环境，因为有在温州同做老师的经历，固然是谈得到一块儿的。那位女老师毕业于西南大学音乐学院，弹得一手好钢琴，歌也唱得相当好，虽然她比我年轻很多，跨进西南大学的校门将近比我晚 20 年，但仍是校友呀，所以她叫我"师兄"。得知她歌唱得好，于是我叫她随便唱一首听听，我说如果合适的话，我将来拍电影时有求得着你的，比如唱唱插曲或片尾曲。她果真唱了，唱的《我爱你中国》。这歌好听不好唱，音域较宽，不过她唱得却是十分好！我开玩笑对程总说："你们远恒佳真是人才济济呀，要什么人才有什么人才，并且都十分出色！"

此话也不是冲口而出的闲谈，我认识里面不少的老师，一个个都专业得何止"了得"二字能形容。像我讲到过的那个教英语的小女孩，同声翻译连疙瘩都不打一下。还有搞摄影的、教美术的，你和他们打交道，才知道啥叫"专业"，啥叫"业余爱好"！

郑部长来，叫我去参观他们文宣组的"杰作"。我随她去几间教室、办公室看了，所有的墙壁上都贴满了美轮美奂的各种图案，有的是花篮，有的是自行车，有的是飞鸟，有的是蓝天白云和农家小院，总之，虚幻的卡通造型特别适合孩子们的审美，看着，欣赏着，连我这把年纪的老小孩也如痴如醉地喜欢起来，恨不能回到年轻时，也来这学校里做个老师，天天和这些充满童趣的美打交道！

我到过的学校也不少，认识和常有交往的中小学老师也不少，客观地说，把教室、办公室打扮得如此唯美、如此温馨和如此充满了童趣的，真没见过。老师们一个个都不仅身怀"绝技"，而且还身怀童真和童趣的浪漫情怀，这样的老师，也不多，即使有，整个学校也不外乎一个两个、三个五个，像远恒佳这般，人人如此，人人都可以把平凡的教室、办公室打扮得亮丽温馨，把平凡的生活过得"臭美臭美"的如诗如画，那真还是打着灯笼火把也未曾见到过！像程总她们几个美女老总吧，到乡下闲玩，见了夕阳和田坎，激情来了，拖根竹竿做"锄头"，偏要来一次"彩排"，绘声绘色地唱《走在乡间的小路》上；去地里摘辣椒和四季豆，你摘就摘呗，偏要一边摘，一边唱歌摆姿势搞"美拍"；有一次到学校后山山顶的那棵黄葛树下，见落日的余晖正染红半壁天空，几个美女，兴趣来了呀，不拍正面人像，偏要我帮她们拍"剪影"；我家小院里的葡萄熟了，她们来采摘，那么多葡萄，你想采摘哪采摘哪，没人心疼没人管的，她们呢，采摘葡萄是假，做道具罢了，搞"烛光美酒夜光杯"才是真……宋总说她们是"疯子"，我也说她们是"疯子"，疯疯傻傻地乐，疯疯傻傻地打点事业，从不觉得生活有啥不美好有啥不快乐的！

生活是什么？那天我在朋友圈里发文章，远恒佳的王副总点评说："生容易，活容易，生活不容易！"他是和我闹着玩的哈，其实我知道他快乐的心性。有快乐的心性，生容易，活容易，生活照样容易！远恒佳的朋友们，哪个不是心性快乐、心态阳光的呢！不是码头不靠船，若无此心性和心态，依我的看法，哪怕你学富五车也是融入不了这个团队的，因为这个团队的宗旨就包括"美好教育"和"美好生活"，你连平凡的日子都过不出"美好"来，谁还敢相信你能把平凡的教育提升到"美好教育"的高度呢！

以前妻子不喜欢照相，更不喜欢在朋友圈里晒"臭美"，这两年见我"臭美"多了，也渐渐地学会了，偶尔要晒一晒。我对她说，日子有很多种过法，所谓的快乐，往往都是在平凡琐碎的日常生活中自个儿去找、自个儿去发现的！生活不缺少美，缺少的只是发现美的眼睛。如果你心态阳光，再苦逼的日子你都能从中寻找出快乐来！人活着为了什么呢？不就是为了快乐、为了能健健康康多活几年吗？我们凭什么要成天紧绷着脸，好像谁欠了咱什么似的，一副苦大仇深的模样儿，没必要，完全没必要。苦也过，乐也过；穷也过，富也过；只要还活着，就要半痴半傻臭美地过！

呵呵，臭美地过，远恒佳的这群朋友、远恒佳的这群"疯子"，他们和我一样，任何时候，任何情况下，都是阳光满满地臭美着过呢！

能把平凡的日子过出臭美的快乐来，那也是一种"本事"，没这本事，哪怕日子再好过，你也会愁眉苦脸、忧心忡忡，快乐不起来的！人活着，犹如打牌，哪怕再烂的牌到了手上，你也务必要微笑着打下去，你不微笑着打下去，甩牌、砸牌、骂爹骂娘，时间久了，就没人陪你玩了！别人不陪你玩了不说，反倒还要瞧不起你，说你小心眼儿，赢得输不得！

人生有时的确是苦，要不哪会有那么多人选择轻生呢？几天前不是才有一位游客在华山的栈道上选择了轻生吗？他把安全带解掉了，然后纵身跳下了悬崖。既然做出那样的决定，我想他一定是遇到了什么过不去的坎儿了。不过，若我遇到了类似的坎儿，我想我不仅不会像他那样轻生，反倒还会笑脸相迎。我写过一篇文章，《最穷不过要饭》，纯属自娱自乐，写着玩的，所以也没拿出去发表。我在文章里说："人这一辈子，最穷也不过要饭了，天底下那么多要饭的人都能活下去，我为什么又不能呢？因此，哪怕就是走到了要饭维持生存的那一步，我也要坚强地活、微笑着活，甚至还要唱着歌儿、哼着曲儿，把要饭的日子也过出不一样的快乐来！"说过了，是写着玩的，所以也别来嘲笑我坐着说话不腰疼，没到那一步，不知道那一步的苦，不过，我这辈子，苦日子倒是遇到过，遇到了，我抱怨过吗？气馁过吗？你不坚强，懦弱给谁看？活着，你得有生命的张力，得有生命的韧度和广度，别几十年的时光，脸上连一天的笑容也没有，那岂不是委屈了自个儿的笑容吗？

远恒佳提倡的"美好教育"和"美好生活"我真是赞赏。我们的教育，除了教给孩子们知识，重要的是还要教给孩子们生活的阳光姿态。你可以不必每科成绩都考得出色，你也可以最后考不上像样的大学或者谋得一份体面的工作，但你一定要有一张面对生活的笑脸，你一定要用阳光的心态和灿烂的笑脸去迎接一切命运的挑战，能做到这一点，你的人生已经是成功的了，所以你就完全没必要再去羡慕谁谁比你位高权重收入多！

沉静的湖岸线

我早早上床，早早醒了，看看时间，刚好深夜两点过，雨后的夜晚有些清凉，于是想开车去外面转转。写作期间，这样的事常有。有时是伏案写了大半天，沉浸在书的情节里，放下笔，意犹未尽，却又十分疲惫，消除疲惫的最好方法就是开车去郊外的乡下漫无目的地闲逛；有时又是写不下去了，思路卡了壳，或者一部书即将脱稿，需要自己换一换脑子，让人物、情感和故事慢慢从书的场景里退出来，并逐渐淡化。我此时的情景便属于后者：即将脱稿了，想从书的场景里抽身出来，逐渐淡化。

有一种心理疾病叫"作家恐惧症"，如果一个作家用了"心"去写一部书，往往是要把自己置换到书里面去的。艺术来源于生活，高于生活。天天埋头在书里，和书里面的人物一起笑，一起欢乐，一起忍受苦难的煎熬，一起度过生命的难关……这些情绪虽然是虚拟的，但都能对作家的情感产生极大的共鸣式影响。所以巴金说：写书是我用笔把自己的心解剖给读者看，是我在用笔挖掘自己记忆的坟墓……好在这部书是随笔，不是小说，因此整个写作的过程，我享受到的更多是写作的快乐，而不是写作的煎熬！

现在我需要慢慢从书的场景中走出来了，不能再蛰伏于里面，否则也害怕会出现某种心理障碍，虽然不一定跟所谓的"作家恐惧症"沾上边，但对自己的身心健康依然是会有影响的！

我也不知为什么，车子发动，开出小区，居然想到了要去长寿湖看看。我想去看看长寿湖的夜景，看看深夜里的长寿湖到底是什么模样。长寿湖离城不远，正因为离城不远，去和回都十分方便，因此，这么些年，还从不曾留宿过长寿湖，更不曾欣赏过长寿湖深夜里的美景了。

我先是去了大坝，那儿是长寿湖景区的起点，白天游人多，很是热闹的，但深夜，没有游人，也没有叫卖的商贩，所以寂静得不得了！蓊郁苍翠的香樟树，成排地伫立在大坝的入口处，水银灯悄无声息地燃烧着，泻下如许的凉光。太寂静，寂静得有些胆怯，于是我掉转车头往远恒佳公学那边去。那边有修建好了的别墅区，也有正在开发新建的恒大特色小镇，我猜测那边一定不会如大坝这边清冷。

我沿湖畔西岸宽阔平坦的柏油路前行，不大一会儿工夫，就到了远恒佳公学的校门前。我停下车，坐在车里，落下车窗玻璃，向校园眺望。校园非常寂静，除校门处门岗室的灯火亮着外，其余的都熄灭了，包括每条道路上的路灯。王总介绍过，说那些路灯是太阳能的，晚上不用关，但我去的时候，不知为什么，的确是关了的，没有点燃。

月色尚好，明月泊在中天，有些偏西了，但光却是清丽的。月光从深蓝色的夜空中流泻下来，真如湖水一般的明澈。借着月光，我特地观望了一阵"远标楼"。那楼以宋总的名字命名，宋总叫宋远标。学校给各幢楼取名的时候，有人提议把国际部大楼取名"远标楼"，以纪念他为创建这所学校所做出的贡献。

"远标楼"几个字嵌上去了，虽然距离较远，月光里看着有些模糊，但我是分辨得出那几个字来的。

宋总为人很低调，学校建好，教职员工整体搬迁到校园里，他组织大家开了个会，他说："我们不要喊大口号，我们也不要夸任何的海口，我们只需要从今以后脚踏实地地搞好教学，用实打实的优质的教学质量来交答卷。教育是容不得半点儿浮夸和浮躁的！"

当郑部长陪我参观校园，把宋总在全校教职员工大会上讲的这话告诉我的时候，我回答了她一句："有情怀和没情怀的人是大不同的，我判断没错！"

是的，我判断没错，我相信自己的眼睛："这群人，他们的理想和情怀，值得我来写这部书！"

次日，我又开车回了一趟老家，照常在上长寿湖高速公路入口前，去远恒佳校门外转了转。我记起程总琳娜表姐在点赞我文章时说过的一句话："知我者谓我心忧，不知我者谓我何求！"此话出自《诗经·王风·黍离》——"行迈靡靡，中心摇摇。知我者谓我心忧，不知我者谓我何求。悠悠苍天！此何人哉？"因为我大学学历史，《诗经·王风·黍离》是历史文选课的必读必背篇目，所以记得，也深知道此话的含义！

是呀，知我者谓我心忧，不知我者谓我何求？人活在世上，你干什么？怎么干？真不是样样别人都能理解得了的呢！所以，自古以来，想干一番事业的人，大多比较孤单和寂寞，因为能理解和了解他们的人毕竟少之又少。所以，我就在想，今后有时间了，我要常到这所学校走走、看看，常和搞教育的朋友们聊聊天、拉拉家常，做一个名副其实的理解和了解他们的读书人。

长寿湖虽然辽阔，辽阔得烟波浩渺、一座座小岛如繁星般点缀在碧波荡漾的湖水中，但逶迤漫延的湖岸线是沉静的，湖畔的校园是沉静的——没有喧嚣，没有嘈杂和吵闹，所有的老师和学生，都默默地于沉静中耕耘着自己脚下的土地！

我要常来这里，看望他们！

在耕耘里收获成长

在前面，我用一个章节讲了教育是最大的慈善的个人看法，从古至今，没有哪个民族是不重视教育而强盛并持续的！一个人，不论多有权、多有钱、多有名，如果不重视孩子的教育，那也拉倒为止，富贵不过二代三代的，顶多靠"积蓄"，可以有权有钱有名二代三代，但断不至于"富"和"贵"至二代三代，有权有钱有名不一定富贵，这一点，好多先富先贵起来的中国式暴发户、土豪未必懂！

作为深圳远恒佳教育集团重庆公学的文学顾问，我有幸受邀参加今天全校师生的才艺展示会演，非常高兴！老实说，比我参加那些领奖会还高兴！

学校最初邀请我做文学顾问时，说要给我报酬！我说不许的，我不取分文，纯属做快乐的义务，我会常来，走走，看看，用笔记录下学校美好教育的点点滴滴！

还是那句话，教育是最大的慈善！帮助教育，不图回报，没人说你傻的，除非那人原本就那德行，书读少了，不懂得读书和教育的重要。即使要图回报，依我看，也是 10 年后、20 年后、30 年后，那时，我们曾经帮助过的学校，回报社会一个优秀的、清正廉洁的好领导，回报社会一个优秀的企业家、出类拔萃的科学家、艺术家和各类专门人才，造福于社会，那岂不才是最好的回报！

谁敢说今天的这些孩子，若干年后不会成为社会的精英，给我们带来政治的清明、经济的繁荣、文化艺术的百花齐放和出行的安全、健康的保障呢？所以，帮助他们吧，写点书，给这些孩子们读！

坐在来宾席上，专心地看孩子们的表演，尽管孩子们的表演未必能达到所谓的"完美"，但萌萌的，一个比一个努力，那模样儿，实在是可爱！

老实说，看孩子们的表演，比看歌星明星们的表演更能享受到审美的愉悦，因为装与不装都给人以美感，哪怕走错了台、唱走了调，也是挺逗趣的！

剑门天下雄，巴蜀大地，北出中原，必经剑门关！以此为背景，展示远恒佳重庆公学的精英教育，也是一种壮美！有个小姑娘，大概是小学部的吧，手持话筒，背景是雄险的剑门关，天人合一，加上稚嫩而清越的嗓音，那歌声在演播大厅里响起，所有观众无不安静得鸦雀无声！是呀，很美，背景图案美，小姑娘的服饰、发型和站姿美，再加上甜美的童声，置身其间，你不醉美也美醉！

一群孩子表演的"跆拳道"，动作不怎么整齐，有个小孩差点绊倒了，但不要紧，掌声依然响起，热烈而真诚，因为谁都知道，孩子们已经够努力了，在努力面前，你没理由去挑剔！

学校估计很重视孩子们才艺的培养吧，弹钢琴的，拉小提琴的，吹口琴的，应有尽有。其中做陶吧的那个节目，很吸引大家的眼球。不知这节目是不是刘贤俊老师的"杰作"了。刘贤俊以前在温州一所私立学校教书，家在重庆，照顾不了家，远恒佳招聘，他便辞了那边的工作回重庆来了。我和他有过几次闲聊，也加有微信，从闲聊和读他的朋友圈，知道他的一些爱好和特长。他教的是自然课，这课说到底，就是教孩子如何动手"玩"。前不久重庆青少年科创大赛，他带着孩子们去，一下子包揽了航模等机械和智能制作的一、二、三等奖。抱着那些奖杯，和孩子们相拥着来一张"萌照"，可爱极了！用"可爱"来形容，似乎有点不恰当，不过照片中的刘贤俊，的确是激动中有"萌动"的，快乐得跟孩子似的呢！

学校有陶吧制作室，我去参观过，看见孩子们玩陶吧，若不是"身份"不允许，我想自己也一定是要去和孩子们一起玩一玩"搓泥巴团"的！

在所有的表演中，美女家长们上台跳集体蹦蹦舞，算是最"吮喝"的吧！这些母亲，年轻漂亮，打扮得一个更比一个美，舞跳得一个更比一个"嗨"！有孩子送到远恒佳来读书，接受优质的文化教育和高雅的艺术熏陶，在自己的孩子们面前露一手，你说能不"嗨"吗？那可是有自己的孩子坐在台下盯着呢！不在小屁孩们面前"臭美臭美"，谁晓得"老娘"也是蛮厉害的！

活动结束，出场，正好和侄女打了个照面。她招呼我，说："幺爸，你也来了呀！"我点头，回答："是呀，来看你和你的孩子表演嘛！"其实我是随便说着玩的，谁知道她的孩子上台表演了没有呢！她听了，高兴得不得了，大叫："真的呀？你看见了？"我笑，她也笑。然后，她接着说："幺爸，孩子懂礼貌了哟，保证不会再乱叫你了吧，再乱叫要挨打的！"我呵呵两声，问："你舍得打吗？""咋不舍得呢？到了远恒佳，有礼貌，是必需的，我不管老师也要管！"我走到她面前，朝她上下瞅。她问我："怎么了？"我说："你变了，变得成熟了！"她嘿嘿傻笑，说："你教导的嘛，要读书……现在没事我都要读书！你的公众号，我关注了的，你发在上面的文章，没有一篇我没读……幺爸，你要换个眼神看我，孩子懂事了，我也不再是当年的小年轻了，读书的确改变人！"

当天晚上，侄女回家弄了"美篇"出来，记录那次活动。班主任老师把文章转到学校群里，说学生的家长很满意，盛赞活动搞得好！我也在学校群里，点开看了，美篇真还做得不错，既专业又语言精练、配图精美。老师们称赞，我心里挺乐的，看来侄女的确是喜欢读书了，连文章也写得那么好，于是我说你们说的那个家长是我侄女！好几个老师问我："是亲的吗？"我说："我大哥的女儿，能不亲吗？"立刻，老师们都说："难怪呢，肯读书，有礼貌！"

事实上这个侄女以前脾气是很不好的，比我脾气还不好。但转眼间，她真让我刮目相看了。也不知是她自己书读多了，随着年纪的增长，变得宽容，能理解人了，还是孩子送到了远恒佳，进了"家长联谊会"，学校教育孩子，她也跟着学到了一些待人处事的道理，总之，她变化很大，配得了"远恒佳重庆公学学生家长"的称呼吧！

有付出，总会有收获！

参加远恒佳的这次活动，不仅使我分享到了孩子们的快乐，分享到了老师们辛勤劳动的喜悦，也看到了侄女的成长。我有理由相信，不仅我侄女成长了，那个老是喜欢跟着她妈妈叫我"幺爸"的小侄外孙，到了远恒佳，也一定是变化很大很快的！

寻找情怀的"根"

周末，我在家里收拾书橱，整理书稿，突然接到琳娜表姐电话，问我抽得出时间不，有件事想请我协助一下，因为我是长寿本地人，对长寿比较了解！我说我闲着，没啥要紧事干，讲吧！于是她告诉我说，有领导给宋总推荐了一个"家门儿"，是老师，叫宋齐贤，长寿湖一带的"活地图"。宋总发话，拜托琳娜和余院长他们去找一找，务必要找到！"家门儿"是我们这一带的方言，意即同一个姓！

好在有联系电话，宋齐贤就住在长寿湖镇上，所以找起来一点不麻烦！

宋齐贤以前在离长寿湖镇有十多里路远的罗山乡中心校教书。那乡一直不通公路，在湖湾里面，进出得乘船，单向船程差不多就要一个小时。不过几年前通公路了，开车去罗山乡场，大概十来分钟！

宋齐贤82岁高龄了，找到他时他正在陪几个小孙子做作业。我们讲明来意，他非常高兴且健谈。

宋总家在深圳，到长寿湖投资办学，严格说来是举目无亲的！一个人，到了举目无亲的地方干一桩事业，得知有个"家门儿"就住在学校附近，还是"活地图"，想找到和认识的心情可以理解！其实宋齐贤也一样，听说是远恒佳公学的老总想见他，那份千里遇故交似的激动心情溢于言表！他侃侃而谈，讲罗山乡场的来龙去脉，讲罗山乡场上宋冯两家做生意兴学的故事，讲到兴致处，他索性抱出了几大摞书稿来，他说他有完整的记录！

客观地说，我们谁也没有细心地读他的文章，因为时间仓促，来不及，反倒是大家对他的字感兴趣！他的毛笔字真是写得一个"好"字难以形容，我曾任区作协主席多年，工作的缘故，和区里的书法家们大多有接触，恕我直言，能把毛笔字写到宋齐贤老人那游龙走凤、飘逸若仙份上的，真还没几个的！因此我当场就感叹："高手在民间！"

的确是高手在民间，宋齐贤老人不仅毛笔字写得好，写起古诗词来，也是不用打草稿，提笔就来！我们要走的时候，他拿过两张纸，转身在桌上写了一首诗托琳娜转交宋总，那诗是我亲自看着写的，我就站在他旁边。原文记不得了，大意是只因年事高、无缘面见董事长，人生权且留下一点遗憾，友情却是忘不了！我说的是大意，反正那诗短短数语，写得情真意切挺感人的，晚上宋总读后，将那诗稿收藏保管了不说，还叫琳娜尽快安排时间，他要亲自去拜望"老哥"一家！没见面，不知宋氏字辈如何，按乡土民俗，宋总只好依年龄大小先称宋齐贤为"老哥"了！

也许是宋齐贤写给宋总的那首诗，也许是宋齐贤讲述的那些关于罗山乡场上宋冯两家经商兴学的传说，触动了宋总"怀旧"的情结吧。次日宋总居然放下手头的活儿，要亲自去罗山乡场上走一走、看一看，并且还叫工人去将已经废弃填埋了的"宋家大塘"石碑运回到学校，做珍贵的"文物"呈放在校园显眼处。宋总说："看见这块石碑，我就知道自己和这儿有缘，我一定要加倍努力，把远恒佳公学办好，不负宋氏家族和长寿父老乡亲的厚望！"

次日我也一块儿去了！

说宋齐贤老人是罗山乡一带的"活地图"，真不为过！他在那里土生土长，又在那里整整教了36年书，加上平时喜欢搜集整理当地的一些民间故事和民间传说，因此，对罗山乡真是了如指掌！宋总问他清不清楚罗山乡的宋氏家族最早是由哪儿迁来的？宋齐贤说河南呀，由河南迁来的！宋齐贤如此一回答，宋总简直是一时语塞，答不上话来了！为什么？因为宋总的先辈也是河南的！人生就那么蹊跷，看，不是常说一笔难写一个什么什么字么？"宋"字难道你一笔就能把它写下来？于是，两双手紧紧地攥在了一起！

罗山乡现在已经不存在了，许多年前撤乡并镇，罗山乡并入了长寿湖管委会，归长寿湖管委会管辖，属长寿湖管委会下辖的一个村。不过那乡场还在，虽破旧，依然看得出曾经经历过的岁月和风霜。我们沿着窄长的青石板路漫步，去看了宋齐贤教过整整36年书的学校，也去看了宋齐贤老人居住过几十年的老屋！学校已停办多年，操场坝子边有棵麻柳树，据宋齐贤老人讲，有学校就有这棵树，是建校时种下的，如此一算，也几十年了呢，难怪那么大！不过有一年夏天被风刮倒了，连根拔起！说来挺奇的，那么大一棵树，都被大风刮倒连根拔起了，居然还活着，枝丫上的树叶还生机盎然，一点也没有枯死的迹象！大家建议找人搬回学校去植上，既救了一棵老树，又活了学校的风景！同行的长寿湖管委会领导张勇对宋总说："此事我做主，搬吧，不要你们学校一分钱！这棵树陪着罗山中心校成长，学校没了，树不能也没了，在极度艰苦的环境里办学的精神不能丢，你们把宋家大塘的石碑搬到了学校，再把这棵没人管了的老树子搬到学校，岂不是真正传承了兴学办学造福一方百姓的精神吗？"

经大家这么一说，宋总心动了呢，他叫随行的李校长具体负责，不管花多少的人力物力，都务必要将此树搬回学校去，找专门的人植上、植活！

其实我和罗山乡也有"缘"，1997年夏天，我就差点去那儿任科技副乡长了，组织找我谈话，说我是个难得的大学生，地方政府需要人才，希望我改行去那里。当时我两个孩子才几岁，加上自己又认为不适合从政，心直口快，容易得罪人，还有呢，偏僻，不通公路，从城里去一趟，少说也得大半天，刚从偏远的山区调回来，又去那么偏远的地方，何苦呢？所以坚持留在了公安局。

罗山以前不叫罗山，叫罗温，是长寿真正的"老城"，好多关于长寿的传说，我认为都与"罗温"有关，而不是与现在的长寿城区有关。龙溪河从梁平的大梁山发源，流经垫江，然后卷着波涛，到了长寿境内的罗温，山高林密，层峦叠嶂，有的地方落差是非常大的，因此，中华人民共和国成立之初，国家便在如今的长寿湖大坝处，筑坝拦河，截断龙溪河，建成西南地区最大的人工淡水湖，然后发电养鱼。我写《秀美山川话长寿》一书时，专门查过地方县志，也去那一带实地考证过。龙溪河自罗温上游的六剑滩水电站，到下游注入长江，只短短30来公里，但天然的落差，却修建了6座梯级发电站。我上高中时的中学地理课本，就写着"全国第一座梯级发电站建立在四川省长寿县龙溪河上"的字样。那阵重庆属四川管辖，长寿也是"县"而不是现在的"区"。

听老人们讲，修长寿湖时罗温一带的树木是茂密的，即便今天去看，太极岛和湖山半岛仍有很多粗壮的树木，只是远没那阵茂密罢了！

罗温有许多古老的传说，比如宋齐贤老人讲到的宋冯两家经商兴学的故事，乡场上稍有点年纪的老人都知道。据说很多很多年前，一家姓宋，一家姓冯，两家都住在罗温，都做着杀猪卖肉的生意。他们要拿到10多里远的双龙场去卖，因为不是"本地"人，所以老受欺负，于是干脆就在罗温兴集市，然后又建了文庙和武庙，还有学校，施礼仪于街坊，没多久，乡场便兴旺起来了，香火绵延不绝。文庙和武庙的旧址还在，但早已废弃了。宋齐贤老人讲，文庙是冯家所修，中华人民共和国成立后在其原址上建了学校，也就是宋齐贤教了36年书的那所乡中心校。武庙是宋家所修，中华人民共和国成立后改建了粮站，武庙前面的戏台，改建了粮站的职工宿舍。

时光流转，乡场上姓宋的人家已不多了。根据宋齐贤老人的回忆，加之凭我的点滴历史知识所学，我理了一个大致的脉络出来，虽不一定正确，但也未必没有可信之处。罗山乡一带的宋姓，祖先在河南，中原战乱，曾有过无数次的迁徙，很多中原百姓为躲战乱，迁徙到南方，其中有迁徙到两广的，也有迁徙到湖南湖北的。宋总他们祖上迁徙到广东，称"客家人"，宋齐贤他们祖上迁徙到湖北。后来有过一次"湖广填四川"，无数的湖北人迁徙到了人烟稀少的巴渝之地，像我们但氏家族，就是湖广填四川时由湖北的孝感和麻城迁来。我有《但氏族谱》，何年何月迁来都是可查的。宋齐贤老人说他们宋氏家族在长寿这一支人口少，后又逐渐迁出，因此没有完整的族谱记载，不过从他讲述的那些传说看，应是"湖广填四川"时，距今也不过几百年！

宋家大塘离远恒佳公学很近，步行只十来分钟。既然叫宋家大塘，那儿肯定居住过宋姓人家。我们去走访，都说现在没有宋姓人家居住了，退回去三四代有过，具体情况无人能说清楚。宋家大塘是若干辈人叫下来的名字。2015年1月，政府搞农田水利设施维护，凡是水库和山塘、堤坝一律都硬化加固，然后再立石碑确名确权确责。宋总叫人搬回去的那块石碑就是那时由政府立的。因为旅游开发，征地了，山塘废弃，那石碑也随之失去意义而填埋。有些东西，对你没有意义，对别人却有意义，比如宋总，他就觉得这块石碑对他太有意义了。政府2015年1月立，他当年3月就率队来此考察，并最终确定将远恒佳公学办在宋家大塘旁边，你能说这块碑对他没有意义吗？所以他得知情况后，立马叫人来将此碑挖出来，搬回到学校，慎而重之塑在校园里！

　　写此文章时，琳娜表姐发来微信告诉我说宋总对宋齐贤老人在教师岗位的敬业坚守以及他的文化底蕴深表敬意，要将他的诗歌、书法作品印成书，留给他的后人和地方政府！我说谢天谢地，宋总这样做真是为本土文化的传承办了一件大好事。我还说："企业家和商人最大的不同便是一个有情怀，尊重文化，尊重弱势群体，尊重劳动，而一个却只尊重金钱、权力和成功！"此话是我的原话，不一定妥当，但我真是那样想的！像宋齐贤老人吧，一生在一所那么偏远的乡村学校教书，一教 36 年，这样的读书人，不值得人们敬重吗？他给我们讲过他练书法的"故事"。他说他小时候家里穷，买不起笔墨和纸，于是就用树枝和竹棍在河边的沙滩上写，写了抹掉，抹掉了又写，他那一笔好字就是这么练出来的。几十年，乡场上的对联，几乎没有不是他写的，全免费……想想，这样的读书人，如果我们有能力，凭什么又不去帮他一把？哪怕如宋总这样，把老人小心翼翼地妥善保存的诗稿和书法作品印出来，做个纪念，也是一种慈善和对知识、文化、劳动的尊重！善莫大焉，善莫大焉，有如此情怀的宋远标和远恒佳人们，搞教育，不想成功都实在是难的。